TERQUASOL

Die Legende
der sechs Lebensblumen

TERQUASOL

Die Legende
der sechs Lebensblumen

Josefine Kießling

Für meine Eltern:

*Eine größere und bessere Unterstützung hätte ich mir nicht
wünschen können. Danke für alles!*

Bibliografische Informationen der Deutschen Nationalbibliothek:
Die Deutsche Nationalbibliothek verzeichnet diese Publikation in der
Deutschen Nationalbibliografie, detaillierte bibliografische Daten sind im
Internet über http://dnb.dnb.de abrufbar.

© 2020 Josefine Kießling
Herstellung und Verlag:
BoD - Books on Demand, Norderstedt

ISBN: 9783751997409

Kapitel 1: Die neue Schattenspäherin

Der Mann neben der verwilderten Stechpalmen-Hecke wippte unruhig auf den Fußballen auf und ab und warf dabei immer wieder einen Blick hinüber zu dem großen Steinbogen, dessen Schatten im Mondlicht gigantisch wirkte. Ein kühler Windhauch blies über das Grundstück und als hinter dem nervös wippenden Mann ein dünner Zweig zu Boden fiel, wirbelte er erschrocken herum und seine Hand zuckte in Richtung seiner Manteltasche. Als sein Blick auf den Ast fiel, plusterte er erleichtert und genervt zugleich seine Backen auf und nahm seine Tätigkeit wieder auf, hin und her zu schaukeln und dem Steinbogen ungeduldige Blicke zuzuwerfen.

Dann, endlich, ertönten in der Ferne leise, schnelle Schritte und im nächsten Moment erschien eine dunkle Gestalt am Bogen, die kurz inne hielt und dann auf den Mann zulief. Nervös fuhr dieser sich durch seine braunen Haare und versuchte möglichst unauffällig seinen Mantelkragen zu richten. Als die Gestalt ihn fast erreicht hatte, fiel das fahle Mondlicht auf deren Gesicht und obwohl er es schon oft gesehen hatte, zuckte der nervöse Mann zusammen. Die Augen lagen in tiefen, schwarzen Höhlen und seine Wangen waren eingefallen und bleich. Doch das Merkwürdigste, geradezu Abstoßendste an diesem Mann waren seine Augen selbst; sie waren strahlend weiß und hatten keine Iris, es gab nur zwei winzige, schwarze Punkte, die nun den schluckenden Mann taxierten.

„Hatte ich nicht gesagt, wir treffen uns unten am Stadtrand, Marius?", zischte der Weißäugige mit schneidender Stimme.

Abermals zuckte der Mann namens Marius zusammen und lockerte seinen Mantelkragen nun doch etwas.

„J-Ja, Mr. Cavenor", stammelte Marius leise.

Bhatar Cavenors Augen verengten sich zu Schlitzen und nun war das Schwarz seiner Pupillen beinahe nicht mehr zu erkennen.

„Wieso bist du dann hier oben und hast meinen Anweisungen nicht Folge geleistet?", schnarrte er kalt.

„B-Bitte, ich...ich dachte nur..."

„Du dachtest wohl, es würde einen guten Eindruck bei unserem Meister machen, wenn du früher als ich aufkreuzt?"

„Nein, Mr. Cavenor, natürlich nicht, n-niemals würde ich -"

„Schweig", sagte Bhatar und sofort verstummte Marius mit entsetztem Gesichtsausdruck.

Langsam ließ Bhatar seinen Blick den gepflasterten Weg aus grauem Stein entlang wandern, der durch einen riesigen Vorgarten führte, in dem die verschiedensten Kräuter, Bäume und Sträucher wuchsen. Allerdings schien es ganz so, als hätte sich schon seit Jahren niemand mehr um den Garten gekümmert; an den Baumstämmen wucherten die Schlingpflanzen, Efeu und Unkraut kämpften sich ihren Weg durch den Steinpfad und die Stechpalmen-Hecke, die das gesamte Grundstück umgab, war mindestens viermal so hoch wie die beiden Männer und dreimal so breit. Der Weg endete an einer Marmortreppe, die zu einem großen Haus führte, das wie eine Burg in den Nachthimmel aufragte. Nur hinter wenigen der zahlreichen Fenstern brannte Licht.

„Du überlässt mir das Reden, verstanden?", sagte Bhatar, ohne seinen Blick vom Haus zu nehmen.

Rasch nickte Marius und fummelte wieder an seinem Kragen herum. Der Schweiß glänzte auf seiner Stirn.

„V-Verstanden, Mr. Cavenor", brachte er krächzend heraus.

Bhatar betrachtete ihn einen Moment lang mit einem abschätzenden Blick, dann wandte er sich von ihm ab und schritt den Weg voraus auf das alte Haus zu. Zögernd folgte Marius ihm und warf dabei immer wieder Blicke durch den Garten, als befürchtete er, die knorrigen Bäume könnten jeden Augenblick zum Leben erwachen und sich auf ihn stürzen.

Ihre Schritte hallten auf den Marmorstufen wider und Marius erschauderte beim Anblick der beiden schwarzen Statuen, die links und rechts neben den Eingangstoren standen. Sie stellten zwei Bären dar, mit weit aufgerissenem Maul und erhobenen Pranken.

Hastig folgte er Bhatar durch die Tore ins Innere und blieb verblüfft stehen, als sie in eine große Eingangshalle gelangten, die nur von ein paar wenigen Laternen an den Wänden beleuchtet wurde. Die Decke war so hoch, dass sie kaum mehr zu erkennen war und überall auf den achtlos beiseite geschobenen Möbeln sammelte sich der Staub. Marius hatte dieses Haus noch nie zuvor betreten, doch Bhatar schien genau zu wissen, wo es lang ging. Er schritt die breite Wendeltreppe empor, deren Steinstufen fast alle kaputt waren.

Allerdings fiel Marius auf, dass sich hier nicht ein einziges Staubkorn befand; anscheinend wurde diese Treppe recht häufig genutzt.

An der Spitze der Stufen erstreckte sich ein langer Flur mit verschlissenem Teppich und alten Öllampen, die flackernde Schatten auf die Dielen warfen. Bhatar führte Marius an den vielen, geschlossenen Türen vorbei und blieb schließlich an der hintersten auf der linken Seite stehen. Gedämpfte Stimmen drangen zu ihnen auf den Flur.

„Wenn du auch nur ein Wort darüber verlierst, dass Reeder uns wieder einmal zuvor gekommen ist, dann schwöre ich dir, deiner Frau und deinen Kindern noch heute einen kleinen Besuch abzustatten", raunte Bhatar Marius zu.

Marius' Lippen bebten und für den Bruchteil einer Sekunde huschten seine Finger wieder zu seiner Manteltasche. Bhatar entging diese Bewegung nicht und seine Lippen kräuselten sich zu einem hämischen Lächeln, das seine Augen nicht erreichte.

„Du würdest es nicht wagen, mit deinem Messer auf mich loszugehen, oder, Marius McMilton?", hauchte er kalt.

Marius erbleichte, während Bhatars Lächeln nur noch größer wurde und eine Reihe gelber Zähne entblößte.

„Mit der Klinge, die der Meister für uns angefertigt hat? Für die er hart gearbeitet hat? Mit diesem Messer würdest du mich angreifen, McMilton, mich, seinen treusten Berater?"

Er trat einen Schritt auf Marius zu, der mit vor Schreck geweiteten Augen zurückwich und gegen die Wand hinter sich stieß. Atemlos schüttelte er den Kopf.

„Mr. Cavenor, b-bitte vergebt mir, ich habe nicht gewollt, ich hatte n-nicht die Absicht, Sie -"

Doch Bhatar unterbrach ihn, indem er seine Hand hob und ihn somit zum zweiten Mal in dieser Nacht zum Schweigen brachte. Drohend neigte er sein Gesicht ganz dicht zu Marius hinunter, sodass sein Atem, der erstaunlich kalt war, seine Wange streifte.

„Vergiss nicht, wo dein Platz ist, Marius oder dir wird es ergehen wie Johnson."

Falls es überhaupt möglich war, wurde Marius noch weißer im Gesicht und er konnte gar nicht oft genug nicken. Bhatar wandte sich schlagartig um und klopfte mit dem Fingerknöchel gegen die Tür. Sofort verstummte das Gespräch dahinter und eine tiefe, raue Stimme rief sie herein.

Marius musste ein paar Mal blinzeln, bevor er sich an das plötzliche Licht gewöhnte, das sie in dem Zimmer erwartete.

Auch hier standen die unterschiedlichsten Möbel herum, allesamt verstaubt und alt und modrig. Ein muffiger, feuchter Geruch lag in der Luft und für einen Moment war nur das Prasseln des Feuers im Kamin in der hinteren Ecke des Zimmers zu hören. Dann erhob sich ein großer Mann mit breiten Schultern und stechend grünen Augen aus einem alten Polstersessel, der nahe eines der Fenster stand und blickte zwischen Marius und Bhatar hin und her.

Bhatar verneigte sich, sodass seine Nase fast den Boden berührte und zögerlich tat es ihm Marius gleich, wenn auch nicht ganz so tief.

„Das ist nicht nötig", sagte der Mann. „Ich habe schon auf euch gewartet und hoffe doch, dass meine Erwartungen nicht enttäuscht werden."

Marius schluckte schwer und seine Hände fingen automatisch an, sich gegenseitig zu kneten. Er warf einen kurzen Seitenblick auf Bhatar und meinte so etwas wie Furcht in seinen weißen Augen aufblitzen zu sehen. Doch schon hatte er sich wieder unter Kontrolle und trat einen ergebenden Schritt vor.

„Meister, ich versichere Ihnen, dass es uns gelungen ist, den Aufenthaltsort der Seelensucher ausfindig zu machen. Sie verstecken sich am Rand der Küste von Cantus", sagte er und nun war nichts mehr von seiner kühlen Überheblichkeit zu spüren.

Nachdenklich sah der Mann mit den grünen Augen ihn an und schien ihn doch nicht wahrzunehmen. Für einen kurzen Moment war sich Marius sicher, dass der Schattenmeister mit seinen Gedanken weit weg an einem fernen Ort war, vielleicht sogar an den Stränden von Cantus. Dann klärte sich dessen Blick wieder und seine Züge wurden härter. Marius fröstelte und unterdrückte den Drang, seinen Mantelkragen zu richten. Er wollte um jeden Preis vermeiden, die Aufmerksamkeit des Schattenmeisters auf sich zu ziehen.

„Was ist mit der anderen Aufgabe, die ich euch übertragen habe, Bhatar?", sagte der Schattenmeister schließlich.

Marius mied seinen Blick und starrte auf seine Schuhe und als Bhatar diesmal sprach, konnte er dessen Stimme wackeln hören.

„Ihr meint die weitere Aufgabe in Cantus, Meister?"

„Genau. Ist es euch gelungen, sie zu finden?"

Marius hörte Bhatar schlucken und sein eigener Herzschlag dröhnte auf einmal furchtbar laut in seinen Ohren.

„Nun?", sagte der Schattenmeister nach einer Weile des Schweigens und

Marius meinte, eine Spur Ungeduld herauszuhören.

„Nein, mein Meister. Wir konnten sie nicht finden, doch wir haben nichts unversucht gelassen, jeden Zentimeter haben wir durchkämmt, jeden -" Bhatars Worte gingen in einem leisen Geräusch aus dem Schatten des Zimmers unter, einer Mischung aus Hüsteln und spitzem Lachen. Sein Ausdruck erstarrte und mit einem knirschenden Ton biss er seine Zähne fest zusammen.

„Warum ist sie hier?", brachte er mit verächtlicher Stimme hervor.

„Weil es ihr im Gegensatz zu dir gelungen ist, ihre vom Meister aufgegebene Aufgabe zu erfüllen, Bhatar", säuselte die Gestalt im Schatten, die nun langsam ins Licht des Kamins vortrat.

Marius fühlte sich sofort an eine zu groß geratene Krähe erinnert. Ihr Gesicht war spitz und ihre Nase gebogen. Braune, schmutzige Haare fielen der Frau über den Rücken, einige Strähnen waren zu festen, dünnen Zöpfen geflochten, andere waren so verfilzt, dass sie schon mehr nach Stroh als nach Haaren aussahen. Sie war kleiner als Marius und Bhatar, obwohl sie schwarze Stöckelschuhe trug, die gerade noch so unter ihrem grauen Rock zu erkennen waren.

„Hallo, Bhatar. Schön, dich endlich wiederzusehen", säuselte die Frau weiter und streckte ihm die Hand entgegen.

Marius fand diese Geste recht mutig, denn Bhatar sah aus, als würde er ihr am liebsten an die Kehle springen. Als er ihre Hand nicht ergriff, schmollte sie demonstrativ und legte den Kopf schief.

„Ach komm schon, Bhatar, willst du eine alte Freundin nicht anständig begrüßen? Wir haben uns schon so lange nicht mehr gesehen."

„Du bist keine Freundin, Corvuna."

Es war schwer, Bhatar zu verstehen, der immer noch angestrengt die Zähne aufeinander presste und anscheinend versuchte, die Frau vor sich mit bloßem Starren zu erdolchen.

„Ach was. Wir stehen alle auf ein und derselben Seite, das ist genauso verbindend. Wobei ich mir jetzt, im Angesicht der Tatsache, dass es dir nicht gelungen ist, die Lebensblume zu finden, doch schwer fällt, zu glauben, du stehst noch immer auf unserer Seite", raunte Corvuna mit einem Grinsen, von dem Marius wusste, dass es Bhatar provozieren würde.

Er sollte recht behalten.

„Wie kannst du es wagen? Du hast keine Ahnung, welche Bürde ich trage, für welche bedeutsame Aufgabe ich auserwählt wurde!", schrie er außer sich vor Zorn.

„Zufälligerweise kann ich es mir vorstellen, mein lieber Bhatar."

Mit diesen Worten zog sie ein Messer aus ihrer Rocktasche und im schimmernden Licht des Feuers erkannte Marius das Zeichen einer brennenden Blüte auf dem hölzernen Griff. Verwundert starrte er Corvuna an. Auch auf seinem Messergriff befand sich dieses Symbol und er wusste, dass es auch den von Bhatar zierte. Vor zwei Monaten noch hatte Marius ein ganz normales Messer besessen, mit schwarzem Griff und ohne Gravierung, doch ein silberner Rubin am Griff hatte seine Zugehörigkeit zu den Schattenboten eindeutig symbolisiert. Doch dann war Bhatar eines Abends vor seiner Haustür aufgetaucht und hatte ihn aufgefordert, ihn auf eine Mission zu begleiten, die ihn zu einem Schattenspäher machen würde. Und noch am selben Abend hatte Bhatar ihm das neue Messer, mit schärferer Klinge und Holzgriff mitsamt Gravierung gegeben.

„Du bist eine Schattenspäherin?"

Bhatar spukte ihr die Worte vor die Füße, als wolle er sie möglichst schnell loswerden. Corvuna lachte, ein hohes, schrilles Lachen, das an den Wänden widerhallte und Marius eine Gänsehaut über den Rücken jagte.

„Das hättest du nicht erwartet, was?", grinste sie.

„Dem bist du nicht gewachsen", zischte Bhatar wütend.

„Ach, nein? Dann verrate mir doch mal, wieso es mir dann gelungen ist, etwas viel Besseres als eine der Lebensblumen zu finden, mein Guter."

Bhatar funkelte sie nun so zornig an, dass seine Augen Funken zu sprühen schienen.

„Nichts kann bedeutsamer sein als die Lebensblumen", meinte er leise.

Da wurde Corvunas Grinsen breiter, triumphierender und irgendwie wusste Marius sofort, dass es doch etwas geben konnte, das bedeutsamer war.

„Was würdest du sagen, wenn ich dir verraten würde, wo sich Moran Reeder aufhält?", hauchte sie und betonte jedes Wort nahezu genießerisch.

Marius' Mund klappte erstaunt auf und selbst Bhatar schien vergessen zu haben, dass er eigentlich wütend auf sie war. Seine Augen weiteten sich und sein Adamsapfel hüpfte aufgeregt auf und ab. Zuletzt hatten sie Reeder auf ihrer Mission gesehen, der durch seine bloße Anwesenheit verhindert hatte, ihre Aufgabe zu erfüllen. Doch noch nie war es einem von ihnen gelungen, herauszufinden, wo er lebte.

„Moran Reeder? Der Moran Reeder?", wiederholte er langsam.

„Wie viele mit diesem Namen kennst du noch, also bitte", sagte Corvuna und verdrehte die Augen, doch es war ihr deutlich anzusehen, dass sie die Wirkung ihrer Worte genoss.

Bhatar räusperte sich und blinzelte ein paar Mal, als wolle er sich erst einmal wieder sammeln.

„Du willst also sagen, dass du weißt, wo Reeder steckt?"

Corvuna nickte und ging hinüber zu einem Tisch, auf dem eine große Karte ausgerollt worden war. Marius erkannte sie sofort. Wie oft hatte er diese schon in seinen früheren Schulstunden gesehen, als er noch ein Kind gewesen war?

Die Karte zeigte Terquasol und die sechs Länder, in die die Welt eingeteilt war – Patridinem, Maribiles, Albursa, Cantus, Novitera und Apunima.

Alle sechs Länder waren von unterschiedlicher Form und Größe, doch grenzten sie alle an das große Meer in der Mitte, das mit zwei Tintenworten beschriftet war: Ponte Simul. Keines der Länder war miteinander verbunden, sie wurden alle von einem breiten Zweig des Meeres getrennt.

Corvuna deutete auf eines der größeren Länder, das den Namen Patridinem trug.

„Ich weiß, dass Reeder sich dort aufhält. Sein nutzloser Gehilfe, der ihm wie eine Klette am Bein hängt, hat es zufälligerweise erwähnt, als ich in der Nähe war", sagte sie.

„Und du bist dir absolut sicher?", hakte Bhatar nach, als wäre er davon überzeugt, eine Schwachstelle in ihrem Triumph zu finden.

„Natürlich, du Dummkopf. Wäre ich sonst hierher gekommen, zu unserem Meister?"

Zum ersten Mal seit Minuten erinnerte sich Marius an die Anwesenheit des Schattenmeisters und zuckte zusammen, als hätte er soeben eine Ohrfeige bekommen. Vorsichtig hob er den Blick und sah zu seinem Meister hinüber. Dieser starrte jedoch gedankenverloren auf die Karte und schien ihr Gespräch nicht im Geringsten verfolgt zu haben. Keiner der drei wollten ihren Gebieter aus den Gedanken reißen und so vergingen fast fünf erdrückende Minuten der Stille, bis der Schattenmeister sich vom Tisch abwandte und ans Fenster trat.

„Es ist ein Jammer, dass euch die Aufgabe nicht geglückt ist, wahrlich ein Jammer...", sagte er schließlich leise.

„Mein Meister, ich werde diese Aufgabe übernehmen, ich werde Euch nicht enttäuschen!", stieß Corvuna mit schriller Stimme aus.

Bhatar murmelte etwas, doch Marius verstand es nicht, denn im selben Augenblick drehte sich der Schattenmeister wieder zu ihnen um und richtete seinen Blick direkt auf Marius. Nun konnte er nicht mehr widerstehen und zupfte fast schon gewaltsam an seinem Kragen herum. Er hatte das Gefühl, der Raum wäre plötzlich zehn Grad heißer geworden.

„Nein, Corvuna. Für dich habe ich eine andere Aufgabe", sagte der Schattenmeister, ohne seinen Blick von Marius zu wenden. „Und dieser Bursche wird dich begleiten."

Corvuna blickte enttäuscht zu ihm hinüber, als wäre es seine Schuld, dass ihr Meister sie abwies.

„Auch für dich habe ich eine Aufgabe, Bhatar. Und ich hoffe doch, dass du mich dieses Mal nicht enttäuschst."

Rasch nickte Bhatar und verbeugte sich gleich zwei Mal vor ihm.

„Das werde ich nicht, Meister", sagte er mit fester Stimme.

„Was ist meine Aufgabe, mein Meister?", rief Corvuna.

Marius wollte es am liebsten gar nicht erfahren. Er dachte an seine Frau, die jetzt sicher schon schlief und seine Kinder, die morgen nichtsahnend in die Schule gehen würden, ohne zu erfahren, dass ihr Papa schon wieder weg musste.

„Ihr werdet nach Patridinem gehen und dort nach Moran Reeder Ausschau halten. Informiert mich über alles, was ihr herausfindet. Irgendwo dort muss er leben, ich will wissen, wo und mit wem, verstanden?", sagte der Schattenmeister mit einer plötzlichen Härte, dass Marius nicht anders konnte, als zu nicken.

„Natürlich, mein Meister. Sie werden alles erfahren, was Sie wissen wollen", sagte Corvuna und verneigte sich vor ihm, sodass ihr Haar den Boden streifte.

Als sie sich wieder aufrichtete, warf sie Marius einen eindringlichen Blick zu und bedeutete ihm dann, ihr zu folgen. Er sah zu Bhatar, doch der starrte angestrengt in die andere Richtung, also folgte er Corvuna widerwillig aus dem Zimmer und die Treppe wieder hinunter. Für ihre hohen Schuhe lief sie erstaunlich schnell und sicher. Als sie die Tore in der Eingangshalle aufstießen, empfing sie kühle Luft, die Marius nun viel angenehmer vorkam, als das stickige Kaminzimmer im Obergeschoss.

Kurz vor dem Steinbogen hielt Corvuna und drehte sich zu Marius um. Jegliches Grinsen war von ihren Lippen verschwunden und ihre Augen glühten. „Erlaubst du dir auch nur einen Fehltritt, werde ich mich persönlich um deine Zukunft kümmern, wenn du dann noch eine hast. Wir verstehen uns?", sagte sie barsch.

Marius, der an diese Behandlung schon von Bhatar gewöhnt war, nickte langsam.

„Gut. Morgen früh brechen wir auf. Sei pünktlich, McMilton."

Überrascht, dass sie seinen Namen kannte, blickte er Corvuna nach, die unter dem Steinbogen hindurch lief und schließlich im Schatten der Nacht verschwand.

Kapitel 2: Auf der Helianthus

Ein letztes Mal strich Maybelle Stacks das Pergament glatt und las es sich durch.

Mein lieber Vater,
Immer wieder habe ich dir gesagt, wie ich mich fühle und dass ich es nicht mehr aushalte, länger hier zu bleiben und nichts zu tun. Für dich mag die Fischerarbeit dein Leben sein, deine Leidenschaft, aber ich kann sie einfach nicht teilen. Ich habe es versucht, Papa, habe es wirklich dir zuliebe versucht. Aber da haben wir uns wohl beide etwas vorgemacht. Ich möchte endlich mehr. Seit zwanzig Jahren sehe ich Tag für Tag dieselbe, alte Hütte der Forsters mit ihren Zwillingstöchtern. Seit zwanzig Jahren sehe ich denselben kleinen See, auf dem du und die anderen Fischer eure Netze auswerft. Ich glaube, mittlerweile kenne ich keinen anderen Geruch mehr als diesen Fischgeruch, der über unserem Dorf liegt.
Ich hoffe, nein, ich bete, dass du mich verstehst, auch wenn du es die ganzen Jahre nicht getan hast. Ich muss fort, Papa. Ich muss mehr von dieser Welt sehen, sonst werde ich hier noch umkommen, ganz Gewiss.
Pass auf dich auf, denn auch ich werde auf mich aufpassen, das verspreche ich dir. Wir sehen uns bald wieder.
Ich liebe dich,
Deine May

Mit einer Mischung aus schlechtem Gewissen und kribbelnder Vorfreude faltete May den Brief und legte ihn dann auf ihr gemachtes Kopfkissen. Als sie sich wieder aufrichtete, fiel ihr Blick aus dem runden Fenster über ihrem Bett. Hinter dem Strohdach von den Forsters konnte sie das glitzernde Wasser des Meeres sehen.

Rasch schnappte sie sich ihre Ledertasche, die sie an ihr Bett gelehnt hatte und blickte sich ein letztes Mal in ihrem Zimmer um. Eigentlich war es kein richtiges Zimmer. Zu Mays sechzehntem Geburtstag hatten sie und Timothy Stacks, ihr Vater, den Dachboden der Hütte zu einem gemütlichen Schlafeckchen umgebaut. An den schrägen Wänden hingen selbstgebastelte Traumfänger aus Federn, Perlen und Muscheln und in der Holzkommode, die Pierce Worthon, der beste Freund ihres Vaters geschnitzt hatte, stapelten sich Bücher, Steine, selbstgemalte Bilder, Kohlestifte, Federkiele, eine Pfauenfeder und zwei Gläser mit funkelndem Sand.

Mays Mundwinkel zuckten, als ihr Blick an einem der Bilder hängen blieb, das sie gemalt hatte, als sie drei Jahre alt gewesen war. Aus den undeutlichen, bunten Linien und Kreisen konnte sie dennoch das strahlende Gesicht ihrer Mutter erkennen und daneben stand sie selbst und hielt ihre Hand in der einen, die ihres Vaters in der anderen. Für einen kurzen Moment hatte May das Gefühl, etwas Schweres würde sich auf ihre Brust legen, doch als sie rasch den Blick von den Zeichnungen abwendete, verstrich der Moment.

So leise wie möglich schlich sie die knarrende Holztreppe hinunter ins Wohnzimmer und vorbei an der angelehnten Tür, hinter der sie das gleichmäßige Schnarchen ihres Vaters hören konnte. Er schien so tief zu schlafen, dass ihn wahrscheinlich eine wild gewordene Horde Elefanten nicht hätte aufwecken können. Dennoch durchquerte May das Wohnzimmer auf Zehenspitzen und öffnete die Haustür so leise wie möglich.

Frische Morgenluft schlug ihr entgegen und strich ihr durchs lange, braune Haar und über ihre Waden und Arme, die vom Stoff des Rocks und der Bluse nicht verdeckt wurden. Zögernd stand sie in der Eingangstür und warf einen Blick über die Schulter.

Ein schwerer Kloß bildete sich in ihrem Hals, als sie das vertraute, kuschelige Sofa sah, auf dem ihr Vater und sie abends so oft saßen und Karten spielten. Diesen Abend würden sie nicht dort sitzen und sie würde auch nicht in der Küche stehen und ihren Vater wie so oft mit selbstgebackenen Keksen überraschen.

„Ich komme zurück, Papa", flüsterte sie in die Stille hinein.

Als Antwort schnarchte Timothy Stacks besonders laut und für den Bruchteil einer Sekunde überkam May der geradezu übermächtige Drang, die Tür zuzuschlagen und sich wieder oben ins weiche, warme Bett fallen zu lassen. Doch dann erinnerte sie sich an die Nächte, in denen sie stundenlang wach gelegen und an die Decke gestiert und an allem gezweifelt hatte, was sie bisher getan hatte. Sie erinnerte sich an das Gefühl der Nutzlosigkeit und der Trägheit, die sie ergriffen hatte und schließlich die frische Energie, als sie den Plan fasste, endlich etwas dagegen zu unternehmen.

Wie zur Bestätigung nickte sie sich selber zu, dann trat sie hinaus auf den schmalen Weg, der durch den winzigen Vorgarten führte und schloss die Tür hinter sich.

Ihr schien es, als würde sie dadurch auch die Schwere in ihrer Brust wegschließen. Ohne einen Blick zurückzuwerfen schritt May durch den Vorgarten, öffnete das quietschende Holztor, über das sich Pierce jedes mal beschwerte, wenn er zu Besuch kam und lief den Pfad hinab, der durch das Dorf Silver-Myers führte.

Während sie an den Häusern und Fischerhütten vorbei lief, kämpften sich die ersten rot-goldenen Sonnenstrahlen durch die Nebelschwaden und als sie den See am Rand von Silver-Myers hinter sich gelassen hatte, zwitscherten die ersten Vögel ihre Lieder. Mays Herz pochte aufgeregt in ihrer Brust und ihre Hände umklammerten den Riemen der Tasche umso fester.

Wie lange träumte sie schon von diesem Augenblick? Wie lange stellte sie sich schon vor, diesen Weg hinabzulaufen, mit dem Ziel, auf das nächste Schiff zu steigen und einfach davon zu segeln?

Ihrem Vater zuliebe hatte sie dies nie getan. Sie war immer das brave, ruhige Mädchen gewesen, das in Apunima blieb und ihn ab und zu auf einen seiner Fischerausflüge begleitete. May wusste, dass es ihm das Herz gebrochen hätte, wäre sie aufgebrochen und hätte ihn zurückgelassen.

Schon oft hatte sie versucht ihn zu überreden, dass sie doch einmal Urlaub machen könnten in einem der anderen Länder von Terquasol.

Vielleicht sogar in Patridinem, immerhin schwärmte Pierce ständig davon. Doch die Diskussionen waren jedes Mal gleich ausgegangen – er hatte irgendwann auf stur geschaltet und sich in den Schuppen hinterm Haus verzogen, um die Netze und Angelrouten zu putzen und May war alleine im Wohnzimmer zurückgeblieben. Seit ihre Mutter gestorben war, verbrachte Timothy Stacks erstaunlich viel Zeit in diesem Schuppen. Damals nutzten sie ihn noch, um Gerümpel aller Art unterzustellen, doch weil so viel davon an Emma Stacks erinnert hat, hatte Timothy es schließlich entsorgt.

Zwar hatte er darauf beharrt, die Sachen endgültig verbrannt zu haben, doch May war sich sicher, dass er es niemals übers Herz gebracht hätte.

Und gerade deswegen musste er sie doch einfach verstehen!

Er ging in diesen Schuppen, um seiner verstorbenen Frau nahe zu sein und sie wollte auf Reisen gehen, sich die Welt ansehen, so wie Emma es in ihrer Jugend immer getan hatte. May wollte doch nichts weiter, als ihrer Mutter irgendwie nahe zu sein.

Leise Stimmen rissen sie aus den Gedanken und erschrocken sah sie auf. Sie hatte vorgehabt, bei ihrem Aufbruch nicht gesehen zu werden, das würde

16

bloß neugierige Fragen aufbringen, die sie nicht beantworten wollte. Gerade noch rechtzeitig hüpfte sie hinter eine niedrige Hecke und kauerte sich dort nieder, da bogen auch schon zwei Männer um die nächste Ecke. May vermutete stark, dass sie aus dem Pub von Silver-Myers kamen, denn sie torkelten Arm in Arm den Weg entlang und lallten fast unverständliche Worte vor sich hin.

„Hab's dir nich gesacht, oder doch?", nuschelte der Kleinere der beiden.

„Was'n?", gab der Andere zurück und als sie an dem Stück der Hecke vorbeikamen, hinter dem May hockte, sah sie, dass er leicht schielte.

„Die wolln den, hicks, Kirchturm neu machen..."

„Nein! Das...das können se doch nich machen!", polterte der Schielende. Die Antwort des Kleineren ging in einem weiteren Schluckauf unter und im nächsten Moment bogen die beiden hinter dem Metzger in eine Seitengasse und verschwanden. May wartete noch zwei Minuten, um sich zu vergewissern, dass sie auch nicht zurückkamen, dann sprang sie auf und rannte die letzten Meter zum Hafen.

Das Licht der Sonne nahm mittlerweile einen orange-gelblichen Ton an und je näher May den Anlegeplätzen von Apunima kam, desto kühler und salziger wurde die Luft. Möwen kreisten über ihrem Kopf und einige saßen auf dem Zaun der Kuhweide, an der sie vorbeikam und beobachteten sie aus neugierigen Augen. Und dann kam es endlich in Sicht. Das große Schiff, dessen drei Masten hoch in die Lüfte empor ragten und die milchfarbenen Segel in der Morgenbrise flatterten. Das Rauschen der Wellen klang wie Musik in Mays Ohren. Sie blieb stehen und atmete tief durch.Wie oft war sie schon runter zum Hafen gelaufen und hatte die Passagierboote beim An – und Ablegen beobachtet...

Wenn sie dieses Schiff betreten würde, gäbe es kein Zurück mehr. Sie würde nach Patridinem segeln, in ein fremdes Land, ohne Freunde, ohne Familie, ganz auf sich alleine gestellt. Ein mulmiges Gefühl breitete sich in Mays Magengegend aus, doch bevor sie es sich anders überlegen konnte, schwenkte einer der Besatzungsmitglieder eine große Glocke über seinen Kopf.

„Letzter Aufruf für die Helianthus, Abfahrt 6 Uhr, Route Novitera, Apunima, Patridinem!"

Mit wild hämmerndem Herzen reihte sich May hinter den letzten Passagieren ein, die die Helianthus betreten wollten. Vor ihr stand eine junge Frau, die an der Hand ihre kleine Tochter hielt, die aufgeregt auf und ab hüpfte.

„Mami, Mami, wann geht es endlich los, Mami?", quiekte sie und versuchte, an den anderen Menschen vorbei auf das Schiff zu spähen.

„Gleich, mein Liebling. Siehst du, wir sind fast dran", sagte ihre Mutter liebevoll und strich dem aufgeregten Mädchen eine Haarsträhne hinters Ohr.

May verspürte bei diesem Anblick einen kleinen Stich. Für einen Moment hatte sie sich selbst an der Hand ihrer Mutter gesehen.

„Können wir dann auch wieder auf die Ponyfarm, Mami? Ich möchte noch mal auf den Ponys reiten", rief das Mädchen.

„Natürlich. Aber bis dahin musst du dich noch ein wenig gedulden, Schatz."

Die Reihe wurde kürzer und schließlich zeigten die beiden vor May ihre Tickets vor und betraten die Helianthus.

„Ihr Ticket, bitte."

Ein schlaksiger, pickeliger Mann mit strohblondem Haar und einer Pfeife im Mundwinkel streckte gelangweilt die Hand aus, während er rötliche Wolken aus seiner Pfeife blies.

„Ja, natürlich", beeilte sich May zu sagen und kramte in ihrer Tasche nach dem Ticket.

Sie hatte es schon vor zwei Wochen gekauft. Selbstverständlich heimlich und ohne, dass ihr Vater es mitbekommen hatte; sie war mit der Ausrede frische Eier vom Bauern zu holen, zum Hafen gegangen und hatte sich das Ticket mit ihrem ersparten Geld gekauft. Endlich fand sie es zwischen dem Handspiegel, den ihre Mutter ihr geschenkt hatte und einem Apfel und reichte es dem Pfeife rauchenden Mann. Er warf einen vagen Blick darauf, nickte und gab es ihr zurück.

„Eine angenehme Reise wünscht Ihnen die Helianthus-Mannschaft, Ma'am."

Während May das Ticket wieder in ihrer Tasche verstaute, betrat sie das Schiff über die ausgelegte Planke.

An Deck herrschte ein wildes Treiben. Matrosen schleppten Fässer und Netze voller Kartoffeln, Dosen und Fisch von einer Seite zur anderen, Kinder tobten umher, eine Gruppe aus Männern mit merkwürdig hohen Zylindern und schweren Mänteln, an denen Zahnräder und Holzknöpfe hingen, lehnten an der Reling und neben einem Stapel Sandsäcken stand eine Frau mit dunklem, verfilztem Haar, die im Flüsterton eindringlich auf einen nervös vor und zurück wippenden Mann einredete.

May schlenderte an der Reling entlang und suchte einen etwas ruhigeren Platz. Nicht weit von den Männern mit den Zylindern entfernt, blieb sie stehen und stellte sich auf die Zehenspitzen, um einen letzten Blick auf Apunima zu erhaschen. Da lag es, mit seinen vielen Seen und Wäldern und Feldern.

May dachte an ihren Vater. Ob er jetzt wohl schon den Brief gefunden hatte? Wahrscheinlich nicht. Bestimmt nahm er an, dass sie noch schlafen würde, manchmal verschlief sie fast den ganzen Tag, wenn sie in der Nacht wieder einen ihrer Albträume gehabt hatte.

Ein gellender Pfeifton hallte über das Deck und nur wenige Minuten später hievten der pickelige Mann mit der Pfeife und einer seiner Kollegen die Planke an Bord und die Helianthus setzte sich unter Ächzen und Dröhnen in Bewegung. May rührte sich nicht vom Fleck. Wie gebannt starrte sie auf das immer kleiner werdende Apunima und erneut keimten die Gewissensbisse in ihr auf.

War es richtig von ihr, einfach zu gehen? Würde ihr Vater sauer sein, wenn er herausfand, was sie getan hatte? Sicherlich würde er enttäuscht und traurig sein. Bei dem Gedanken an Tränen auf seinem Gesicht und Verzweiflung in seinen blauen Auge verkrampfte sich Mays Inneres. Würde er so verzweifelt sein, wie am Tag von Mutters Beerdigung?

May schüttelte den Kopf, um die dunklen Gedanken zu vertreiben.

„Ich habe nun mal meine Entscheidung getroffen, ich werde keinen Rückzieher machen", murmelte sie leise und wandte sich schließlich von dem winzigen Stück Land in der Ferne ab, das ihr zu Hause war.

Die nächste Stunde verbrachte sie damit, über das Schiff zu schlendern und neugierig die anderen Passagiere zu mustern. Silver-Myers war ein kleines, ödes Fischerdorf, in das sich nur selten andere Leute aus anderen Ländern verirrten. Deswegen war May nun umso gespannter, die Sitten der anderen kennenzulernen. Bald schon fand sie heraus, dass die Männer mit den hohen Zylindern aus Novitera kamen, dem Land der Künstler, Schmiede und Ingenieure. Sie unterhielten sich ausgelassen über den Stoff ihrer Mäntel, die sie allen Anschein nach selbst entworfen und geschneidert hatten.

„Und der ist wirklich aus echtem Yeti-Fell?", sagte der eine, halb skeptisch, halb beeindruckt.

„Selbstverständlich. Ich habe ihn mit meinem Onkel monatelang gejagt, bis wir ihn endlich erwischt haben. Hat mir drei meiner gescheitesten Finger gekostet", antwortete der Andere und hob seinen Arm hoch, sodass sein Ärmel hochrutschte.

May zog scharf die Luft ein, als sie die drei Stummel sah, an denen eigentlich sein Ringfinger, Mittelfinger und Daumen hätten sein müssen. Auch seine Freunde schienen entsetzt und starrten die verkrüppelte Hand an, als würde sie zu einem Außerirdischen gehören.

„Aber wie hast du dann diesen bezaubernden Mantel geschneidert, Olaf?", piepste ein weiterer Zylinderträger.

„Och, mein Onkel hat mir geholfen, sozusagen als Wiedergutmachung. Wäre er in seiner Wache nicht eingeschlafen, dann hätte der Yeti uns auch nicht überraschen können."

Während seine Freunde in Gelächter ausbrachen, stahl sich May langsam weiter. Sie hatte noch nie einen echten Yeti gesehen, nur in einer Abbildung aus ihrem Schulbuch. Wie denn auch, sie kannte ja nur die Tiere und Geschöpfe, die in Apunima hausten und Yetis zählten ganz sicher nicht dazu. So weit sie wusste, lebten Yetis bloß in einem einzigen Land, nämlich in Albursa. In Albursa herrschte stets Winter, es war das Land des Eises und des Schnees und noch nie hat es einen Tag gegeben, an dem dort nicht mindestens Minus Zehn Grad gemessen worden waren. Während May sich noch fragte, ob die Geschichte mit dem Yeti, der den Mann mit seinem Onkel im Schlaf überfallen hatte, bloß ausgedacht war, um die Freunde zu beeindrucken, kam sie an dem Stapel der Sandsäcke vorbei.

„Und was ist, wenn er nicht alleine ist? Die Leute erzählen sich, dass er doch recht mächtig sein soll."

May blieb verwundert stehen, als sie die leise, verängstigte Stimme hörte. Sie sah den Mann, der so nervös hin und her wippte und die Frau mit dem schmuddeligen Haar. Nun verdrehte diese die Augen.

„Ich frage mich immer wieder, wieso er ausgerechnet dich auf diese Mission geschickt hat", murrte sie barsch.

„Das frage ich mich auch", nuschelte der Mann, doch die Frau schien ihn nicht gehört zu haben.

„Es gibt nur einen mächtigen Mann in Terquasol und das ist unser Meister. Niemand wird sich je mit seinen Kräften messen können. Was er alles schon vollbracht hat..."

Ihr Ausdruck wurde geradezu schwärmerisch, was ziemlich merkwürdig auf ihrem sonst so harten Gesicht aussah.

„Aber ist es nicht seltsam, dass niemand seinen richtigen Namen kennt? Ich meine, er könnte ihn wenigstens uns verraten, oder nicht?", sagte der nervöse

Mann kleinlaut.

Die Frau warf ihm einen bösen Blick zu und zwirbelte eine eh schon verfilzte Haarsträhne zwischen den Fingern.

„Er will nur seine Identität schützen, du Trottel", fuhr sie ihn an.

Doch der Mann zuckte mit den Schulten.

„Ich meine ja nur. Ich dachte, er vertraut uns ein bisschen mehr."

„Zweifelst du etwa an seiner Einstellung, McMilton?"

„Was? Nein, nein, keineswegs!", stieß er hastig aus und hob abwehrend die Hände.

Die Frau nickte, wenn auch nicht wirklich überzeugt und ihre Hand klopfte auf die Tasche ihres grauen Rocks.

„Wenn er uns nicht vertrauen würde, dann hätte er uns auch nicht diese höchst nützlichen Messer gegeben, nicht wahr?", sagte sie hochnäsig.

Der Mann, den sie mit McMilton angesprochen hatte, zog eine Augenbraue hoch.

„Ich verstehe nicht ganz, was so besonders an ihnen sein soll. Bloß, weil dieses Zeichen da drauf ist?"

Mit diesen Worten langte er in seine Manteltasche, doch bevor er seine Hand wieder zurückziehen konnte, stürzte die Frau mit einem schrillen Aufschrei vor und packte seinen Arm. Empört und verwirrt zugleich starrte McMilton sie an.

„Nicht hier", zischte sie und sah sich mit geweiteten Augen um.

May hockte sich rasch hinter die Säcke, um nicht entdeckt zu werden.

„Willst du die ganze Mission verderben, Schwachkopf? Wenn die rausfinden, dass wir hier sind, dass wir ihm auf der Spur sind, können wir uns gleich die Kehle durchschneiden."

„Schon gut, ich...es wird nicht wieder vorkommen", versicherte McMilton eingeschüchtert und zog seine Hand aus der Tasche.

„Du glaubst doch nicht wirklich, dass jemand von denen hier ahnen könnte, wer wir sind, oder?"

Diesmal hatte McMilton so leise gesprochen, dass May ihn fast nicht mehr verstanden hätte. Vorsichtig drückte sie sich näher an die Säcke, um die beiden besser verstehen zu können. Die Frau ließ ihren Blick unauffällig über die anderen Passagiere wandern und schüttelte langsam den Kopf.

„Ich denke nicht. Sieh sie dir doch an. Tollen herum wie kleine Kinder, nichtsnutzige Bälger allesamt", sagte sie mürrisch.

McMilton schwieg, doch auch er beobachtete die Leute. Als sein Blick auf die Frau mit dem kleinen Mädchen fiel, die vor May in der Ticketschlange gestanden hatten, zuckten seine Mundwinkel und etwas Helles leuchtete in seinen Augen auf.

„Die Klingen der Messer, die der Meister uns gegeben hat, sind mit dem Blut der Flussnixen getränkt. Es macht sie schärfer, unzerstörbar und tödlicher", sagte die Frau schließlich mit gesenkter Stimme und wieder klopfte sie auf ihre Rocktasche.

Mittlerweile vermutete May stark, dass sich dort eines dieser Messer befand. McMilton starrte sie ungläubig an und das Leuchten war aus seinen Augen verschwunden.

„Das Blut der Flussnixen? Aber sie sind doch äußerst selten, oder nicht?", stammelte er.

Ein hämisches Grinsen breitete sich auf den Lippen der Frau aus und May verspürte das Bedürfnis, an ihren zotteligen Haaren zu ziehen.

„Widerwärtige Kreaturen. An das niedere Leben der Armen und Dreckigen gebunden", lachte sie.

„Und damit haben wir eine Chance gegen Reeder?", murmelte McMilton unsicher. Mit nervösen Fingern fummelte er an seinem Mantelkragen herum.

„Wenn ich die Möglichkeit habe, diesem Kerl gegenüberzustehen, dann überlege ich mir zweimal, ob ich das Messer oder nicht doch lieber meine bloßen Hände benutze", antwortete die Frau kalt.

May hatte genug. Langsam zog sie sich zurück, darauf bedacht, von den beiden nicht entdeckt zu werden und lief dann bis zum anderen Ende des Decks. Aus irgendeinem Grund war es ihr besonders wichtig, möglichst viel Abstand zwischen sich und diese Frau zu bringen. Erst als sie wieder an der Reling stand, hielt sie an und stützte sich schwer atmend dagegen.

Sie starrte hinunter in die Wellen, doch nahm sie kaum wahr. Ihre Gedanken rasten.

War sie gerade Zeuge geworden, wie jemand einen Mord plante? Hatten diese Frau und dieser Mann, dieser McMilton, die Absicht, nach Patridinem zu segeln, um jemanden umzubringen?

Schwer schluckend stand May da und umklammerte die Balustrade so fest, dass ihre Knöchel weiß hervortraten. So hatte sie sich ihre ersten Stunden auf dieser Reise nicht vorgestellt. Sie versuchte sich zu beruhigen und schloss die Augen, spürte die Gischt auf ihrer Haut und den Wind in ihren Haaren.

Langsam beruhigte sich ihr Herzschlag wieder und instinktiv beugte sie sich noch ein Stückchen weiter über die Reling, um mehr von der frischen, wohltuenden Luft zu erhaschen.

„Passen Sie lieber auf, wir wollen Sie doch nicht aus dem Wasser fischen müssen."

May schlug die Augen auf und drehte sich um. Ein Mann stand vor ihr, die Hände in die Hüften gestemmt und ein freundliches Schmunzeln im Gesicht. Graues, dichtes Haar bedeckte den Großteil seines kleinen Kopfes und seine schütteren Augenbrauen waren kaum zu erkennen. Kleine Lachfältchen umspielten seine Mundwinkel und seine blauen Augen strahlten May an.

„Zum ersten Mal auf dem Wasser, Miss?", fragte er lächelnd.

„Zum ersten Mal auf dem Ponte Simul unterwegs, ja. Zum ersten Mal auf dem Wasser, nein", erwiderte May.

Der Mann lachte und streckte ihr die Hand entgegen.

„Shaun Gosnell, Miss."

„Maybelle Stacks, aber meine Freunde nennen mich einfach May", sagte sie und schüttelte seine Hand.

„Perfekt, ich habe noch nie viel von Höflichkeitsfloskeln gehalten. Nenn mich einfach Shaun", sagte er und sein Lächeln wurde noch breiter.

Er stellte sich neben sie, verschränkte seine Arme auf dem Geländer und blickte hinaus auf die Weites des Meeres. May musterte ihn von der Seite.

„Woher kommst du, Shaun?", fragte sie und konnte die Neugier in ihrer Stimme nicht verbergen.

„Aus Patridinem. Du kannst dir nicht vorstellen, wie froh ich bin, endlich wieder zurückzukommen. Meine Heimat hat mir wirklich gefehlt in den letzten Tagen, das kann ich dir sagen", meinte er, ohne den Blick von den Wellen abzuwenden.

„Dann warst du vorher in Apunima?"

„In Novitera. Ich bin schon etwas länger auf diesem Schiff unterwegs, meine Liebe und kann es deswegen kaum erwarten, endlich wieder im Sattel meiner Fanny zu sitzen", antwortete Shaun mit einem träumerischen Ausdruck.

Er schien Mays Stirnrunzeln zu bemerken.

„Meine Stute heißt Fanny", erklärte er. „Und du kommst also aus Apunima?"

May nickte.

„Woher weißt du das? Ich hätte doch genauso gut aus Novitera kommen können", sagte sie erstaunt.

23

„Erstens habe ich dich dort nicht unter den Passagieren gesehen, die in Novitera in der Schlange standen und zweitens meintest du, dass du noch nie auf dem Ponte Simul warst", sagte Shaun lächelnd.

„Du merkst dir jeden, der dieses Schiff betritt?", sagte May verblüfft.

„Natürlich. Heutzutage ist das mehr als ratsam, meine Liebe."

„Wieso?", wollte May rasch wissen.

Doch Shaun schüttelte langsam den Kopf und sein Strahlen verrutschte etwas.

„Frag mich etwas Leichteres", sagte er entschuldigend.

„Gut. Wie ist es so in Patridinem?"

Schlagartig hellte sich Shauns Miene auf.

„Oh, das ist leicht. Wo soll ich da nur anfangen? Es gibt die herrlichsten Wildpferde, die spannendsten Schießduelle und den stärksten Whiskey weit und breit. Aber es kann auch ein gefährlicher Ort sein. Wenn du nicht aufpasst, erwischen dich die Roten Hyänen."

„Die Roten Hyänen?", wiederholte May.

„So nennt sich die Bande aus den schlimmsten Falschspielern und hinterhältigsten Halunken, die mir je untergekommen sind. Naja, bis auf..."

Er brach ab und strich sich gedankenverloren über die wenigen grauen Barthaare. Für einen Moment schien er vergessen zu haben, dass May da war, dann schüttelte er den Kopf, als wolle er eine lästige Fliege vertreiben.

„Nun, nicht so wichtig. Was treibt dich denn nach Patridinem, May?", sagte er dann bemüht lässig.

„Ich dachte, ich könnte mir etwas von der Landschaft dort ansehen. Ein Bekannter von mir schwärmt schon seit Jahren von Patridinem und ich wollte es mir schon immer einmal gerne selber ansehen", sagte sie.

„Wieso hast du es dann noch nicht getan? Dir ist die Jahre etwas entgangen, meine Liebe", entgegnete Shaun gespielt entrüstet.

„Es...es hat sich bis jetzt keine Gelegenheit geboten", sagte May ausweichend.

Shaun zog die Augenbrauen hoch, doch zu Mays Erleichterung ging er nicht weiter darauf ein.

„Du hättest dir keinen ungünstigeren Zeitpunkt für deine Reise aussuchen können", seufzte er schließlich und sah wieder hinaus aufs Wasser.

Jegliches Lächeln war verschwunden und ein plötzlicher Schatten lag auf seinem Gesicht. May runzelte die Stirn. Sie wusste nicht recht, was er damit meinte, wollte ihn jedoch ungern darauf ansprechen.

Er schien nicht sonderlich erpicht auf dieses Thema zu sein. Sie öffnete den Verschluss an ihrer Tasche und holte den Handspiegel heraus, den ihre Mutter ihr kurz vor ihrem fünften Geburtstag geschenkt hatte.

Kurz bevor sie starb...

Der Handspiegel bestand aus glänzendem Mahagoniholz und in der Rückseite waren sechs unterschiedliche Blumen eingraviert. Jede Blume sah anders aus und die Details jeder von ihnen waren fein und höchst ordentlich herausgearbeitet. May betrachtete sich kurz im Spiegel und reichte ihn dann Shaun.

„Könntest du ihn kurz halten?"

„Na klar."

Rasch zupfte sie ein Haarband aus der Tasche und band sich ihre widerspenstigen Haare zu einem lockeren Knoten nach oben. Als Shaun ihr den Spiegel wiedergab, fiel sein Blick für den Bruchteil einer Sekunde auf die Rückseite und auf die Gravierungen und er erstarrte in der Bewegung. May, der der Spiegel ihrer Mutter heilig war, zog ihn rasch und etwas grob aus seiner Hand und stopfte ihn wieder zurück in die Tiefen ihrer Tasche. Als sie wieder aufsah, hatte sich Shaun immer noch nicht geregt und starrte auf die Tasche, in der der Spiegel gerade verschwunden war.

„Von...von wem hast du diesen Spiegel, May?", hauchte er mit heiserer Stimme.

„Von meiner Mutter, weshalb?", sagte May misstrauisch.

„Ich...."

Shaun brach ab und schüttelte den Kopf, strich sich wieder übers Kinn und schüttelte abermals den Kopf.

„Tut mir leid, ich muss da etwas verwechselt haben", sagte er schließlich und schenkt ihr ein beruhigendes Lächeln.

Die restliche Fahrt tauschten sie sich über Geschichten aus ihren Ländern aus; Shaun erzählte von Patridinem und Jagdausflügen auf seiner Fanny und May berichtete von Apunima und der Fischerarbeit mit ihrem Vater.

Und doch fiel ihr auf, dass der nachdenkliche Ausdruck auf Shauns Gesicht, den er aufgesetzt hatte, seitdem er Mays Spiegel gesehen hatte, nicht mehr verschwinden wollte.

Kapitel 3: Der Mürrische und der Faulpelz

„…und dann ging er zu ihm hin, hat die Kröte aufgehoben und sie ihm einfach auf den Kopf gesetzt. Du hättest sein Gesicht sehen müssen, es war köstlich."

May stimmte in Shauns Lachen mit ein. In den letzten anderthalb Stunden war ihr eines bewusst geworden: Shaun Gosnell war ein hervorragender Geschichtenerzähler. Wenn er von seinen wahnwitzigen, lustigen und spannenden Reisen erzählte, hatte May jedes Mal das Gefühl selbst dabei gewesen zu sein. Als sie sich wieder beruhigt hatten, lehnte sich May an der Wand des Kapitänshäuschen zurück und legte ihre Arme auf den Knien ab. Sie waren sich beide einig gewesen, den letzten Rest der Fahrt im Sitzen zu verbringen und da alle Bänke belegt waren, hatten sie es sich im abgelegenen Winkel des Kapitänshäuschen gemütlich gemacht.

„Wie lange wohnst du schon in Patridinem?", fragte May nun neugierig.

Shaun winkelte ein Bein an und legte seinen Kopf in den Nacken. Er musste seine Augen mit einer Hand vor der herabbrennenden Sonne abschirmen.

„Mein ganzes Leben, würde ich sagen. Jedenfalls wurde ich dort geboren und bin seitdem immer wieder dorthin zurückgekehrt, nicht wahr? Auch wenn ich mal Wochen, sogar Monate außer Lande war, hat es mich am Ende immer wieder dahin zurückgezogen", sagte er langsam.

„Hast du nie darüber nachgedacht, in ein anderes Land zu ziehen?"

„Natürlich habe ich darüber nachgedacht. Stell dir vor, du lebst in Albursa, nie wieder schwitzen und du musst auch keine Angst mehr vor ausgetrockneten Seen haben", grinste Shaun.

Doch dann wurde er wieder ernst und verfolgte mit den Augen eine vorbeiziehende Möwe.

„Aber ich hätte es nicht übers Herz gebracht, Patridinem zu verlassen. Endgültig, meine ich. Es ist mein zu Hause, weißt du?"

Sie nickte und doch war sie sich im selben Moment nicht sicher, ob sie verstand. Apunima war zwar ihre Heimat, sie war dort geboren, dort aufgewachsen, ihr Vater war dort und nie hatte sie einen anderen Ort gesehen. Doch konnte sie sich wirklich vorstellen, für immer dort zu bleiben? Alt zu werden zwischen den engstirnigen Fischersleuten, die sich bis in die frühen Morgenstunden mit Alkohol zuschütteten? Ihr Vater war wie sie in Apunima groß geworden und kannte nichts anderes. Doch im Gegensatz zu ihr hatte er nie den Wunsch verspürt, sein Nest zu verlassen und über seinen Tellerrand hinauszublicken.

May seufzte und strich sich eine lose Haarsträhne zurück. Es war das erste Mal, seit anderthalb Stunden, dass sie an ihren Vater dachte. Mittlerweile stand die Sonne hell am Horizont. Er musste inzwischen bemerkt haben, dass etwas nicht stimmte. Vielleicht stieg er ja sogar in diesem Augenblick die knarzenden Stufen empor und fand das verwaiste Bett mit nichts als einem bloßen Brief.

May schluckte. Es war nicht richtig gewesen, flüsterte ihr eine Stimme in ihrem Kopf zu. Hatte es nicht genauso bei ihrer Mutter angefangen? Hatte sie nicht einen Tag vor Mays fünftem Geburtstag einen Brief bekommen und war kurz darauf gestorben?

„Man kann schon die ersten Bergspitzen sehen, May."

Shauns Stimme riss sie aus den Gedanken und doch fühlte sie sich ein wenig beklommen, als sie ihre Tasche schulterte und sich an die Reling stellte. Als ihr Blick auf die verschwommenen Umrisse von Hügelketten und gewaltigen Bergspitzen fiel, rückten ihre Gedanken allerdings immer weiter in den Hintergrund und als der pickelige Ticketkontrolleur auftauchte und verkündete, sie würden in weniger als zwanzig Minuten anlegen, machte Mays Herz einen euphorischen Hüpfer.

„Was wirst du tun, wenn wir erst einmal in Lofall sind?", fragte Shaun.

„Lofall?"

„Na, so heißt die Stadt, an der der Hafen von Patridinem liegt", erklärte er ihr.

Jetzt, wo sie so kurz davor stand, Patridinem zu betreten, kam sich May ziemlich dumm vor, ohne einen weiteren Plan aufgebrochen zu sein. Sie war so versessen darauf gewesen, Silver-Myers endlich hinter sich zu lassen, dass sie sich keine Gedanken darüber gemacht hatte, wie es in Patridinem dann weitergehen sollte. Tief in ihrem Inneren hatte May nicht einmal damit gerechnet, bis auf die Helianthus zu kommen. Shaun schien ihren Zwiespalt zu bemerken, denn er legte ihr eine Hand auf die Schulter, sodass sie zu ihm aufsah.

„Wende dich an den Saloonbesitzer in Lofall. Er wird dir weiterhelfen können, vielleicht bietet er dir sogar ein Zimmer an, was ich mir jedoch zweimal überlegen würde."

Er zwinkerte ihr zu und formte mit den Lippen ein stummes Bettwanzen, worauf May leise kicherte.

Die Schiffsglocke ertönte und schallte über das ganze Deck; Passagiere sammelten ihre Koffer und Taschen ein, die Männer aus Novitera rückten ihre Zylinder zurecht und das kleine Mädchen aus der Warteschlange hüpfte wieder auf und ab. Gebannt sah May zu, wie die Helianthus auf einen Holzsteg zusteuerte und schließlich wurden einige schwere Taue über die Reling zu den bereits wartenden Hafenarbeiter geworfen.

„Also dann, meine Liebe. Ich wünsche dir alles Gute in Patridinem. Du wirst es brauchen", sagte Shaun und machte die Anstalt, als würde er einen kurzen Knicks vor ihr machen.

May lachte nicht. Verdutzt starrte sie ihn an.

„Wo willst du hin?"

Es rutschte ihr so heraus und klang definitiv recht grob, doch der Gedanke gleich tatsächlich auf sich alleine gestellt zu sein, beunruhigte sie. Shaun schenkte ihr ein schmales Lächeln.

„Ich habe wichtige Dinge zu erledigen und kann sie wirklich nicht länger aufschieben. Es ist sehr dringend, ich hoffe doch, das verstehst du, May", sagte er.

Rasch nickte sie. Sie wollte nicht, dass er dachte, sie würde ihm irgendwelche Vorwürfe machen, dass er sie nicht begleitete, denn das tat sie wirklich nicht. „Natürlich."

Und bevor sie auch nur die Chance hatte, sich von ihm zu verabschieden, winkte er ihr zu und verschwand dann mit großen Schritten im bunten Knäuel der Passagiere, die sich alle gleichzeitig von Bord drängen wollten.

May wartete lieber, bis sich das Geschubse und Gedränge gelegt hatten und reihte sich erst dann in die Schlange ein. Dabei kam sie am Pfeife rauchenden Kontrolleur vorbei, der jedem abwesend zunickte und genüsslich an seiner Pfeife zog. Der Rauch, den sie ausstieß, war diesmal hellblau.

„Aus dem Weg, Göre!"

May hatte gerade einen Fuß auf den Steg gesetzt, da wurde sie unsanft beiseite gestoßen und wäre beinahe ins Wasser gefallen. Verärgert wandte sie sich um und sah gerade noch, wie die bösartige Frau mit dem verfilzten Haar und ihr Begleiter McMilton an ihr vorbei rauschten.

„Blöde Ziege", murmelte May und richtete ihre Tasche, bevor sie sich einen Weg durch das dichte Treiben am Hafen bahnte. Überall standen Menschen, die sich gegenseitig begrüßten. Sie kam an einer Frau vorbei, die einem erschöpft aussehenden Mann kreischend und jubelnd in die Arme sprang, ein zotteliger, magerer Hund jagte ein paar aufgescheuchten Möwen nach und neben einer alten Scheune reihten sich mehrere Kutschen und Planwagen aneinander, die entweder beladen oder entladen wurden.

May verlangsamte ihre Schritte, bis sie schließlich zögerlich stehen blieb. Ihre Finger umklammerten ihre Tasche und sie konnte die glatte Oberfläche des Handspiegels fühlen.

Was nun? Ja, was nun?

Shaun hatte ihr geraten, sich an den Saloonbesitzer dieser Stadt zu wenden. Doch selbst als sie sich einmal im Kreis drehte, konnte sie weit und breit keinen Saloon entdecken, geschweige denn überhaupt ein Gebäude. Der Hafen von Patridinem schien in einer Art Tal zu liegen, denn ringsum gab es nichts als Hügel und Berge zu sehen.

Wahrscheinlich liegt die Stadt Lofall hinter diesen Hügeln, überlegte May.

Sie sah den schmalen, sandigen Pfad, der durch die Bergketten zu führen schien und stockte. Das sah nicht gerade nach einem Spaziergang aus; da gab es Stellen, die sehr steil und nicht wirklich sicher wirkten.

„Entschuldigung, kann ich Ihnen helfen?"

May drehte sich um und fand sich der jungen Frau mit der aufgeregten Tochter gegenüber. Mit einem freundlichen Lächeln und einem fragenden Blick sah sie May an.

„Oh, ich, also...", stammelte sie.

„Wollen Sie hier jemanden besuchen?", sagte die junge Frau.

„Eigentlich nicht, nein. Ich...Ich suche den Saloon von Lofall. Ein Bekannter meinte, dass er hier irgendwo sein soll", sagte May rasch.

Die junge Frau lächelte verstehend und nickte. Sie deutete auf den steilen Weg durch die Berge.

„Das ist der Weg, der in die Stadt hineinführt. Aber er ist recht anstrengend, als ich das erste Mal hier war, habe ich bestimmt drei Stunden gebraucht. Danach konnte ich meine Beine nicht mehr spüren", lachte sie.

„Das glaube ich sofort", sagte May.

„Wir können Sie mitnehmen, wenn Sie möchten. Lofall liegt eh auf unserem Weg", schlug die junge Frau vor.

May spürte einen jähen Anflug von Zuneigung ihr gegenüber.

„Wenn es auch keine Umstände macht", sagte sie dankbar.

„Ach was, natürlich nicht. Oder, Suri?"

Ihre Tochter schüttelte den Kopf, sodass ihr die großen, braunen Haarwellen über die Schultern fielen.

„Vielen Dank", sagte May und konnte buchstäblich fühlen, wie Ströme von Erleichterung sie durchfuhren.

„Ich bin übrigens Martha Avens und das ist meine Tochter Suri."

„Freut mich! Ich bin May Stacks."

Martha führte May und ihre kleine Tochter, die May immer wieder neugierige Blicke zuwarf, zu einem der Planwagen. Schon von weitem konnte May sehen, dass die Plane allerdings nicht aufgespannt war und zusammengeschnürt auf der Ladefläche lag. Zwei riesige Pferde mit langer, weißer Mähne waren vor den Wagen gespannt. Der Kutscher lehnte mit verschränkten Armen dagegen und schreckte erst aus seinem Schlummern hoch, als Martha ihn ansprach.

„Guten Tag, Thomas."

Mit verschlafenem Blick richtete er sich auf und fuhr sich mit seiner großen Hand übers ganze Gesicht, bevor er ihr antwortete. Seine Stimme war träge und recht schleppend.

„Ach, Sie sind's. Tach, Ms. Avens. Gute Fahrt gehabt?"

„Oh ja, sie war sehr angenehm, danke", sagte Martha.

„Thomas, Thomas, ich werde auf Ponys reiten!", rief Suri und sprang dem Kutscher voller Freude in die Arme.

Überrascht fing er sie auf und strahlte sie an. Sie lachte, als er sie ein paar Mal im Kreis drehte.

„Tust du das, Süße?", rief er.

Suri lachte nur noch lauter. Er setzte sie ab und wandte sich dann May zu.

„Und wen habn wir hier?", sagte er.

„Maybelle Stacks, Sir", antwortete May und schüttelte ihm die Hand.

„Können wir May in Lofall absetzen, Thomas? Ich möchte ihr wirklich nicht diesen fürchterlichen Weg bis dahin zumuten", bat Martha.

Der Kutscher musterte May einen Moment lang, schließlich nickte er und hob die Hände zu einer einladenden Geste.

„Na dann alle mal rauf da."

„Ich will vorne sitzen! Darf ich, Mami? Bitte", bettelte Suri und als Martha nickte, strahlte sie und wurde vom Kutscher hochgehoben und neben sich auf den Kutschersitz gesetzt.

Währenddessen nahmen May und Martha hinten auf der Ladefläche Platz. Der Wagen setzte sich ruckelnd in Bewegung und rasch hielt sich May am Holz fest.

Sie ließen das Hafengelände hinter sich und die Segelmasten der Helianthus wurden immer kleiner und kleiner. Die Pferde schnauften, als der Weg steiler wurde.

„Und wo kommen Sie her, May?", fragte Martha nach einer Weile, in der nur das stetige Rollen der Wagenräder und das gelegentliche Lachen von Suri zu hören waren.

„Aus Apunima."

„Oh, wie herrlich. Da kommen auch wir her. Ein wahrhaft idyllischer Ort, ist es nicht so?", sagte Martha.

May nickte, doch schwieg.

„Was führt Sie nach Patridinem?", fragte Martha.

„Ach, nur ein wenig die Landschaft ansehen", sagte May langsam.

„Dann sind Sie das erste Mal hier?"

May nickte.

„Es ist schon mein fünftes Mal in Patridinem. Suri und ich besuchen immer ihren Libelingsponyhof, wenn sie Ferien hat. Sie kann ja gar nicht genug bekommen von den Tierchen", lächelte Martha.

May wollte sie nach Suris Vater fragen, wieso sie nicht zusammen Urlaub machten, doch hasste sie diese Frage selbst. Ständig sprachen sie die Leute auf ihre Mutter an und sie hatte es satt. Es waren nicht die Erinnerungen, die dabei aufkamen oder dieses ziehende, traurige Gefühl in ihrer Brust, die sie dabei so verabscheute. Es waren die Blicke voller Mitleid und Entsetzen. Als könnten sie nachvollziehen, wie sie sich fühlte. Um sich abzulenken, fragte May das erste, das ihr in den Sinn kam.

„Es scheint, als würden Sie und der Kutscher sich bereits kennen."

Zu ihrer Überraschung färbten sich Marthas Wangen rosa.

„Thomas Turner, ja...er nimmt uns jedes Jahr mit auf den Hof. Er arbeitet für die Familie Brown, die den Hof betreibt, müssen Sie wissen", sagte sie.

May nickte und dann schweigen sie.

Die steinige Berglandschaft wich bald einer hügeligen, weiten Ebene voller Sand und kleineren Steinen. Hier und da wucherten ein paar knorrige Sträucher und nur an vereinzelten Stellen entdeckte May ein Fleckchen Grün. Die Sonne brannte hell vom Himmel und May war froh, sich etwas Kurzärmliges angezogen zu haben. Über ihnen zogen zwei Falken mit schimmerndem Gefieder ihre Kreise und stießen von Zeit zu Zeit einen anmutigen Schrei aus. Nach einer halben Stunde kamen die ersten Häuserdächer in Sicht und nach weiterer fünfzehn Minuten rollte der Wagen durch die Eingangstore, auf denen in weißen, dicken Lettern Lofall geschrieben stand.

„Vielen Dank, dass Sie mich mitgenommen haben und einen schönen Urlaub euch", rief May zum Abschied und kletterte vom Wagen.

Thomas nickte ihr zu, Suri winkte und Martha lächelte. Dann setzten sich die Pferde wieder in Bewegung und May sah ihnen eine Weile nach, bis sie nur noch ein kleiner, undeutlicher Punkt in der Landschaft waren. Langsam wandte sie sich ab und ließ ihren Blick über die Stadt schweifen, die nun vor ihr lag.

Lofall war eine nicht allzu große Stadt, doch deutlich populärer als Silver-Myers. Es gab eine einzige breite Sandstraße, die durch die dicht an dicht stehenden Häuser führte. Aus den engen Seitengassen drangen verschwommene Geräusche wie das Kläffen eines Hundes oder das Weines eines Kindes. Männer auf Pferden ritten an May vorbei, während sie die Hauptstraße entlang ging und nach dem Saloon Ausschau hielt. Sie rümpfte die Nase, als der beißende Geruch von Pferdemist und faulen Eiern zu ihr herüber wehte. Sie sah noch die schwache Bewegung aus den Augenwinkeln und schon wurde sie grob am Arm gepackt. Erschrocken wollte sie zurückweichen, doch der zahnlose Mann mit dem schütteren Haar festigte seinen Griff nur noch.

„Einen Taler für einen alten Mann", schnarrte er.

Sein furchtbarer Mundgeruch trieb May fast die Tränen in die Augen und erneut versuchte sie sich, von ihm loszumachen.

„Bitte, Schätzchen, ich verhungere. Einen Taler, na komm schon", raunte er und kam ihr mit seinem Gesicht ein Stück näher.

„Lassen Sie mich los, Sie tun mir weh!", stieß May aus.

Endlich schaffte sie es, sich loszureißen und taumelte sofort weiter, ohne sich noch einmal nach dem alten Mann umzudrehen. Die leisen Klänge von Geigenmusik drangen zu ihr hinüber und zu ihrer großen Erleichterung erkannte sie nur zwei Häuser weiter das Gebäude, über dem die Worte Saloon standen. Das L der Holzbuchstaben hing recht schief und May befürchtete, dass der nächste Windstoß es herabstürzen lassen würde.

Als sie die wenigen Stufen, die zu den Schwingtüren führten, empor gestiegen war, wurde die Musik lauter und May verzog das Gesicht, als sie die ziemlich schrägen Töne vernahm. Sie stieß die Schwingtüren auf und betrat den Saloon.

Augenblicklich wurde sie von stickiger, rauchiger Luft begrüßt. In der Ecke neben dem Eingang stand ein hochgewachsener, dünner Mann mit Monokel, der auf einer Violine spielte, der bereits eine Saite fehlte. Die meisten runden Holztische waren unbesetzt, doch an einem der hinteren Plätze saßen vier Männer, die Karten spielten und dabei Zigarette rauchten. Am Tresen saß ein einzelner Mann, der seinen Kopf auf die Theke gelegt hatte und zu schlafen schien. Zögernd trat May näher. Was hatte Shaun noch gleich gesagt? Wende dich an den Saloonbesitzer in Lofall. Doch außer dem Geiger, den Karten spielenden Gästen und dem schlafenden Mann am Tresen konnte sie niemanden entdecken.

Vielleicht hat er so etwas wie ein Büro weiter hinten, dachte May bei sich und wollte bereits auf den hinteren Bereich des Saloons zusteuern, da tauchte wie aus dem Nichts ein bärtiger Mann mit buschigen Augenbrauen und breiten Schultern hinter der Theke auf. Er hielt einen dreckigen Lappen in den Händen und polierte ein Glas, das ebenso dreckig war wie der Lappen. Anscheinend hatte er sich bloß gebückt, um den Lappen zu holen.

Als sein Blick auf May fiel, schien er sie von oben bis unten zu mustern und May lief rot an. Sie konnte es nicht leiden, wenn Menschen das taten, sie bekam dann immer das Gefühl, sie würden über sie urteilen, obwohl sie sie gar nicht kannten. Mit bemüht selbstsicherem Schritt ging sie zum Tresen und ließ sich auf einem der wackeligen Stühle nieder.

„Hallo. Ich suche den Besitzer dieses Saloons", sagte sie.

„Ach ja?", gab der Bärtige unbeeindruckt zurück.

„Ja. Ein Bekannter hat mir gesagt, er würde mir helfen können."

„Hat er das, ja? Und wie heißt dein Bekannter?"

„Shaun Gosnell."

Der Mann horchte auf und hielt sogar kurz inne, das Glas noch dreckiger zu machen. Dann zuckte er mit den Schultern und bohrte weiter mit dem Tuch im Glas herum.

„Was willst du?", schnarrte er schließlich.

May zögerte. Auf einmal war sie sich nicht mehr so sicher, ob sie Shauns Rat wirklich annehmen wollte. Sie konnte sich beim besten Willen nicht vorstellen, dass dieser Mann ihr ein Zimmer anbieten würde und wenn sie ehrlich war, war sie auch nicht gerade angetan von dieser Idee.

„Bist du taub? Ich hab dich was gefragt", brummte der Bärtige und knallte das schmutzige Glas so laut auf den Tresen, dass May erschrocken zusammenzuckte.

Der Mann neben ihr schnarchte laut auf, schien jedoch nicht aufzuwachen.

„Shaun hat mir gesagt, ich könnte für eine Nacht hier bleiben", sagte sie leise.

„So so, das hat er sich gedacht. Ist lange her, dass jemand hier war, um zu übernachten", meinte der Mann und nahm ein weiteres Glas unter dem Tresen hervor, um es zu putzen.

May konnte sich ganz gut vorstellen, wieso dieser Mann schon so lange keine Kundschaft gehabt hatte, doch ließ sie das lieber ungesagt.

„Ich hab nicht gerne Leute um mich rum, weißt du?", fuhr er unbeirrt fort.

May unterdrückte den Drang ihm an den Kopf zu werfen, wieso er dann ein Geschäft betrieb, das zwingend mit Menschen zu tun hatte.

„Kann ich nun hier bleiben oder nicht?", sagte sie ungeduldig.

Er musterte sie erneut und dann schüttelte er den Kopf.

„Nein", sagte er schlicht.

May starrte ihn an.

„Was? Wieso nicht?"

„Hab kein Zimmer fertig. Die Ratten hausen da jetzt und es würde lange dauern, sie zu vertreiben", sagte er und stellte auch das zweite Glas vor sich auf den Tresen.

Fassungslos sah May ihn an. Nun stand sie wieder da, ohne Plan, ohne irgendeine Idee, wie sie die erste Nacht auf ihrer Reise verbringen sollte. Sollte es vielleicht so es sein? Sollte sie einfach kein Dach über dem Kopf bekommen?

„Wie heißt du eigentlich?", fragte der Mann und zum ersten Mal verschwand der gleichgültige Ton aus seiner Stimme.

„May", gab sie mit einem Anflug von Trotz zurück.

Langsam nickte er, als würde er diese Information erst einmal verarbeiten müssen. Als er nichts weiter sagte, entschied sie, das Gespräch selber voran zu bringen.

„Und Sie?"

Er sah sie mit hochgezogener Augenbraue an.

„Wie ist Ihr Name?", sagte May ungeduldig.

„Ray."

Für einen kurzen Moment glaubte May, er würde sich einen Spaß mit ihr erlauben, doch dann begriff sie, dass er es ernst meinte.

„Eigentlich Raymond Winnington", fügte er hinzu. „Und ich schätze mal, dass du nicht auch einfach May heißt, richtig?"

„Eigentlich Maybelle Stacks", sagte sie schulterzuckend.

Rays Mundwinkel zuckten, doch schnell wurde er wieder ernst.

„Ich kann dir kein Zimmer geben, May. Aber ich denke, in Skinny Tree wird sicher noch etwas frei sein. Gute Hotels zu guten Preisen", sagte er.

„Gut, danke. Nur...ich weißt nicht, wo Skinny Tree liegt. Oder wie ich dahin komme", gestand May.

Zum dritten Mal musterte er sie und dann, ohne Vorwarnung, schlug er dem schlafenden Mann mit der flachen Hand kräftig auf den Rücken.

„Aufwachen, Horace! Du hast Kundschaft!"

Der Mann hob verwirrt seinen Kopf und blinzelte Ray irritiert an.

„Was ist denn los? Werden wir angegriffen?", nuschelte er.

„Ich greif dich gleich an, wenn du nicht endlich wach wirst. Es wartet Arbeit auf dich, Faulpelz", rief Ray und nickte mit dem Kinn zu May hinüber.

Der Mann drehte sich auf dem Stuhl zu ihr um. Seine Augen wurden riesig und er griff sich an den Kopf, der bis auf ein paar helle Strähnen fast kahl war.

„Aber das gibt's doch nicht! Eine so schöne, junge Lady in Lofall. Und dann auch noch in deinem Saloon, Ray. Sie muss sich verlaufen haben, eine andere Erklärung gibt es dafür nicht..."

Ray hob drohend die Faust, doch schon war der Andere von seinem Platz gesprungen und streckte May entzückt die Hand hin. Verblüfft starrte sie ihn an. Jetzt, wo er stand, erkannte sie, wie klein er doch war. Er reichte ihr gerade einmal bis zum Kinn.

„Freut mich, Sie kennenzulernen, Miss...?", quiekte er aufgeregt.

„Maybelle Stacks, aber May reicht vollkommen."

„Dann freut es mich, Sie kennenzulernen, Miss May Stacks! Mein Name ist Horace Gibbson, jawohl, zu Ihren Diensten."

Und mit diesen Worten verneigte er sich vor ihr. Stirnrunzelnd sah May zu Ray, der nur die Augen verdrehte und sich doch ein schiefes Grinsen nicht verkneifen konnte.

„May muss noch heute nach Skinny Tree, Horace. Bring sie am Besten zum Hotel von Mrs. Puddisuit", erklärte er.

„Natürlich, selbstverständlich, auf der Stelle düsen wir los, jawohl!", rief Horace, verneigte sich noch einmal vor ihr und nahm sie dann an die Hand.

May hatte noch Zeit, Ray ein schnelles Dankeschön zuzurufen, da zog Horace sie auch schon durch die Schwingtüren und die Stufen hinunter. Sie gingen geradewegs auf eine alte, kleine Kutsche zu, vor die zottelige Ponys gespannt waren. Sie wieherten, als sie näher traten.

„Das sind Evening und Cinnamon, meine beiden Lieblinge. Evening ist der Rabauke der beiden", sagte Horace, als sie May neugierig beschnupperten. Lächelnd strich May ihnen durch die weichen Mähnen.

„Klettern Sie schon mal rauf, Miss May Stacks, ich habe meinen Hut drinnen vergessen. Bin sofort bei Ihnen, jawohl!", rief Horace und stolperte mit seinen kurzen Beinen um die Ecke.

„Na, ihr zwei?", flüsterte sie den Ponys zu und Evening stupste ihre Tasche an.

May öffnete sie, holte den Apfel heraus und gab ihn ihm, der ihn sofort verspeiste. Sie lachte, kletterte auf den Kutschersitz und verschränkte die Arme im Schoß. Es war kein glanzvoller Start in Patridinem gewesen, dass musste sie sich eingestehen, aber immerhin hatte sie jetzt ein Ziel. Eine Bewegung neben ihr ließ sie aufsehen.

„Geht es los?", fragte sie mit einem freundlichen Lächeln, da blieben ihr die restlichen Worte im Hals stecken.

Neben ihr saß nicht Horace, wie erwartet.

Dunkle Augen starrten sie an, ein grauer Hut verdeckte die Hälfte des Gesichts des Fremden und über seinem Mund und seiner Nase trug er ein schwarzes Tuch. Bevor May überhaupt reagieren konnte, spürte sie den kalten, schweren Lauf seines Revolvers an der Stirn.

Kapitel 4: Der getroffene Kräutersammler

May konnte sich nicht bewegen.

All ihre Glieder schienen auf einmal wie festgefroren und blanke Furcht schoss durch ihren Körper. Völlig starr sah sie mit an, wie der Fremde die Zügel der Kutsche in seine freie Hand nahm und die Pferde mit einem lauten Schrei antrieb. Ein kräftiger Ruck ging durch den Karren und die Räder bewegten sich knarrend vorwärts.

May wollte schreien, wollte am liebsten sofort vom Wagen springen, doch die Waffe, die noch immer auf sie gerichtet war, hielt sie davon ab. Die Kutsche preschte um die nächste Ecke, vorbei am Saloon. May warf ihren Kopf zurück und sah gerade noch, wie Horace die Stufen hinunter gestürmt kam, mit hochrotem Kopf und wedelnden Armen.

„He, sofort anhalten! Hören Sie nicht?!"

Sein Schreien verfolgte die Kutsche den ganzen restlichen Weg und May sah hilflos mit an, wie Horace über seine eigenen, kurzen Beine stolperte, als er ihnen nachlief. Ihr Herz klopfte so schnell in ihrer Brust, als hätte sie einen Sprint von mehreren Meilen zurückgelegt.

„Heya!", polterte der Mann und peitschte mit den Zügeln. Evening und Cinnamon wieherten, beschleunigten in den Galopp und rauschten durch das Tor von Lofall. Keuchend krallte sich May an der Seite der Kutsche fest. Steine und Sand wirbelten auf und sprangen ihr ins Gesicht. Panisch kniff sie die Augen zusammen.

„Bitte halten Sie an, bitte", murmelte sie leise, doch der Druck des Revolvers, der nun an ihrer Schläfe lag, wurde dadurch nur noch größer.

May entkam ein Wimmern, das sie nicht verhindern konnte und klammerte sich noch fester an den Sitzrand. Vorsichtig öffnete sie ein Auge und erspähte wie durch einen verschwommenen Schleier Gräser und Felsen. Verwirrt öffnete sie beide Augen und stellte erschrocken fest, dass Lofall hinter ihnen bereits anfing, in der Ferne zu verschwinden.

Die Pferde wieherten, als der Fremde sie erneut zur Eile antrieb. May richtete sich langsam wieder in ihrem Sitz auf, mahnte sich selbst zur Ruhe. Schlanke, kahle Bäume und Büsche rasten an ihnen vorbei. Die leise Stimme in ihrem Kopf flüsterte ihr verächtlich zu, dass sie sich etwas Neues gewünscht hatte, etwas, das sie inspirieren konnte.

Ihren eigenen Tod hatte sie damit eigentlich nicht gemeint...

Aus den Augenwinkeln sah sie, wie der Mann seinen Blick konzentriert auf den Weg vor ihnen gerichtet hatte. Die Waffe in seiner Hand schien völlig vergessen. May atmete tief durch und versuchte, das Zittern ihrer Hände zu verbergen. Und bevor der Mut sie wieder verlassen konnte, packte sie mit beiden Händen seinen Unterarm und griff dann nach dem Revolver.

Ruckartig drehte der Mann seinen Kopf und in seinen dunklen Augen blitzten Verwirrung und Zorn auf. May schluckte, als sie in diese kalten Augen starrte. Nicht einen Funken Wärme oder Mitgefühl konnte sie darin erkennen. Ihre Unsicherheit wurde ihr zum Verhängnis.

Der Mann packte ihre Hand, befreite sich aus ihrem Griff und knurrte. Sie sah es nicht, das Tuch verdeckte noch immer die Hälfte seines Gesichts, doch sie wusste, dass er in diesem Moment die Zähne fletschte. Ein klickendes Geräusch ertönte und Mays Augen wurden riesig, als ihr bewusst wurde, was geschah. Der Fremde spannte den Hahn seines Revolvers und richtete ihn entschlossen auf ihre Stirn.

„Nein!"

May schrie auf, hob abwehrend die Hände und starrte den Fremden flehend an.

In ihrem Kopf wiederholten sich die Worte wie ein Mantra.

Bitte nicht schießen, nicht schießen!

Panik schoss ihr durch jede einzelne Vene, als sie mitansehen musste, wie der Finger des Mannes sich langsam zum Abzug bewegte. Sie dachte an ihre Mutter, die sie jetzt endlich wiedersehen konnte.

May spürte den Ruck, bevor sie das krachende Geräusch hörte. Im ersten Augenblick befürchtete sie bereits, sie wäre erschossen worden, da vernahm sie das Brüllen des Fremden. Und da wurde ihr klar, was geschehen war!

Die linke Seite der Kutsche war auf einen großen Felsbrocken geprallt. Holzsplitter flogen durch die Luft, das vordere Rad brach aus der Verankerung und rollte die letzten Atemzüge alleine weiter, während Evening und Cinnamon lautstark wieherten.

May krallte sich an ihrem Sitz fest, als auch das hintere Rad des Wagens über den Stein donnerte und ebenfalls aus der Verankerung brach. Der Ruck, der diesmal durch den Wagen ging, war so gewaltig, dass May den Halt verlor. Schreiend spürte sie, wie sie für den Bruchteil einer Sekunde abhob, nahezu schwebte, bevor sie unsanft wieder auf dem Sitz aufkam.

Der Mann neben ihr keuchte und stöhnte und der Wagen, das, was von ihm übrig geblieben war, schoss weiter. Die rechte Seite stand fast ganz in der Luft und die Räder berührten nicht länger den Boden.

Als May einen schnellen Blick zur Seite warf, schrie sie auf. Beim Aufprall auf die Steine musste ein Teil der Kutsche so herausgeschleudert worden sein, dass dieser nun in der Schulter des Mannes steckte. May presste sich eine Hand auf den Mund, als sie mit vor Schreck geweiteten Augen den dunklen Fleck entdeckte, der sich auf seinem schwarzen Mantel ausbreitete. Der Revolver war ihm aus der Hand gefallen. Das aufgeregte Wiehern der Pferde ließ May aufschauen. Durch den Aufprall mit dem Felsen waren die beiden so aufgeschreckt, dass sie einfach weiter preschten.

Und den Rest des Wagens immer noch hinter sich herzogen.

May spürte, wie ihre Hände ganz schwitzig waren und der Griff unter ihnen immer rutschiger wurde. Verzweifelt versuchte sie sich zu erheben, doch da schoss ein ziehender Schmerz durch ihren rechten Knöchel. Wimmernd fasste sie mit einer Hand an ihr verletztes Bein. In ihrer Panik tat sie das Einzige, was ihr jetzt noch in den Sinn kam.

„Hilfe! Bitte helft mir, Hilfe!"

Ein kleiner Stein wirbelte durch die Luft und traf sie direkt an der Wange. Sofort breitete sich dort ein brennendes Ziehen aus und Tränen der Angst und des Schmerzes schossen in Mays Augen. Und plötzlich war da eine Stimme an ihrer Seite.

„Spring ab! Du musst abspringen!"

Sie wirbelte herum, durch ihren verschleierten Blick konnte sie nicht sofort erkennen, wer da rief, doch sie sah das Pferd, das neben dem außer Kontrolle geratenen Wagen ritt. Verzweifelt streckte May eine Hand danach aus, auch wenn sie tief in ihrem Inneren wusste, dass sie es so niemals erreichen würde.

„Spring ab, verflucht noch mal!"

„I-Ich kann nicht! Mein Fuß!", gab May unter Tränen zurück. Als die Stimme ihr nicht mehr antwortete, befürchtete sie schon, der Reiter wäre einfach wieder verschwunden und hätte sie ihrem Schicksal überlassen. Sie hatte diesen Gedanken noch nicht einmal zu Ende gedacht, da sah sie den großen Schatten auf sich zukommen und im nächsten Augenblick stand ein Mann neben ihr auf dem Sitz.

May blickte zu ihm auf, krallte sich noch immer am Holz fest, da stieg er über sie hinweg, nahm die Zügel in die Hand und begann, zu den beiden

Pferden zu sprechen.

„Evening, Cinnamon, ruhig! Halt, Evening, Halt!"

Seine tiefe Stimme, so rau und doch irgendwie seltsam klar, beruhigte May und als sie merkte, wie die beiden Ponys tatsächlich langsamer wurden, sackten ihre Schultern erschöpft in sich zusammen und sie fuhr sich mit einer Hand über die feuchten Augen.

Die Kutsche kam nach wenigen Sekunden endlich zum Stehen.

May wagte es nicht zu atmen, geschweige denn aufzusehen. Ihre Arme und ihr Nacken schmerzten von der Anstrengung und die Stelle an ihrer Wange, an der der Stein sie getroffen hatte, tuckerte und pochte furchtbar unangenehm. Eine Hand berührte sie an der Schulter und langsam sah sie auf, direkt in ein blaues Augenpaar. Für einen kurzen Moment fragte sich May, wie ein Mensch so strahlend blaue Augen haben konnte, beinahe schon türkisfarben, da merkte sie erst, dass der Mann zu ihr sprach.

„Alles okay?"

Sie schluckte und nickte schwach. Wirklich okay fühlte sich definitiv anders an, dessen war sie sich sicher, aber im Augenblick war sie einfach nur froh, noch am Leben zu sein. Der Mann, der sie gerettet hatte, wandte sich mit einem knappen Nicken von ihr ab und drehte sich zu dem Fremden um, der neben ihr auf dem Sitz hockte.

May biss sich auf die Lippen, um nicht wieder zu schreien. Das Holzstück steckte noch immer in seiner Schulter und sein Mantel war mittlerweile von der dunklen Nässe geprägt. Als May seine Augen sah, die leblos ins Leere starrten, senkte sie rasch den Blick und krallte ihre Finger in ihren Rock.

Nicht weinen, May.

Sie mahnte sich selbst zur Ruhe, doch in ihrem Inneren schrie und weinte und tobte und schluchzte sie gerade wie eine Dreijährige.

„Haben Sie ihn gekannt?", fragte ihr Retter und ohne aufzusehen schüttelte sie den Kopf.

Sie wusste, würde sie jetzt den Mund aufmachen, würde sie ihre Selbstbeherrschung restlos aufgeben. Ihr Retter sprang von der Kutsche und näherte sich den Pferden, sprach leise auf sie ein und strich ihnen sanft übers Fell. May atmete tief durch, richtete sich langsam auf und knickte gleich wieder ein, als ein stechender Schmerz durch ihren Knöchel jagte. Der Mann musste ihr schmerzerfülltes Zischen gehört haben, denn er wandte sich von den Pferden ab und ging auf sie zu.

„Können Sie stehen?", fragte er und streckte ihr, ohne eine Antwort abzuwarten, die Hand entgegen.

May warf ihm einen bösen Blick zu.

„Würde ich stehen können, wäre ich nicht so lange auf diesem Wagen geblieben, oder?!", zischte sie und bereute im selben Moment ihre harten Worte. Sie senkte den Blick.

„Entschuldigung", murmelte sie und klang dabei mehr als erschöpft.

Wieder nickte der Mann bloß, kam ihr entgegen und legte einen Arm unter ihre Kniekehlen und den anderen unter ihren Rücken. Dann hob er sie hoch und kletterte geschickt von der Kutsche. May wollte zuerst protestieren, doch ihre Vernunft ging dagegen an. Sie konnte nicht stehen oder selbstständig laufen, also war das hier wahrscheinlich die einfachste Lösung.

Während der Mann sie zu seinem Pferd trug, das bereits brav angelaufen kam, als es seinen Reiter erblickte, musterte sie ihren Retter. Seine hellbraunen Haare reichten ihm bis zum Kinn, die er locker zurückgekämmt hatte und seine Wangen und sein Kinn wurden von einem sauber gepflegten Drei-Tage-Bart verdeckt. Unter seiner beigefarbenen Jagdjacke trug er ein weißes Hemd, das in einer schwarzen, einfachen Arbeitshose steckte. An seinen ebenso dunklen Stiefeln konnte May Dreck und Schlamm erkennen. Sie schätzte ihn auf fünf oder sechs Jahre älter als sie selbst. Der Mann setzte sie auf seinem Pferd ab und sofort fanden Mays Finger ihren Weg zum Sattelgriff.

Er musterte sie einen Moment stumm, dann wandte er sich wieder ab und lief zu Evening und Cinnamon, um sie von der kaputten Kutsche zu lösen. May nutzte die Zeit und schloss tief ausatmend die Augen. Noch immer klopfte ihr Herz viel zu schnell, viel zu laut und schmerzhaft.

Die Erkenntnis, dass sie nur gerade so mit ihrem Leben davon gekommen war, sickerte erst langsam zu ihr durch, bevor sie sie wie ein Schlag traf. Fassungslos schüttelte sie den Kopf.

„Hier, schmieren Sie das auf den Schnitt an Ihrer Wange. Es brennt zwar ein wenig, aber es wird Ihnen helfen", sagte der Mann, als er zurückkam und ihr ein kleines Glasdöschen mit lilafarbener Paste zuwarf, die nach einer Mischung aus Kokosnuss, Essig und etwas undefinierbar Bitterem roch.

„Was ist das?", fragte May mit noch immer zitternder Stimme.

„Allzweck-Heil-Salbe. Nach einem uralten Rezept hergestellt", sagte er und stieg vor May in den Sattel.

Normalerweise wäre sie jetzt misstrauisch geworden; es war nicht ihre Art, seltsame Substanzen von Fremden anzunehmen, doch weil der Schock ihr noch immer in den Knochen steckte, tauchte sie ihren Finger in die Paste und betupfte vorsichtig ihre pochende Wunde damit.

Der Mann trieb sein Pferd an und Evening und Cinnamon trabten folgsam neben ihnen her. May bemühte sich, sich nicht allzu fest an der Hüfte des Mannes festzuhalten. Sie sehnte sich nach einem weichen Bett und einer dampfenden Tasse Tee.

„Was genau hatten Sie da eigentlich vor?", sagte der Mann nach einer Weile.

„Ich hatte gar nichts vor. Dieser Mann da hat die Kutsche entführt", entgegnete May.

Sie schauderte, als sie wieder die leeren Augen des Fremden vor sich sah.

„Und da hat er Sie wohl gleich mit entführt?", schmunzelte ihr Retter.

May verdrehte die Augen, auch wenn sie wusste, dass er sie nicht sehen konnte. Dann kam ihr ein anderer Gedanke.

„Hätten wir ihn nicht begraben sollen?"

„Wen?"

„Na, diesen Mann."

Auch wenn er ihr eine Heidenangst eingejagt und mit einer Waffe auf sie gezielt hatte, empfand sie ein dumpfes Gefühl, wenn sie daran dachte, ihn einfach so auf der kaputten Kutsche zurückzulassen.

„Haben Sie etwa Mitleid mit ihm?", fragte der Mann ungläubig.

„Nein. Er hat es nur nicht verdient, so zu sterben", gab sie zurück.

„Keine Sorge, ich kann Ihr Gewissen beruhigen. Dieser Mann gehörte zu den Roten Hyänen und hat sicherlich schon mehr als ein Dutzend Leben auf seiner Kappe. Das ist nun mal das Schicksal, das er gewählt hat."

May wollte sagen, dass niemand so ein Schicksal verdient hatte, doch ihr war etwas in den Sinn gekommen, das sie beunruhigte.

„Evening und Cinnamon!", stieß sie aus.

„Was ist mit ihnen?", sagte der Mann.

„Sie kannten ihre Namen."

„Natürlich kenne ich ihre Namen. Ich habe bei der Geburt des kleinen Wirbelwinds hier geholfen", sagte er und deutete auf Evening, der gerade einem Schmetterling hinterher tollte.

„Dann kennen Sie Horace Gibbson?", hakte May nach.

„Klar. Der alte Ganove schuldet mir noch dreißig Goldtaler vom letzten Kartenspiel. Sie waren wohl mit ihm unterwegs?"

„Er wollte mich nach Skinny Tree bringen, damit ich mir dort ein Zimmer mieten kann", erklärte May.

„Ein Zimmer mieten? Sie kommen also nicht von hier, was?"

„Nein. Ich komme aus Apunima."

May wusste nicht, wie oft sie das heute schon gesagt hatte.

„Wirklich? Und dann haben Sie sich entschlossen, nach Patridinem zu kommen und sich ein Zimmer in Skinny Tree zu mieten? Wieso?"

May runzelte die Stirn. Ihr war der misstrauische Unterton in seiner Stimme nicht entgangen.

„Ich wüsste nicht, was Sie das angeht", sagte sie trotzig.

„Ich habe gerade Ihr Leben gerettet."

„Ich kenne nicht einmal Ihren Namen", erwiderte May.

„Spielt das denn eine Rolle?", lachte der Mann und es war ein überraschend angenehmes Lachen.

„Ja, für mich schon", sagte May.

„Aiden Joseph. Und Sie sind?"

„Maybelle Stacks."

„Verraten Sie mir jetzt, was Sie in Patridinem machen?", sagte er.

„Wieso interessiert Sie das so brennend?", gab May zurück und beobachtete die beiden Ponys, die nur schwer mit den langen Beinen von Aidens Pferd mithalten konnten.

„Ich bin bloß neugierig", sagte Aiden ausweichend.

May zog eine Augenbraue hoch, obwohl sie genau wusste, dass er sie nicht sehen konnte.

Ohne auf seine Frage einzugehen, sagte sie: „Was wird jetzt aus Evening und Cinnamon? Und aus der Kutsche von Horace?"

„Jemand aus dem Lager wird sie morgen zurückbringen. Oder eben dann, wenn wir Zeit haben", sagte Aiden.

„Jemand aus dem Lager?", wiederholte May. „Was für ein Lager?"

„Custol Hill."

„Gesundheit."

Aiden lachte und schüttelte den Kopf.

„Das Lager, zu dem wir reiten, heißt Custol Hill."

May horchte erschrocken auf.

„Was? Wir reiten gar nicht nach Skinny Tree?", stieß sie entsetzt aus.

Aus einem ihr selber unerklärlichen Grund war sie davon ausgegangen, dass er sie zur Stadt bringen würde, sobald er erfuhr, wo sie hin wollte. Er warf ihr über die Schulter einen verwunderten Blick zu.

„Nein, natürlich nicht. Haben Sie denn nicht bemerkt, dass es bald dunkel wird? Ich will noch vor Einbruch der Dämmerung wieder im Lager sein", sagte er, als wäre das eine völlig verständliche Erklärung.

May runzelte die Stirn. Sie konnte sich nur sehr schwer vorstellen, dass dieser erwachsene Mann, der einen Revolver an seinem Gürtel trug, Angst vor der Dunkelheit hatte.

„Aber Sie können bestimmt auch für eine Nacht im Lager bleiben."

„Bestimmt?!", wiederholte May.

„Naja, ich habe das nicht zu bestimmen. Moran Reeder wird sich um Sie kümmern, sobald wir da sind", sagte er achselzuckend.

Beim Klang von Reeder regte sich etwas in Mays Gedanken, doch kam sie einfach nicht darauf, wo sie den Namen schon einmal gehört hatte.

Sie überquerten einen flachen Hügel und für einen kurzen Moment war nichts zu hören, außer das stetige Hufgetrippel der drei Pferde. Dann zerschnitt ein qualvoller Schrei die Stille und das Kreischen aufgeschreckter Vögel folgte nur wenige Atemzüge später.

Mays Herzschlag setzte aus, nur um dann doppelt so schnell weiter zu schlagen. Ihr Griff um Aidens Mitte festigte sich, als sie spürte, wie sich jeder Muskel in seinem Körper anspannte. Seine Finger zuckten zum Repetiergewehr, das neben ihm an der Satteltasche hing. Während sein Pferd stocksteif dastand, die Ohren spitz und geduldig darauf wartend, dass sein Reiter ihm ein weiteres Zeichen gab, schabten Evening und Cinnamon aufgeregt mit den Hufen.

May wagte kaum zu atmen und zuckte entsetzt zusammen, als erneut ein Schrei voller Schmerzen über die Prärie jagte. Aiden zögerte nicht lange und trieb sein Pferd mit einem festen Druck seiner Beine an. May keuchte erschrocken auf und klammerte sich rasch an ihm fest.

„Aiden!", stieß sie aus.

„Festhalten!", gab er bloß zurück, seine Stimme klang gepresst und gehetzt.

May schluckte. Das letzte, was sie nun vorhatte, war Aiden loszulassen. Sie wusste, dass sie dann sicher nicht einmal mehr zwei Sekunden auf diesem Pferd sitzen würde. Das Donnern der Hufe vermischte sich mit den immer lauter werdenden Schreien. In Mays Kopf tauchten die unterschiedlichsten

Horrorszenarien auf, eines gewaltsamer als das andere.

Sie preschten jetzt direkt auf ein weiteres Waldstück zu, dichter und dunkler als die, die May aus Apunima kannte. Das Brüllen war nun so nahe, dass May die Stimme eindeutig als männlich identifizieren konnte. Sie blickte an Aidens Schulter vorbei auf die moosbewachsenen Bäume und dornigen Pflanzen. Und dann landet ihr Blick auf dem zitternden Körper, der an einem der Bäume lehnte.

„Oh mein Gott...da drüben!", stieß sie geschockt aus und deutete auf den am Boden liegenden Mann. Aiden brachte sein Pferd innerhalb weniger Sekunden zum Stehen und auch die beiden Ponys schienen seinem stummen Befehl Folge zu leisten. May wartete nicht lange. Sie rutschte noch vor Aiden aus dem Sattel und lief zu dem schreienden und sich windenden Mann hinüber.

Aiden rief ihr etwas hinterher, doch das Blut in ihren Ohren rauschte so laut, dass sie es nicht verstand. Als sie näher kam, schlug sie sich die Hände vor den Mund, um nicht auch loszuschreien.

Sein Hemd war mit dunklem Blut getränkt, Schweißperlen glitzerten auf seiner Stirn und mit vor Panik und Schmerz geweiteten Augen starrte er zu May hinauf. Wieder befand sie sich für den Bruchteil einer Sekunde auf dem schlingernden Wagen, den schweren Lauf des Revolvers an der Schläfe und schließlich sah sie nur noch die leeren Augen ihres Entführers.

„Wir müssen Druck auf die Wunde ausüben, sonst verblutet er!"

Aidens Ruf brachte sie gewaltsam zurück in die Gegenwart und rasch blinzelte sie. Er schmiss sich neben dem Verwundeten auf die Knie und begann mit gesenkter Stimme auf ihn einzureden. Seine Worte drangen nicht zu May durch, aber alleine die Ruhe, die er in diesem Augenblick ausstrahlte, beruhigte sie und ihre Hände zitterten nicht mehr allzu stark, als sie sie auf die blutende Wunde am Bauch des Mannes drückte.

Er schrie auf, wollte sich unter den Qualen aufbäumen, doch Aiden fasste ihn sanft, aber bestimmt an den Schultern und hielt ihn zurück.

„Schön liegen bleiben, Mister. Es wird alles wieder gut, wir kriegen das schon wieder hin", murmelte er und strich dem schwer atmenden Mann eine feuchte Strähne aus der Stirn. May biss sich verzweifelt auf die Lippe. Auch, als sie den Druck ihrer Hände erhöhte, das Blut schien unaufhörlich weiter aus der Wunde zu fließen.

Alles wird wieder gut sah in ihren Augen definitiv anders aus.

„Wer hat Sie angegriffen?", fragte Aiden mit gefasster Stimme.

May sah ihn entsetzt an.

„Kann das nicht warten? Wir sollten ihn hier wegbringen, zu einem Doktor oder wenigstens die Wunde säubern!"

Aiden beachtete sie nicht, sein Blick lag aufmerksam auf dem Gesicht des Mannes. Dieser leckte sich über die rissigen Lippen, May konnte mittlerweile einzelne Schweißtropfen erkennen, die links und rechts an seinen Schläfen hinunter rannen. Seine Gesichtsfarbe hatte die eines Gespenstes angenommen.

„Wer hat Sie angegriffen, Mister!?", rief Aiden und packte ihn am Hemdkragen. May klappte fassungslos der Mund auf und für einen Moment vergaß sie, weiter auf die Wunde zu drücken.

„Wer war es? Die waren es, nicht wahr? Habe ich recht?!"

Und als May Aiden nun ansah, hatte sie das Gefühl, einen ganz anderen Menschen zu sehen. In seinen dunklen Augen funkelte Zorn, funkelten abgrundtiefer Hass und Wut, seine Fingerknöchel traten weiß hervor und die Ader an seinem Hals pulsierte gefährlich. Geschockt starrte sie ihn an, nicht fähig, irgendetwas zu tun. Dem Mann schien es ähnlich zu gehen. Er starrte Aiden an, in seinen Augen blitzte neue Furcht auf und er hob seinen schwachen Arm, um Aidens Handgelenk zu fassen.

„Aiden...", brachte May nahezu lautlos heraus. Erst sein Name schien ihn aus diesem angespannten Zustand zu reißen. Er erstarrte in der Position, in der er hockte, bevor er resigniert die Augen schloss, tief durchatmete und den Kragen langsam losließ. Sofort sackte der Mann mit einem Ächzen zurück gegen den Baumstamm und kniff schmerzerfüllt die Augen zusammen.

„Ja nicht einschlafen, hören Sie? Sie müssen unbedingt wach bleiben, Mister", rief May hastig und rutschte näher zu ihm heran, die Hände wieder fester auf dessen Bauch pressend. Doch diesmal zeigte er fast keine Regung. Er ließ auch seine Augen geschlossen. In Mays Hals bildete sich ein schwerer Kloß.

„I-Ich...weiß es....nicht...war nur...Kräuter...sammeln."

Die Stimme des Mannes war erstickt und rasselnd und auf einen Schlag wurde May bewusst, dass nicht mehr alles gut werden würde. Hilflos blickte sie zu Aiden, dessen Gesicht von einem tiefen Schatten befallen worden war. Mit trüben Augen musterte er den Verwundeten. Da schlug dieser die Augen auf und sein Blick suchte Aidens.

Er öffnete den Mund und sofort beugte sich Aiden ein Stück zu ihm hinunter. Gleichzeitig legte er dem Mann besänftigend eine Hand auf die Brust. „Ich...weiß es nicht, Mister. Bitte...“

Ein feines Rinnsal an Blut floss aus seinem halb geöffneten Mund, seine Augen füllten sich mit erneuter Verzweiflung und blanker Furcht.

Dann war da nur noch Leere.

Kapitel 5: Custol Hill

Wo vor wenigen Sekunden noch ein rauschender Lärm in Mays Ohren getobt hatte, war jetzt nur noch bodenlose Stille. Wie in Trance zog sie ihre Hände zurück. Sie waren blutverschmiert, ebenso wie der Großteil ihrer weißen Bluse. Tränen sammelten sich in ihren Augen, doch mit einer unwirschen Bewegung wischte sie sie beiseite. Zitternd sah sie Aiden an. Sein Blick lag auf dem bleichen Gesicht des Mannes.

Des Toten.

Vorsichtig beugte er sich über ihn und schloss mit den Fingern die Augenlider des Mannes. Dabei fiel sein Blick auf die kleine Umhängetasche, die neben ihm im Gras lag. Als er sie hochhob, erkannte May, dass sie aus feinstem, braunem Leder gefertigt worden war. Einige dünne Fransen hingen daran herunter.

Ohne Umschweife öffnete Aiden die Tasche und warf einen prüfenden Blick hinein. Kurz verharrte er in dieser Position, bevor er resigniert die Augen schloss und tief ausatmete. Stumm reichte er May die Tasche. Mit schwachen Händen nahm sie sie entgegen und wagte ebenfalls einen Blick ins Innere der Umhängetasche.

Pflanzen. Grüne und gräuliche und braune Pflanzen. Einige mit Wurzel, an anderen fand sich nicht einmal mehr das kleinste Blatt.

„Er hat die Wahrheit gesagt", sagte Aiden leise.

May sah von den Kräutern auf und begegnete Aidens Blick. Er war merkwürdig verschleiert, als würde er geradewegs durch sie hindurch sehen. Sie zog die Stirn kraus und wollte ihm die Tasche wiedergeben, doch er schüttelte den Kopf.

„Wer...Wer könnte zu so einer brutalen Tat fähig sein?", brachte sie unter trockenem Schluchzen heraus.

Als hätten ihre Worte einen unsichtbaren Hebel in Aidens Kopf umgelegt, sprang er auf und zog sie so schnell auf die Füße, dass sie beinahe das Gleichgewicht verlor.

„He, was ist -?", rief sie, doch er schnitt ihr das Wort ab.

„Sei leise."

Bestürzt beobachtete sie, wie er seinen Blick aufmerksam über die umliegenden Bäume gleiten ließ. Dann drehte er sich plötzlich auf dem Absatz um und lief in großen Schritten auf sein Pferd zu.

„Komm. Schnell", rief er ihr mit gesenkter Stimme über die Schultern zu.

May verstand nicht, ihr war schwindelig und schlecht und doch setzten sich ihre Füße von ganz alleine in Bewegung. Aiden kletterte in den Sattel und streckte ihr eine Hand hin, um ihr zu helfen. Wie betäubt stieg sie hinter ihm auf und klammerte sich mechanisch an ihm fest.

„Was ist hier los, Aiden?", sagte sie und ihre Stimme klang seltsam fern, als würde sie sie durch eine Blase wahrnehmen.

„Sie sind noch hier in der Nähe. Heya, Nero, los!"

Die letzten Worte rief er laut aus und sein Pferd, das anscheinend auf den Namen Nero hörte, fiel sofort in einen harten Galopp. Als sie an der Leiche des toten Kräutersammlers vorbeikamen, keuchte May auf und vergrub ihr Gesicht an Aidens Rücken. Ihr Herz hämmerte schmerzhaft in ihrer Brust und sie konnte nasse Tränenspuren auf ihren Wangen spüren. Innerhalb zwei Stunden war sie Zeuge von zwei Toten geworden. Das Gesicht ihres Vaters, der friedlich auf seinem kleinen Fischerboot stand und angelte, tauchte vor ihrem inneren Auge auf und bittere Reue kochte in ihr hoch.

„Gut festhalten, hier wird es gleich ein wenig steiniger!", rief ihr Aiden zu, doch sie hörte kaum hin.

Das Blut rauschte in ihren Ohren, übertönte alles Andere. Das Hufgetrappel war auf einmal so leise, so dumpf und auch die Stimme Aidens, die sich immer wieder erkundigte, ob sie noch da war.

Sträucher und Felsen zogen an ihnen vorbei, während Nero über die offene Prärie jagte; Evening und Cinnamon waren ihm dicht auf den Fersen. Sie schnaubten und ihre Hufe blieben an Erdlöchern und Sandhaufen hängen, doch sie schienen zu merken, dass etwas nicht in Ordnung war und liefen weiter.

May wusste nicht mehr, wie lange sie schon so durch die Landschaft preschten, bis sie endlich langsamer wurden. Doch als sie dann den Kopf hob und sich zum ersten Mal seit einer gefühlten Ewigkeit umsah, war der Himmel über ihnen schon marineblau gefärbt und die Sonne warf ihre letzten Strahlen auf Patridinem.

„Bist du okay?", fragte Aiden leise.

May antwortete nicht. Sie war sich sicher, ihre Stimme würde sofort versagen, wenn sie auch nur den Mund aufmachen würde.

„Maybelle?"

Aiden drehte sich so gut es ging im Sattel um und bedachte sie mit einem forschenden Blick. Er verharrte an den Tränenspuren auf ihren Wangen, sagte jedoch nichts dazu.

„Wir sind gleich da."

Dann drehte er sich wieder um und schwieg.

May war es egal, wie lange sie noch brauchen würden. Sie fühlte sich so ausgelaugt, wie schon seit Jahren nicht mehr. Jedes Mal, wenn sie die Augen schloss, tauchten die blutüberströmten Gestalten der toten Männer vor ihr auf. Sie erreichten den Rand eines dichten Waldes, dessen Bäume so hoch reichten, dass die riesigen fächerartigen Blätter der Baumkronen kaum zu erkennen waren. Sie erinnerten May an das Federkleid eines Pfaus. Die Baumstämme waren alle mindestens so breit wie ein Leuchtturm und auf ihren mächtigen Wurzeln wucherte das dunkle Moos.

„Das sind Custolen. Diese Bäume gehören zu den ältesten Pflanzenarten in ganz Terquasol", erklärte Aiden leise.

May war dankbar, dass er das sagte. Es lenkte sie von den düsteren Bildern ab, die sich immer und immer wieder in ihrem Kopf abspielten.

„Früher hat es mehr der Custolen gegeben. Sie sollen unglaublich wertvoll sein, stehen aber unter dem Schutz des Landes. Viele ignorieren das und holzen sie dennoch ab", fuhr Aiden fort.

„Wieso?", fragte May, um zu testen, ob ihre Stimme noch funktionierte.

Sie klang ein wenig heiser, doch fester, als sie angenommen hatte.

„In den Gesichtsbüchern steht eindeutig geschrieben, Custolen sind der Schlüssel zum Reichtum. Solche Worte schüren Gier und locken machtsüchtige Menschen an, die nach nichts anderem streben, als Ansehen und Ruhm. Sie holzen die Bäume ab, in der Hoffnung, etwas Außergewöhnliches wird sich ihnen offenbaren. Sie zerhacken die Wurzeln, zerkleinern die Blätter und brauen aus der Rinde sonderbare Tränke. Doch noch niemandem ist es gelungen, Ruhm oder Macht zu erlangen. Und wenn du mich fragst, werden sie das auch nie", sagte Aiden.

„Vielleicht haben sie die Bücher falsch verstanden und es gibt einen anderen Weg, um den Custolen ihren Reichtum zu entnehmen", überlegte May.

„Einen friedlicheren Weg."

„Das glaube ich nicht. Ich glaube, die Geschichten in den Büchern sind nichts weiter als Lügenmärchen", entgegnete Aiden.

„Hinter jeder Geschichte steckt ein Funken Wahrheit", sagte May.

„Ach ja? Und wie kommst du zu dieser Überzeugung?"

May antwortete nicht, doch das musste sie auch gar nicht. Aiden schien zu ahnen, weshalb sie dieser Ansicht war. Er ließ seine Hand in seiner Tasche verschwinden und zog ein kleines, in Leder gebundenes Notizbuch hervor. Es dauerte nur drei Sekunden, dann erkannte May es.

„Wie...das ist mein Buch!", stieß sie verblüfft aus.

„Ja, das habe ich mir schon gedacht. Du willst selber Geschichten schreiben", erwiderte Aiden.

Es war keine Frage, eher eine Feststellung und obwohl sie sein Gesicht nicht sehen konnte, hörte sie, dass er grinste.

„Wieso hast du mein Buch?", fragte sie zornig.

„Es ist dir aus der Tasche gefallen, als du auf der Kutsche warst, also habe ich es aufgehoben und freundlicherweise mitgenommen."

„Das ist Diebstahl!", ereiferte May sich.

„Du solltest mir eigentlich danken. Ich hätte es schließlich auch liegen lassen können, nicht wahr?"

May streckte die Hand nach ihrem Buch aus, doch Aiden hielt es von sich weg, sodass sie es unmöglich erreichen konnte. Frustriert stöhnte sie auf und schlug ihm gegen die Schulter.

„Aua! Wofür war das denn?", rief er.

„Dafür, dass du mein Buch gestohlen hast."

„Beruhig dich mal wieder. Da steht doch gar nichts drin, also verstehe ich nicht, wieso du gleich so an die Decke gehst", sagte Aiden.

May wusste, dass er die Wahrheit sagte. Tatsächlich hatte sie noch nichts in das Notizbuch geschrieben, außer ihren Namen auf der ersten Seite. Sie hatte es in Silver-Myers eingesteckt, da sie ursprünglich vorgehabt hatte, ihre Erlebnisse und Eindrücke auf der Reise festzuhalten. Mittlerweile war sie sich aber nicht mehr sicher, ob sie das überhaupt wollte. Es gab definitiv schönere Erinnerungen als die der letzten, vergangenen Stunden.

„Ich geb's dir zurück, wenn wir im Lager sind, okay?", sagte Aiden jetzt.

May grummelte nur etwas Unverständliches, worauf er leise lachte und das Buch dann wieder in die Tasche gleiten ließ.

Die nächsten Minuten verbrachte sie damit, sich ihren Kopf nach allen Richtungen zu verrenken, um möglichst viel von den neuartigen Eindrücken aufzunehmen. Die Pflanzen, die Tiere, selbst die Luft war eine ganz andere, als sie aus Apunima gewohnt war. Da gab es leuchtende und blinkende Pilze, die jedes Mal, wenn sich eine Libelle oder ein anderes Insekt auf ihnen niederließ, einen hohen Glockenton von sich gaben. Hühnerartige Geschöpfe kreuzten ihren Weg, mit schneeweißem Gefieder und einem Kopf, der May an einen knubbeligen Apfel erinnerte. Laut Aiden hießen sie Pulbas und konnten weder fliegen, noch besonders gut laufen, dafür aber für ihren unförmigen Körper sehr schnell schwimmen. Außerdem war er davon überzeugt, die Eier, die sie legten, seien die besten in ganz Terquasol.

Nun war es so, dass kaum mehr als fünf Minuten vergingen, ohne dass May etwas Neues entdeckte und aufgeregt wissen wollte, was das für ein Tier war oder wieso dieses wundersame Kraut so hell leuchtete wie die Sonne.

Auch Cinnamon und Evening schienen ihre Freude am Weg zu haben, den sie einschlugen. Immer wieder wurden sie abgelenkt durch einen vorbei schwirrenden Schmetterling oder durch das hohe Klingeln eines blinkenden Pilzes.

So war May recht erstaunt, als Aiden sie vom Weg abführte und sie durch die Custolen hindurch ritten. Zuerst wollte sie fragen, wieso sie den Pfad verließen und einfach querfeldein ritten, da lenkten mehrere tanzende Lichter zwischen den Bäumen vor ihnen ihre Aufmerksamkeit auf sich. Verwirrt kniff sie die Augen zu Schlitzen zusammen, um besser sehen zu können. Die Bäume teilten sich vor ihnen und May verschlug es den Atem. Ihre Augen wurden groß, so groß wie nie zuvor und doch konnte sie nicht alles mit einem Blick einfangen, was sich ihr nun bot.

Vor ihnen lag eine Lichtung, hell und weit, die von den schönsten und größten Custolen umrandet wurde. Zwischen der einen oder anderen Custole hatten es ein paar Weidenbäume geschafft, sich ihren eigenen Platz zu beschaffen. Ihre feinen Äste wiegten sanft im Wind und die weißen und fliederfarbenen Blüten segelten lautlos durch die Luft. Kleine Häuser – May würde sie schon gar als Holzhütten bezeichnen – standen auf der Lichtung; sie bildeten einen Kreis um eine Custole, so groß und mächtig und überragend wie keine andere. Ihr Stamm erweckte den Eindruck, als würde er sich gleich dreimal um sich selbst winden und die dicke Wurzel teilte sich noch einmal in mehrere, kleinere auf.

An der äußeren Seite des Stammes schlängelte sich eine filigran geschnitzte Holztreppe nach oben, bis kurz vor die Baumkrone. Sie mündete an einer Plattform aus demselben hellen Holz wie die Stufen und auf dieser Plattform war eine Hütte errichtet worden. Mit Dach und Pfosten und kleinen

Fenstern und einer rundlichen Eingangstür. Zwischen den Hütten konnte May sogar ein kleines Zelt ausmachen. Am hinteren Rand der Lichtung grasten zahlreiche Pferde, die alle unterschiedlicher nicht sein konnten. Groß, klein, grau, schwarz wie die Nacht, weiß wie der Winter, golden wie die aufgehende Sonne. Doch nicht die kleinen Hütten oder die schönen Blüten der Weidenbäume raubten May fast den Atem. Es waren die vielen, kleinen Lichter, die über die Lichtung tanzten; Glühwürmchen schwirrten umher, einige steckten in Gläsern, die an den Hütten und der Treppe hingen und es gab abertausende von Kerzen, große, kleine, dicke, dünne, runde, eckige und allesamt warfen sie lustige Schatten auf das weiche Gras.

„Wow", entfuhr es May.

Sie konnte Aidens Gesicht nicht sehen, doch wusste sofort, dass er lächelte, als er ihr antwortete.

„Willkommen in Custol Hill, Miss Maybelle Stacks."

Aiden führte Nero, Evening und Cinnamon links an den Hütten vorbei, direkt auf die Koppel zu den anderen Pferden, die nur kurz neugierig aufschauten, als sie kamen und sich dann sofort wieder dem herrlich grünen Gras widmeten. Erst dann rutschte er von Neros Rücken und half May beim Absteigen. Sie drehte ihren Kopf zu allen Seiten, um sich so viel wie möglich von diesem Ort einzuprägen. Dass Aiden sie dabei mit einem belustigten Schmunzeln betrachtete, bemerkte sie gar nicht.

Mit vor Staunen weit aufgerissem Mund folgte ihr Blick einem Schwarm bunter Vögel, die in der Ferne über die Kronen des Waldes schwebten und schließlich immer kleiner wurden. Aufgeregt drehte sie sich zu Aiden um, der soeben den Sattel von Neros Rücken nahm.

„Es ist toll!"

Aidens Mundwinkel zuckten und er trat an ihre Seite, ließ seinen Blick nun auch über die Lichtung schweifen. Seine Schultern verloren nach und nach ihre Anspannung und der Schatten verschwand gänzlich aus seinen Augen. May war sofort klar, dass dies hier sein zu Hause war.

„Komm mit", sagte er leise und ging voran. Schnell bemerkte May, dass sie auf die große Custole in der Mitte der kleinen Hütten zusteuerten. Dabei fiel ihr auf, dass jede einzelne Hütte ganz außergewöhnlich war. Auch wenn sie alle aus hellem Holz errichtet worden waren, hatten sie doch alle etwas Eigenes. Das Dach einer der Hütten wurde zum Beispiel mit abertausenden bunten Blüten und Blumen geziert,während das Häuschen direkt daneben ein Dach aus Stroh und feinen Leinen hatte.

„Wo gehen wir hin?", wollte May neugierig wissen, während sie hinter Aiden die Stufen zum Baumhaus empor stieg.

Kurz holte sie zischend Luft, als ein schwacher Schmerz durch ihren Knöchel schoss.

„Du wirst gleich Moran Reeder kennenlernen, also stell bitte nicht zu viele Fragen in seiner Gegenwart und überlass am besten mir das Reden, verstanden?"

May runzelte die Stirn und beeilte sich, mit den langen Beinen Aidens mitzuhalten.

„Wer ist denn dieser Moran Reeder?", rief sie außer Atem.

Doch bevor Aiden ihr eine Antwort geben konnte, erreichten sie die Plattform, auf der das Baumhaus stand und augenblicklich verstummte May. Ihre Kehle wurde ganz trocken und wie in Trance lief sie zum Geländer hinüber.

Die Aussicht war atemberaubender als alles, was sie jemals in ihrem Leben gesehen hatte. In Apunima gab es einen Turm, den die Jäger oft als Treffpunkt nutzten und einmal hatte sie eine Wette gegen ein paar Kinder aus ihrer Schule verloren. Sie hatte bis zur Spitze des Turms klettern müssen und damals hatte sie schon das Gefühl gehabt, über ganz Terquasol blicken zu können.

Doch hier oben auf dieser Custole, wo die Luft angenehm klar und frisch und die Sonne so nahe war, schien sich eine Ausgeglichenheit auf sie zu legen, die sie so nicht kannte.

So weit das Auge reichte, sah sie Hügel und Berge und Flüsse und Wälder und weite Wiesen und sogar einen Wasserfall. Reiher und Falken zogen ihre Kreise über dem Land und in der Nähe der Pferdekoppel sah May mehrere Hirsche über die Wiese rennen.

Sie verstand nun, wieso Pierce glasige Auge bekam, wenn er von Patridinem erzählte.

Sie konnte sich erst von diesem Anblick losreißen, als das knarrende Geräusch einer sich öffnenden Tür zu ihnen drang.

„Mr. Reeder" sagte Aiden mit gesenkter Stimme. May drehte sich um und sah überrascht, wie Aiden respektvoll den Kopf neigte, als ein großer Mann mit breiten Schultern und schlohweißem Haar aus der Tür des Baumhauses trat. Sein sauber geschnittener Bart hatte dieselbe leuchtende Farbe wie sein

Haar und bildete einen nahezu schneidenden Kontrast zu seinem dunkelbraunen Mantel, den er trug. Seine Augen waren so schwarz wie die Nacht und May konnte die Reflexion der letzten Sonnenstrahlen in ihnen erkennen. Unter seinem durchdringenden, kühlen Blick fühlte sie sich auf einmal unglaublich machtlos.

„Mr. Reeder, das ist Maybelle. Ich habe sie nicht weit vor Lofall aufgegriffen, sie wurde Opfer eines Angriffes der Roten Hyänen. Diesmal hatten sie es auf die Kutsche vom alten Horace abgesehen. Als wäre dabei irgendwas zu holen", sagte Aiden kopfschüttelnd.

Moran Reeder nickte kurz, doch ließ May nicht eine Sekunde aus den Augen. Nervös trat sie von einem Fuß auf den anderen. Sie hatte das Gefühl, er würde bis auf ihre Seele schauen.

„Wieso hast du sie mitgebracht?", sagte er schließlich ruhig.

May zuckte zusammen. Auch wenn er es nicht als einen direkten Vorwurf formuliert hatte, so hörte sie doch die Missbilligung heraus.

„Ich konnte sie nicht einfach dort zurück lassen, oder?", entgegnete Aiden.

„Nein, vermutlich nicht. Aber warum hast du dich dazu entschieden, sie ausgerechnet nach Custol Hill zu bringen? Warum nicht nach Lofall oder Skinny Tree?", sagte Reeder.

„Die Städte wären zu weit weg gewesen. Wenn ich mich recht erinnere, waren Sie es, der uns befohlen hat, vor Einbruch der Nacht wieder im Lager zu sein", sagte Aiden angriffslustig.

Reeder hob eine Augenbraue, doch nickte.

„Ja, in der Tat, das habe ich."

Dann bedachte er May auf einmal mit einem scharfen Blick.

„Du kommst nicht aus Patridinem, richtig?", sagte er.

„Ich...woher wissen Sie das?", stotterte May verwundert.

„Keiner, der noch ganz bei Trost ist, würde Horace Gibbson als seinen Kutscher auswählen. Noch bevor man sein Ziel erreicht, hätte er einem das halbe Ohr abgekaut, wenn nicht sogar beide zusammen", meinte Reeder schlicht.

„Sie kommt aus Apunima, aber ich bin davon überzeugt, dass sie keine von ihnen ist", warf Aiden rasch ein.

May runzelte die Stirn und sah ihn irritiert an.

„Keine von wem?", fragte sie.

Doch Reeder hatte sich bereits Aiden zugewandt und auch er überhörte sie.

„Und wie hast du das überprüft?", wollte Reeder wissen.

May wusste nicht, ob es ihr lieber gewesen wäre, wenn er nicht mehr so leise und ruhig gesprochen hätte.

„Ich bin mir einfach sicher", meinte Aiden und seine Wangen nahmen einen dunkleren Ton an.

Fast schon trotzig steckte er seine Hände in seine Jackentaschen und hielt Reeders stechendem Blick tapfer stand. Er wandte sich wieder May zu und ließ seinen Blick langsam zu ihrer Tasche gleiten. Reflexartig festigte sich ihr Griff um den Träger. Schließlich nickte er, als hätte er soeben etwas Wichtiges herausgefunden.

„Diesmal hast du Glück gehabt, Aiden. Sie ist keine von ihnen. Aber das nächste Mal überlegst du besser zweimal, ob du jemanden Fremdes mitbringst, ist das klar? Weißt du was? Am besten überlegst du es dir dreimal, man kann nie vorsichtig genug sein", sagte er.

Aiden zuckte mit den Schultern, May sah ihn jedoch etwas verlegen nicken.

„Es hat wieder einen Angriff gegeben. Und diesmal waren sie nicht einmal mehr einen Zwei-Stunden-Ritt von uns entfernt. Sie kommen näher, Mr. Reeder.", sagte er mit drängender Stimme.

„Wer wurde angegriffen?", fragte Reeder scharf.

„Ein Mann, der nach Kräutern gesucht hat. Wir haben seine Tasche gesehen, es stimmte. Es passt alles..."

„Bist du dir sicher, Aiden?", hakte Reeder nach.

„Absolut. Er wurde mit einem Messer angegriffen, ich habe die Stichwunde selbst gesehen. May kann es bezeugen", ereiferte er sich.

May nickte langsam, auch wenn sie immer noch nicht sicher war, über was hier eigentlich geredet wurde. Immer mehr bekam sie das Gefühl, die beiden würden eine komplett andere Sprache sprechen.

„War das Messer noch da?", fragte Reeder.

Aiden schüttelte den Kopf.

„Nein. Sie müssen es wieder mitgenommen haben."

„Okay. Ich möchte, dass wir heute Nacht einen Wachposten einsetzen. Wir werden uns abwechseln. Sag Shaun, dass er die erste Wache übernehmen kann", sagte Reeder und aus dem kommentarlosen Nicken Aidens schloss May, dass dieser Moran Reeder einen hohen Einfluss auf diesen Ort hatte.

„Sie können hier bleiben, bis das nächste Schiff zurück nach Apunima ablegt. Es ist nicht ratsam, sich zu diesen Zeiten alleine herumzutreiben, deswegen empfehle ich Ihnen, immer in Aidens Nähe oder der des Lagers zu bleiben", sagte er an May gewandt.

Sie war zu erschöpft, um zu protestieren und nickte nur. Reeder nickte ihnen zu und verschwand dann wieder in seinem Baumhaus, während Aiden May am Arm anfasste und Richtung Treppe nickte. Ihre Beine fühlten sich seltsam schwer und bleiern an, als sie hinabstiegen und jeder Muskel in ihr schrie danach, sich endlich hinzulegen. Aiden führte sie über die Lichtung auf das kleine Zelt zu. Auch an diesem hingen Gläser mit Kerzen und summenden Glühwürmchen.

„Hier kannst du erst einmal schlafen, so lange du in Custol Hill bleibst", meinte Aiden.

Abermals nickte May. Es war, als hätte jemand einen Hebel in ihrem Körper umgelegt; ihre Knochen schmerzten, ihre Augen wollten jeden Moment zufallen und der Schnitt an ihrer Wange hatte wieder angefangen zu brennen.

„Na dann wünsche ich mal eine angenehme, erste Nacht in Patridinem, Miss Stacks", sagte Aiden und zwinkerte ihr zu.

Sie hob die Hand zum Gruß und er drehte sich um, doch bevor er gehen konnte, hielt sie ihn am Arm zurück. Verwirrt blickte er sie an.

„Danke", sagte sie leise.

„Wofür?"

„Du hast mir heute das Leben gerettet. Ich hätte auf dieser Kutsche sterben können."

„Ach, das wäre nicht so meine Art gewesen", erwiderte Aiden abwinkend.

„Du hast mich hierher gebracht, obwohl du mich nicht kennst", fuhr May fort.

„So würde ich das nicht sagen. Ich besitze immerhin dein Buch und du meine Allzweck-Heil-Salbe", sagte er schmunzelnd.

May war zu müde, um über die Sache mit ihrem Buch zu streiten, also lächelte sie nur matt und zuckte mit den Schultern.

„Du hättest es trotzdem nicht tun müssen und deswegen...danke."

„Manchmal muss man ein bisschen Risiko eingehen", sagte Aiden leise und winkte ihr zum Abschied zu.

May sah ihm nach, wie er auf eine der Hütten zusteuerte und schlüpfte schließlich selbst ins Innere. Das Innere des Zeltes erschien doch um einiges geräumiger, als es von außen wirkte. Zu Mays Glück war sie sehr klein und konnte so problemlos im Zelt stehen. Sie schmunzelte bei dem Gedanken, wie Aiden wohl im Zelt aussehen musste. Sie würde den Spiegel ihrer Mutter verwetten, dass er sich bücken musste, um nicht mit dem Kopf an die Decke zu stoßen. In der hinteren, linken Ecke stand ein Feldbett und direkt daneben eine Truhe, auf der sich eine Wasserschüssel, ein sauberes Tuch und eine Wolldecke befanden. Neben dem Zelteingang hingen drei Einmachgläser an einem Seil. Zuerst nahm May an, es wäre der Staub, der in den Gläsern tanzte, doch als sie näher trat, erkannte sie die vielen, winzigen Glühwürmchen, die darin auf und ab hüpften.

„Das gibt es doch nicht", hauchte sie und ihre Fingerspitzen geisterten entzückt über das warme Glas. In Silver-Myers hatte sie nur sehr selten Glühwürmchen gesehen. Am liebsten hätte sie eine Zeichnung von ihnen angefertigt, doch das ging ja nicht. Aiden hatte noch immer ihr Buch.

Seufzend ließ sich May auf dem Feldbett nieder und beschloss nach kurzer Überlegung, das frische Wasser aus der Porzellanschüssel zu nutzen, um ihr Gesicht und ihre Beine von dem ganzen Dreck zu befreien. Es fühlte sich unglaublich gut an, als das kalte Wasser ihre Wangen berührte und genießerisch schloss sie die Augen. Sie griff nach ihrem Haarband, löste den lockeren Knoten und strich sich mit den Fingern ein paar Mal durch die widerspenstigen Haare. Dann schälte sie sich aus den Klamotten und zog sich das Nachthemd über, das sie sich zu Hause eingesteckt hatte.

In dieser Nacht träumte sie von riesigen Wellen, die sich in Kapuzen tragende, zahnlose Gestalten verwandelten und ihre knorrigen Klauen nach ihr ausstreckten, bevor sie ihre Kapuzen zurückschlugen und leere, leblose Augen enthüllten.

Kapitel 6: Ein freudiges und eisiges Wiedersehen

Ein leises Kitzeln an der Nase weckte May am nächsten Morgen. Grummelnd drehte sie sich auf die Seite, doch das Kitzeln hörte nicht auf. „Papa, es ist noch so früh…", nuschelte sie und grub ihre Finger schläfrig ins weiche Kissen.

Ein hohes Kichern ertönte, das so gar nicht nach ihrem Vater klang und verwirrt schlug May die Augen auf. Riesige, blaue Glubschaugen schwebten direkt über ihr.

Erschrocken richtete May sich auf und rutschte rasch von dem Etwas weg, das es sich auf ihrem Feldbett bequem gemacht hatte. Es war nicht größer als ein gewöhnlicher Gartenzwerg, sein Kopf war breit und knubbelig und seine hervorquellenden Augen nahmen mindestens die Hälfte davon ein. Beim genaueren Hinsehen erkannte May, dass das Etwas einen hellgrünen Poncho trug, der mit einem feinen Muster bestickt war. In seinem winzigen Fäustchen hielt es eine Feder und May war sich sicher, dass sie es war, die sie geweckt hatte. Nachdem sie sich von ihrem anfänglichen Schock erholt hatte, legte May den Kopf schief, um das Wesen genauer zu betrachten. Sofort tat es es ihr gleich.

„Wer bist du denn?", flüsterte May leise.

Das Wesen antwortete nicht, starrte May nur weiterhin aus neugierigen Riesenaugen an. Vorsichtig streckte May ihre Hand aus und berührte das winzige Fäustchen, das immer noch die Feder hielt. Das knubbelige Wesen stieß abermals ein Kichern aus, öffnete die Faust und übergab der verdutzten May die Feder. Dann sprang es vom Bett, watschelte auf den genauso unförmigen Füßchen aus dem Zelt und verschwand.

„Ich muss träumen", murmelte May und legte die Feder neben sich auf die Truhe.

Die ersten Sonnenstrahlen fielen durch die Zeltplane und das leise Vogelgezwitscher wehte zu ihr hinüber. Rasch schlüpfte sie in ihre Kleider und eilte dann aus dem Zelt hinaus auf die Lichtung.

Bei Tageslicht hatte sie eine ganz andere Wirkung. Alles schien hell und bunt und aus einem ihr unerklärlichen Grund fühlte May eine Ruhe durch ihre Adern strömen, die sie so noch nicht kannte. Das Kichern des kleinen Wesens ertönte nicht weit von ihr entfernt und halb verwundert, halb amüsiert beobachtete May, wie nun immer mehr von ihnen aus den umliegenden Büschen und Sträuchern kletterten und über die Wiese tollten. Einige trugen ihr Haar zu zwei geflochtenen Zöpfen, ein besonders Kleiner war kahlköpfig und wieder ein anderer trug seine grauen Haare so lang, dass sie sogar seine Glubschaugen verdeckten. So außergewöhnlich sie zwar alle aussahen, in der Kleidung unterschieden sie sich nicht ein bisschen – alle trugen den gleichen Poncho aus hellgrünem Stoff.

„Meine Augen müssen mir einen Streich spielen!"

Eine vertraute Stimme erklang hinter ihr und ungläubig wandte May sich um. Shaun Gosnell, der Mann, den sie auf der Helianthus getroffen hatte, kam mit ausgestreckten Armen und einem breiten Lächeln auf sie zu.

„Shaun?", stieß sie überrascht aus, da zog er sie auch schon in eine Umarmung.

„Ich muss gestehen, ich hätte nicht erwartet, dich so schnell wiederzusehen, May", lachte Shaun und hielt sie an den Schultern ein Stück von sich weg, um sie zu mustern.

Ein kurzer Schatten huschte über seine Züge, als sein Blick an dem Schnitt an ihrer Wange kleben blieb.

„Was ist passiert?", sagte er atemlos.

May berichtete ihm von ihrer Begegnung mit Ray und Horace in Lofall, von der Entführung seiner Kutsche und schließlich, wie Aiden im richtigen Moment vorbeikam und sie auffing.

„Hast du das schon verarzten lassen?", fragte er besorgt.

„Ja, Aiden hat mir diese Salbe hier gegeben", sagte May und hielt das Döschen mit der Allzweck-Heil-Salbe hoch.

„Die Roten Hyänen treiben uns irgendwann noch in den Wahnsinn. Als hätten wir zu diesen Zeiten nicht schon genug Ärger, da müssen sie auch noch kommen und sich an den Unschuldigen vergreifen", schnaubte Shaun grimmig.

„Wer sind die Roten Hyänen eigentlich?", wollte May wissen.

„Ihr Anführer heißt Greyson Blackhand. Für ein bisschen Macht geht er über Leichen, der elendige Hund. Geht in die Städte und Dörfer und überfällt die Armen und Schwachen, nur um allen zu beweisen, wie mächtig er doch ist", sagte Shaun.

„Das ist furchtbar! Tut denn niemand etwas dagegen?", rief May.

„Hin und wieder tauchen ein paar Leute auf, die sich gegen sie zusammengerauft haben, aber wirklich gegen sie ankommen, tut niemand. Sie alle haben zu viel Angst vor Blackhand und was er mit ihren Familien anstellt, wenn er rausfindet, dass sie versuchen, gegen ihn vorzugehen."

„Und die Regierung nimmt das einfach so hin? Es muss dem Präsidenten doch auffallen, dass eine Bande aus gewalttätigen Leuten die Bürger terrorisiert", sagte May empört.

Shaun lachte grimmig auf und tat eine wegwerfende Handbewegung.

„Der Präsident von Patridinem würde nicht einen Finger krumm machen, selbst wenn direkt vor seiner Nase jemand tot umfällt", brummte er.

May schüttelte fassungslos den Kopf. Mit den Augen verfolgte sie das besonders haarige Knubbelwesen, das gerade versuchte, eine der abgebrannten Kerzen aus einem Glas zu fischen. Shaun folgte ihrem Blick.

„Haben sie dich geweckt?", fragte er.

„Ja. Was sind das für Wesen?"

„Wawigglers. Manche nennen sie auch Waldzwerge. Ganz schön freche und neugierige Biester, aber völlig harmlos. Sie leben tief in den Wäldern und kommen nur manchmal aus ihren Verstecken, wenn sie hungrig sind", sagte Shaun.

„Was essen Wawigglers denn?", fragte May.

„Nun...eigentlich alles. Aber ich glaube, sie könnten auch gut ein paar Wochen ohne etwas zu Essen auskommen."

Der haarige Wawiggler hatte es geschafft, die Kerze aus dem Glas zu ziehen und biss nun herzhaft hinein, als wäre sie ein leckeres Stück Kuchen. Im selben Moment gab Mays Magen einen grummelnden Laut von sich.

„Wie wär's, wenn wir erst einmal frühstücken, hm?", grinste Shaun.

Das Frühstück bestand aus Spiegeleiern, die sie über einem offenen Feuer zubereiteten und Brot, das einen süßlichen Geschmack hatte. Während des Frühstücks, das sie auf ein paar umgekippten Baumstämmen in der Nähe des Baumhauses verspeisten, erzählte Shaun, dass er vor einigen Jahren mitgeholfen hatte, Custol Hill aufzubauen und hier sein neues zu Hause gefunden hatte. Als er gerade berichtete, dass er Moran Reeder in Maribiles, dem Land der Zauberkunst und Magier das erste Mal getroffen hatte, stieß Aiden zu ihnen. Ausgiebig gähnend ließ er sich neben Shaun auf den Baumstamm plumpsen, schnappte sich die Pfanne mit dem restlichen Spiegelei und begann es in einem beachtlichen Tempo zu essen. May, die sowieso das Gefühl hatte, jeden Moment zu platzen, lehnte sich belustigt zurück.

„Guten Morgen, Aiden", sagte Shaun leicht angewidert, als er einem Stück Ei auswich, das von Aidens Gabel flog.

„Morgen", schmatzte Aiden und biss in das Brot.

Dann wedelte er damit in Richtung der Wawigglers, die sich nun gegenseitig Blumenketten um die fast nicht vorhandenen Hälse warfen und begeistert kicherten.

„Sollten wohl doch mal darüber nachdenken, einen Zaun zu errichten", murmelte er.

„Ach, innerhalb einer Woche würden sie doch wieder eine Lücke finden", entgegnete Shaun achselzuckend.

„So schlimm sind sie doch nicht", sagte May, als der glatzköpfige Waldzwerg seinem Freund die vierte Blumenkette überzog.

„So schlimm sind sie nicht? Sag das noch mal, wenn sie ständig in deine Hütte einbrechen, deine Sachen durchwühlen und du am Ende mit fünf Socken weniger dastehst", rief Aiden.

„Sie klauen Socken?", sagte May kichernd.

„Und Unterhosen. Haben sie jedenfalls mal. Aber dann sind sie in Aidens Haus gekommen und haben es seitdem gelassen", sagte Shaun.

Aiden warf ihm einen bösen Blick zu und seine Wangen färbten sich dunkelrot. Rasch schlang er den Rest des Spiegeleis runter und stellte die Pfanne dann neben sich zu Boden.

„Wir sollten Horace seine Ponys zurückbringen", sagte er schließlich.

„Ich möchte mitkommen", sagte May rasch.

„Auf gar keinen Fall", erwiderte Aiden sofort.

„Wieso nicht?", rief May entrüstet.

„Hast du Mr. Reeder nicht zugehört? Er hat gesagt, du sollst im Lager bleiben und nicht in die Stadt reiten."

„Er sagte, ich soll in deiner Nähe bleiben."

„Ich denke, es wäre gar nicht so verkehrt, May mitkommen zu lassen. Horace wird sicher wissen wollen, dass es ihr gut geht", warf Shaun ein, als Aiden schon wieder den Mund geöffnet hatte.

May strahlte ihn an, Aiden verdrehte die Augen und grummelte etwas Unverständliches. Eine halbe Stunde nach dem Frühstück begaben sie sich zur Pferdekoppel. Kaum hatten sie sie betreten, kam Nero auf Aiden zugeschossen und ließ sich von ihm den Hals streicheln. Ein junger Mann, der in Aidens Alter war und sein dichtes Haar zerzaust und wild trug, schaufelte gerade Pferdemist und winkte ihnen zu, als sie näher kamen.

„Morgen allerseits."

Sein Blick fiel auf May und er nahm die Mistgabel in die andere Hand, um ihr seine rechte Hand zu reichen.

„Du musst Maybelle sein, oder? Aiden hat mir gestern Nacht von dir erzählt, als er mich zu meiner Wache geweckt hat. Ich bin Daniel. Daniel Randall", sagte er lächelnd.

May schüttelte seine Hand.

„Freut mich, Daniel", sagte sie.

„Wir haben leider keine Zeit, viel zu plaudern, Dan", sagte Shaun, der bereits seine weiße Stute Fanny gesattelt hatte.

„Wie immer auf dem Sprung, was?", sagte Daniel kopfschüttelnd.

„Wir müssen nach Lofall. Kannst du für May Abadan satteln?", sagte Shaun.

„Klar."

Und fünf Minuten später saß May auf einem großen Friesen und winkte Daniel zum Abschied zu, als sie hinter Aiden, Shaun und den beiden Ponys Evening und Cinnamon die Koppel und schließlich auch die Lichtung verließ.

„Lebt Daniel auch in Custol Hill?", fragte May, als sie die mächtigen Custolen hinter sich ließen und auf den schmalen Pfad gelangten.

„Ja. Aber er ist erst seit vier Jahren dabei. Hat vorher seinem Großvater in seiner Schmiede geholfen, doch dann ist er verstorben und er hatte niemanden sonst, also haben wir ihn aufgenommen. Haben immer gute Geschäfte mit seinem Opa gemacht", sagte Shaun.

„Wie lange lebst du schon hier?", rief sie Aiden zu, der vor ihnen ritt.

„Ich? Mein ganzes Leben. Ich wurde hier geboren", sagte er und der Anflug von Stolz schwang in seiner Stimme mit.

Shaun verdrehte die Augen und lehnte sich zu May hinüber.

„Er ist davon überzeugt, etwas Besseres zu sein, weil er in Patridinem geboren ist", flüsterte er.

„Das ist eine glatte Lüge, mein Freund! Ich könnte es mir nur nicht vorstellen, in einem anderen Land aufzuwachsen. Die Sitten dort sind mir nicht ganz...geheuer", schoss Aiden zurück.

„Die Sitten dort?", wiederholte May mit hochgezogenen Augenbrauen.

„Naja, würdest du gerne in Cantus leben? Ständig wird dort gesungen und getanzt und gefeiert. Irgendwann würde ich auch mal meine Ruhe haben wollen", sagte Aiden nachdenklich.

May erinnerte sich daran, dass ihr früherer Dorflehrer Mr. O'Kelly ihnen erzählt hatte, dass Cantus als das fröhlichste Land der sechs galt. Es war das Land der Musik und der Symphonie.

„Aber warst du schon einmal in Cantus, Aiden?", sagte Shaun.

„Nein."

„Siehst du? Dann beurteile das Land und seine Sitten nicht, wenn du sie überhaupt nicht kennst. Zufälligerweise war ich erst vor Kurzem dort und ich kann euch versichern, dass die Stimmung dort zur Zeit alles andere als rosig ist", meinte Shaun.

„Warum?", wollte May neugierig wissen.

Aiden warf Shaun einen raschen Seitenblick zu, bevor er sich demonstrativ im Sattel umdrehte, als wolle er mit dieser Unterhaltung nichts mehr zu tun haben. Shaun runzelte die Stirn, als würde er über eine Sache scharf nachdenken.

„Ich weiß, dass etwas nicht so ist, wie es sein sollte. Ich bin nicht dumm, falls ihr das denkt", sagte May.

„Niemand denkt das", erwiderte Shaun sofort.

„Ich habe gestern Abend sehr wohl mitgekriegt, wie Aiden und Moran Reeder über den Mord des Kräutersammlers gesprochen haben. Und ihr habt mich verdächtigt, jemand zu sein, der ich nicht bin. Anscheinend nicht bin", fuhr May gereizt fort.

„Ich habe dich nicht verdächtigt", sagte Aiden. „Und wenn du behauptest so schlau zu sein, dann hast du sicher auch bemerkt, dass ich dich verteidigt habe."

„Trotzdem wollte mir niemand sagen, was hier eigentlich los ist. Du wolltest unbedingt vor Einbruch der Nacht zurück im Lager sein, obwohl du mehrere Waffen bei dir hattest. Du hattest sogar zu viel Angst, mich einfach in die nächste Stadt zu bringen", entrüstete sich May.

„Ja und das aus einem guten Grund", gab Aiden nun ebenso gereizt wie sie zurück.

„Aus welchem?", sagte May sofort.

Als weder Aiden, noch Shaun ihr eine Antwort gaben, warf sie frustriert die Arme in die Luft und stöhnte.

„Ich wurde gestern entführt und musste mit ansehen, wie zwei Menschen ihr Leben verlieren. Zweimal! Ich will endlich erfahren, was hier eigentlich los ist. Seitdem ich Apunima verlassen habe, passieren die merkwürdigsten

Dinge. Schreckliche Dinge", rief sie mit zitternder Stimme.

Plötzlich brannten ihre Augen und kurz hatte sie das Gefühl, wieder auf dem außer Kontrolle geratenen Wagen zu sitzen. Unwirsch fuhr sie sich mit dem Arm über die Augen und umklammerte Abadans Zügel fester, der beleidigt schnaubte.

„Genau das habe ich gemeint. Andere Länder, andere Sitten. Ich hab schon immer gesagt, die Menschen in Apunima wären zu naiv, um zu begreifen, was eigentlich vor sich geht", murmelte Aiden.

„Lass mal gut sein, ja?", sagte Shaun, der May mit einem besorgten Blick bedachte.

Rasch sah May zur Seite und tat so, als würde sie einem Feldhasen hinterher schauen. Das beklemmende Gefühl, das sie gestern nach dem Tod des Kräutersammlers übermannt hatte, war auf einen Schlag zurückgekehrt. Am liebsten hätte sie Aiden und Shaun angeschrien, bis sie ihr die Wahrheit sagten, doch anstelle dessen biss sie sich so fest auf die Zunge, dass sie schon bald den eisernen Geschmack von Blut im Mund hatte.

Sie musste an ihre Mutter denken. Ihre abenteuerlustige, aufgeschlossene Mutter. Die spontane, witzige, charmante, begabte Emma Stacks, die wahrscheinlich schon längst mit der Hälfte der Bürger aus Patridinem befreundet wäre, hätte sie dieselbe Reise wie May angetreten. Sie hätte ganz sicher keinen Streit angefangen. Oder doch? Hätte sie vielleicht auch darauf bestanden, in die Dinge miteinbezogen zu werden, die dauernd hinter ihrem Rücken besprochen wurden? Immerhin hatten sie das gemeinsam gehabt. May war mindestens genauso neugierig wie ihre Mutter, wenn nicht sogar noch ein Stückchen neugieriger. Ihr Vater sagt immer, es täte ihr nicht gut, so neugierig zu sein.

Den Rest des Ritts schwiegen sie, auch wenn Shaun immer wieder zögerliche Blicke zwischen ihnen hin und her warf.

In Lofall angekommen banden sie ihre Pferde und die von Horace Gibbson vor Rays Saloon an und traten dann durch die Schwingtüren. Erstaunt stellte May fest, dass es diesmal deutlich voller war, als bei ihrer Ankunft. Fast alle Tische waren besetzt, die Luft war noch stickiger und durch den dichten Rauch, der über ihren Köpfen hing, war es schwerer, etwas zu erkennen. Jemand rempelte May an und sie stolperte ein paar Schritte nach vorne.

„Da drüben ist Horace", sagte Aiden, der May einen kurzen Blick zugeworfen hatte und nun auf den Platz an der Theke zeigte, an dem Horace auch das letzte Mal schon gesessen hatte.

Er starrte in ein halbleeres Glas vor sich und fuhr mit dem Finger die Konturen davon nach. Ray stand hinter dem Tresen und bediente gerade eine Frau mit auffällig viel Schminke und einem in Mays Augen sehr gewagten Kleid – tiefer Ausschnitt und auch an den Beinen ließ es kaum Platz für viel Fantasie. Sie folgte Aiden durch die Menge auf Horace zu, da bemerkte sie, dass Shaun stehen geblieben war. Verwirrt sah sie ihn an, während sie einem torkelnden Mann auswich, der eindeutig ein Glas zu viel hatte.

„Kommst du nicht mit?", rief sie ihm über den Lärm der Gäste zu.

„Nein. Ich muss noch was Anderes hier erledigen", erwiderte er.

„Was denn?", fragte May.

„Es dauert nicht lange, versprochen. Wir treffen uns wieder hier", sagte Shaun, als hätte er sie nicht gehört, drehte sich auf dem Absatz um und verließ hinter den Schwingtüren.

May sah ihm widerstrebend hinterher, bevor sie rasch zu Aiden aufschloss, der bereits bei Horace angekommen war. Als dessen Blick auf May traf, fiel er mit einem lauten Aufschrei von seinem Hocker.

„Meine Güte, ein Wunder! Ein Wunder ist geschehen!", rief er erfreut rappelte sich hoch, griff Mays Hände und küsste sie immer und immer wieder. Verlegen grinsend sah May zu Aiden, der jedoch nur mit den Schultern zuckte. Horace ließ von ihren Händen ab und strahlte sie an. Seine schmalen Augen funkelten und seine Wangen waren rot angelaufen.

„Wir dachten schon, das war's jetzt, jawohl", sagte er schnaufend.

„Wir haben Cinnamon und Evening mitgebracht. Sie stehen draußen vor den Türen", sagte May.

Aus den Augenwinkeln sah sie, dass Rays Blick auf ihr lag und er in der Bewegung, ein Glas mit Whiskey zu füllen, inne gehalten hatte.

„Oh, meine beiden Schätze, meine Lieblinge! Ihnen geht es also gut, ja?", rief Horace entzückt.

May nickte.

„Aber was ist denn passiert, Miss May?", quiekte er.

Während May erzählte, beugte sich Ray näher zu ihnen herüber, um besser zuhören zu können. Der stark geschminkten Frau schien das gar nicht zu gefallen, denn sie zupfte immer wieder an ihrem Kleid und an ihren Haaren herum, um Rays Aufmerksamkeit wieder zu bekommen. Als May geendet hatte, schlug Horace sich die Hände vor den Mund und schüttelte immer wieder den Kopf, als könne er es nicht glauben.

„Hab dir gleich gesagt, mit so was musst du früher oder später rechnen, Horace", sagte Ray plötzlich. „Diese Ganoven haben es besonders auf die Kutscher und Lieferanten abgesehen, weil sie denken, dass sie dabei den größten Gewinn bekommen."

„Ach, wäre ich dabei gewesen, dann hätte ich den aber mal gehörig die Meinung gegeigt, mein Freund, das schwöre ich dir!", rief Horace und fuchtelte mit seinen Fäusten wie ein aufgescheuchtes Huhn durch die Luft.

Aiden hob eine Augenbraue und seine Mundwinkel zuckten, sagte jedoch nichts. Ray sah May an und er senkte seine Stimme, sodass sie sich über den Tresen lehnen musste, um ihn verstehen zu können.

„Was ist mit deinem Gesicht?"

Unbewusst fasste May nach dem Schnitt an ihrer Wange, wo der Stein sie getroffen hatte. Seit sie die Allzweck-Heil-Salbe von Aiden benutzt hatte, tat sie kaum mehr weh.

„Es ist nichts", sagte sie rasch.

„Wenn es dir lieber ist, könnte ich noch mal nach den Ratten im Zimmer oben sehen. Hab heute Morgen noch ein paar Fallen in der Vorratskammer gefunden", murmelte er.

Täuschte sich May oder konnte er ihr dabei nicht in die Augen sehen? Auf jeden Fall polierte er eines der Gläser nun so fest, dass May schon befürchtete, es würde jeden Moment zerspringen. Sie wollte gerade zu einer Antwort ansetzen, da kam Aiden ihr zuvor.

„Es ist ihr nicht lieber. Danke, Raymond."

Mit hochgezogenen Augenbrauen sah Ray ihn an und wirkte dabei so unbeeindruckt wie eine Katze, der man versuchte, einen schwierigen Trick beizubringen.

„War ja nur ein Angebot", murrte er.

„Ich weiß, was du denkst. Glaubst du, ich wüsste nicht, was die Leute hinter unserem Rücken über uns erzählen? Denkst du, ich würde ihre Blicke nicht mitkriegen, ihr Getuschel und wie sie mit dem Finger auf uns zeigen, wenn wir vorbeilaufen?", knurrte Aiden und ein dunkler Schatten breitete sich auf seinem Gesicht aus, der ihn geradezu bedrohlich aussehen ließ.

May erinnerte das an den Ausdruck, mit dem er den sterbenden Kräutersammler angesehen hatte. Ray sah ihn weiterhin unbeeindruckt an, stellte allerdings das Glas und den Lappen beiseite. Aiden schien sich in Rage geredet zu haben, denn unaufgefordert fuhr er fort und die Kälte in seiner Stimme jagte May eine Gänsehaut über den Rücken.

„Die Ausgestoßenen. So nennt ihr uns doch, nicht wahr? Die unwürdigen, verrückten Ausgestoßenen, die niemand haben wollte, stimmt's? Oder was habt ihr noch für Spitznamen für uns?"

„Ich weiß nicht, welche Halluzinationen du jetzt schon wieder hast, Joseph, aber niemand hier nennt dich so", entgegnete Ray ebenso kühl.

Horace blickte nervös zwischen den beiden hin und her.

„Lüg nicht. Ich weiß es. Ich habe es gehört", sagte Aiden zornig.

„Ach ja. Und das kannst du sicher auch beweisen, nicht wahr, du schlauer Junge?", zischte Ray und seine Augen funkelten jetzt gefährlich.

Aiden knirschte mit den Zähnen und schwieg und langsam verschwand das gefährliche Funkeln aus Rays Augen und etwas Triumphierendes schlich sich in seinen Blick.

„Dachte ich es mir doch", sagte er leise.

Aiden packte May am Arm und schob sie vor sich her Richtung Ausgang.

„Komm mit, wir gehen", knurrte er ihr ins Ohr.

May warf einen bestürzten Blick über die Schultern. Ray starrte ihnen emotionslos nach, das Glas und den Lappen bereits wieder in den Händen, während die beleidigte Frau ihn schmollend ansah. Horace machte einen halbherzigen Versuch, ihnen hinterher zu winken. Dann schoben sich andere Gäste in ihr Sichtfeld und die beiden verschwanden.

Es war ziemlich eng im Saloon geworden und May spürte, wie sie von allen möglichen Seiten geschubst und weggedrängt wurde. Rasch tauchte sie unter einem Ellbogen eines Betrunkenen durch, der sie sonst mitten im Gesicht getroffen hätte und eilte die letzten Schritte aus dem stickigen, vollen Saloon. Tief die frische Luft einatmend, drehte sie sich um, in Erwartung Aiden vor sich zu sehen, doch er war nicht da. Anscheinend waren sie im Gedränge der Leute getrennt worden.

Kaum hatte sie diesen Gedanken zu Ende gedacht, durchfuhr sie ein anderer. Ein verlockender, ein gewagter, ein vielleicht auch sinnloser Gedanke. Doch noch im selben Atemzug wusste May, dass sie der Verlockung nachgeben würde. Mit einem letzten Blick auf die Schwingtüren vergewisserte sie sich, dass Aiden noch nicht zu sehen war. Dann hastete sie die Stufen hinunter und lief die breite Straße von Lofall entlang.

Wo auch immer Shaun hingegangen war, er wollte, dass May es nicht mitbekam, sonst hätte er gewartet, bis sie und Aiden die Ponys zurückgebracht hätten.

Und was auch immer er nicht wollte, das sie nicht mitbekam, hatte sicher etwas mit den Dingen zu tun, die hinter ihrem Rücken besprochen wurden und sie im Dunkeln wandern ließen.

Kapitel 7: Der Biss der Schlange

Es kam ihr vor wie eine halbe Ewigkeit, seit sie Rays Saloon verlassen hatte und durch die Straßen von Lofall lief, auf der Suche nach Shaun. Er könnte überall hingegangen war. Vielleicht saß er in diesem Moment in einem dieser Häuser. May hatte schon beinahe die Hoffnung aufgegeben, ihn noch zu finden, da hörte sie seine vertraute Stimme aus einer dunklen Seitengasse. Wie angewurzelt blieb sie stehen.

„Wie geht es ihm, Novalee?"

Eine Frauenstimme antwortete und weil May sie kaum verstand, huschte sie geduckt im Schatten der Gasse entlang und drückte sich dabei an die kalte Steinmauer, um nicht gesehen zu werden.

„Du weißt, wie es ihm geht, Shaun. Sein Zustand verbessert sich nicht", sagte die Frauenstimme.

May erreichte einen kleinen, heruntergekommenen Hinterhof. Hinter einem Stapel alter Obstkisten und Fässer blieb sie stehen und hockte sich nieder. Sie spähte durch einen Spalt zwischen den Kisten und erkannte Shaun, der auf eine magere, kleine Frau herabsah, die auf kaputten Steinstufen hockte. May stellte schockiert fest, dass sie mehr Ähnlichkeit mit einer Toten, als einer Lebenden hatte. Ihre Augen lagen in tiefen Höhlen und wurden von schwarzen Ringen untermalt. Ihr Körper schien aus mehr Knochen als Haut zu bestehen und ihre Lippen waren von einer bläulichen Farbe und rissig. Sie sah alles andere als gesund aus.

„Aber immerhin verschlechtert sich sein Zustand auch nicht, Nova. Vielleicht-", sagte Shaun, doch sofort schnitt ihm Novalee das Wort ab.

„Sag bloß nicht, vielleicht gibt es Hoffnung! Mach uns keine Hoffnungen, wo es keine gibt."

Shaun hob beruhigend die Hände.

„Wen man eines niemals aufgeben sollte, dann ist es Hoffnung. Und ich denke, du weißt das am besten", sagte er leise.

Augenblicklich schnellte ihr Kopf hoch und sie starrte Shaun aus riesigen Augen an.

„Was soll das heißen?", zischte sie mit brüchiger Stimme.

„Du hast mich gebeten, für dich nach Novitera zu gehen. Aus einem einzigen Grund, Nova."

„Weil ich meinen Sohn wiederhaben will! Die haben ihn mir weggenommen!", kreischte sie und hob anklagend einen ihrer knorrigen Spinnenfinger.

„Weil du noch Hoffnung hast", erwiderte Shaun mit fester Stimme.

Dann ging er vor in die Knie und nahm ihre Hände in seine. Ihr Kinn zitterte und mit einem gar flehentlichen Blick sah sie Shaun an.

„Hast du ihn gefunden? Hast du ihn mir nach Hause gebracht, Shaun?", hauchte sie.

„Ich habe ihn gefunden. Ich habe ihn gesehen und ich habe versucht, ihn dazu zu überreden, mit mir zurückzukommen", sagte Shaun langsam.

Novalee blickte sofort über seine Schulter hinweg, als würde sie erwarten, dort jemanden zu sehen. Shaun drückte ihre Hände und sie sah ihn wieder an, wenn auch recht widerwillig.

„Er kommt nicht nach Hause, Nova. Er ist in Novitera geblieben. Und du weißt auch, wieso."

„Nein. Nein, das würde er nie tun. Nein, nicht mein Junge", stieß sie aus und schüttelte immer wieder den Kopf.

„Benjamin ist freiwillig gegangen. Er hat sich freiwillig den Schattenboten angeschlossen", sagte Shaun.

„Nein, nicht mein Junge", wiederholte Nova nur und May war sich nicht sicher, ob sie ihm überhaupt zugehört hatte.

„Er tut es, weil er denkt, er würde euch dadurch schützen, Nova. Er ist fest davon überzeugt, das Richtige zu tun. Solange er im Dienst des Schattenmeisters steht, werden er und seine Leute dir und seinem Vater nichts antun", sagte Shaun eindringlich.

„Aber das ist eine Lüge! Sie werden trotzdem kommen und uns holen und dann wird John sterben!", schrie Novalee und ihre Augen traten aus ihren Höhlen, was ihr einen verrückten Ausdruck verlieh.

„Ich verspreche dir, dass wir das nicht zulassen werden, Nova. Deinem Mann wird nichts geschehen, wir werden auf euch aufpassen, auf euch beide. Du weißt, dass Moran Reeder sehr stark und sehr mächtig ist, er kennt Wege, um euch zu beschützen, die kein anderer kennt", sagte Shaun sanft.

Und dann traf es May wie ein Schlag. Jetzt fiel ihr wieder ein, wieso ihr der Name Reeder so bekannt vorkam. Sie hatte schon einmal jemanden über ihn sprechen hören, auf dem Schiff nach Patridinem. Sie hatte diese fürchterliche Frau und ihren Begleiter McMilton heimlich belauscht und sie hatten über einen mächtigen Mann namens Reeder gesprochen und sich sogar seinen

Tod ausgemalt.

May erschauderte. Wie viele Menschen mit diesem Namen gab es in Patridinem? War es tatsächlich möglich, dass sie über den Reeder geredet hatten? Nur mit Mühe riss sich May aus den Gedanken, um wieder dem Gespräch zu lauschen. Ihr Herz hämmerte auf einmal ganz schnell und schmerzhaft in ihrer Brust.

„Was soll ich tun, Shaun? Ich weiß nicht mehr weiter...", schluchzte Novalee und vergrub ihr Gesicht in den Händen.

Shaun legte ihr rasch einen Arm um die Schultern.

„Bleib in Deckung, verlass das Haus nur, wenn es wirklich notwendig ist. Bleib bei John."

„Was ist...was ist mit meinem Benjamin? Meinem kleinen Ben?"

Ihre Stimme klang gedämpft durch die Hände vor ihrem Gesicht.

„Wenn ein winziger Funken Verstand in ihm steckt, wird er es sich anders überlegen. Dann wird er zurückkommen", sagte Shaun.

Und klang dabei so überzeugt, dass Novalee aufsah und ihn aus verquollenen, hoffnungsvollen Augen ansah.

„Bist du dir sicher?"

„Absolut."

Als er sich erhob, wich May rasch zurück und drängte sich noch weiter in den Schatten. Dabei stieß ihr Ellbogen gegen eine der Obstkisten und klappernd fiel sie zu Boden.

„Was war das?", rief Novalee erschrocken.

May hielt den Atem an, als sie und Shaun genau zu der Stelle hinüber sahen, an der sie hinter dem Stapel kauerte. Sie wagte es nicht, sich zu bewegen. Sie sah, wie Shaun die Stirn runzelte und seinen Hals reckte, um mehr sehen zu können. So leise wie nur möglich, drückte sich May gegen die kalte Mauer. Ihre Lunge stach, weil sie die Luft so lange anhielt.

„Wird wohl eine streunende Katze gewesen sein", sagte Shaun endlich und wandte sich ab.

Dennoch wagte es May erst wieder zu atmen, als sie sich rückwärts aus der Gasse stahl und wieder auf der breiten, hellen Hauptstraße stand. Ihre Knie schmerzten von der unbequemen Position, in der sie die ganze Zeit über gehockt hatte. Ihr war ganz schwindelig von den vielen Informationen, die sich nur schwer in ihrem Kopf zusammenfügen ließen.

Shaun hatte etwas von Schattenboten und einem Schattenmeister gesagt.

Allen Anschein nach waren das keine besonders freundlichen Menschen, wenn diese Novalee so entsetzt darüber war, dass sich ihr Sohn ihnen angeschlossen hatte. Und dann war da auch noch das Gespräch, dass sie auf der Helianthus belauscht hatte. Gehörten diese Frau und McMilton womöglich auch zu den Schattenboten?

„Maybelle! Wo zum Teufel hast du gesteckt?!"

May zuckte zusammen, als Aiden mit wutentbranntem Blick die Straße hinunter auf sie zukam. Sie verschränkte die Arme vor der Brust und bemühte sich, einen unschuldigen Blick aufzusetzen.

„Was meinst du? Ich war die ganze Zeit hier", sagte sie.

Er kam vor ihr zum Stehen und zum ersten Mal fiel May auf, wie viel größer er doch war. Sie musste fast ihren Kopf ganz in den Nacken legen, um ihm ins Gesicht gucken zu können.

So macht es bestimmt keinen besonders lockeren Eindruck, schoss es ihr durch den Kopf.

„Die ganze Zeit hier? Ich hab dich überall gesucht, verdammt noch mal! Du warst nicht im Saloon und auch nicht bei den Pferden", stieß Aiden zornig aus.

„Ich wollte mir nur ein wenig die Beine vertreten", entgegnete May.

Das klang selbst in ihren Ohren nach einer wirklich lahmen Ausrede, also fügte sie rasch noch etwas hinzu.

„Außerdem war mir ganz schlecht durch diese stickige Luft da drin."

„Du hättest was sagen können, du hättest Bescheid sagen müssen", rief Aiden kein Stück besänftigt.

„Ich brauche keinen Babysitter", sagte May mit hochgezogener Augenbraue.

„Anscheinend schon. Du spazierst hier einfach so durch die Weltgeschichte –"

„Ich spaziere nicht einfach so durch die Weltgeschichte. Und ganz davon abgesehen, sehe ich keinen Grund, weshalb ich das nicht dürfte. Sieh dich um, Aiden. Hier sind überall Menschen, die durch die Weltgeschichte spazieren und sie sind alle zufrieden und glücklich", fauchte May.

Sie verstand nicht, wieso Aiden plötzlich so wütend auf sie war. Heute Morgen hatte es schon angefangen.

„Die wissen es eben nicht besser. Die haben keine Ahnung, dass es gefährlich ist, alleine durch die Straßen zu laufen", erwiderte Aiden.

„Ich weiß es doch auch nicht besser. Niemand will mich aufklären, was hier eigentlich los ist. Ich habe diese ständige Geheimniskrämerei satt", sagte May. „Was ist denn hier los?"

May drehte sich um. Shaun kam auf sie zu, mit einem irritierten Gesichtsausdruck. Auf einmal glühten ihre Wangen und sie hatte Angst, ihm in die Augen zu sehen. Irgendwie hatte sie das Gefühl, er wüsste dann sofort, dass sie gerade eben noch hinter den Obstkisten in der Seitengasse gehockt hatte.

„May denkt, es wäre lustig, auf eigene Faust ein bisschen die Welt zu erkunden", sagte Aiden sarkastisch.

May funkelte ihn zornig an, doch das Glühen in ihren Wangen verschwand nicht.

„Ich finde das nicht lustig", zischte sie leise.

„Nein, bestimmt nicht. Bist du nicht diejenige, die nach Patridinem kam, weil – wie war es noch gleich – sie sich die Landschaft ansehen wollte?", gab Aiden bissig zurück.

Wenn es überhaupt möglich war, wurden Mays Wangen noch dunkler und ihr Gesicht fühlte sich an, als würde sie in einem Ofen stecken. Sie hatte nur zwei Menschen erzählt, warum sie nach Patridinem gekommen war. Martha Avens und -

Mit hochrotem Kopf drehte sie sich zu Shaun um, der mit gerunzelter Stirn zwischen den beiden hin und her sah.

„Wann hast du ihm das erzählt?", rief sie und klang dabei grober als beabsichtigt.

Bevor er antworten konnte, tat es Aiden.

„Gestern Nacht. Beim Schichtwechsel der Wachposten."

„Ihr scheint ja gestern kein anderes Gesprächsthema gehabt zu haben", fauchte sie.

„Aber es stimmt doch, May. Deswegen bist du doch hierher gekommen, nicht wahr?", warf Shaun beruhigend ein.

Es stimmte. Natürlich stimmte es. Und zu Hause im ruhigen, friedlichen, idyllischen Silver-Myers hatte es sich auch nach einer höchst raffinierten und wunderbaren Idee angehört. Doch jetzt, wo es alle aussprachen und sie dabei auch noch mit diesem leicht spöttischen Blick ansahen, kam es May wie die schlimmste Idee in ihrem Leben vor.

„Aber Aiden hat Recht. Es wäre töricht, zu diesen Zeiten alleine durch die Städte zu wandern", setzte Shaun nun hinterher und Aiden sah May mit einem zufriedenen Ausdruck an, sodass sie ihn am liebsten auf den Fuß treten wollte.

„Wieso? Wegen der Schattenboten?"

Sie wusste nicht, wieso sie es sagte. Vielleicht um das dämliche, selbstsichere Grinsen von Aidens Gesicht zu wischen. Oder es Shaun heimzuzahlen, dass er Aiden verraten hatte, was sie ihm anvertraut hatte. Vielleicht aber auch nur, damit sie sich nicht mehr so fühlte, als würden alle um sie herum eine Geheimsprache sprechen, die nur sie nicht verstehen konnte. Auf jeden Fall verfehlten ihre Worte ihre Wirkung nicht. Aidens Grinsen war wie weggewischt und Shaun klappte der Mund auf.

„Du weißt von ihnen?", sagte Aiden schließlich verblüfft und jegliche Wut schien verraucht.

Widerstrebend nickte May und zuckte zeitgleich mit den Achseln.

„Ich habe von ihnen gehört", sagte sie ausweichend.

„Wie viel weißt du über sie?", fragte Aiden sofort, doch Shaun legte warnend den Finger auf die Lippen.

„Nicht hier. Nicht auf offener Straße. Wir reiten zurück zum Lager und da erzählst du uns alles, was du über sie weißt, okay?", sagte er.

May stimmte nur zu, weil sie davon überzeugt war, dass sie diesmal im Gegenzug Informationen bekam, die ihr bis jetzt stets vorenthalten worden waren. Als sie über die felsige und sandige Prärie zurück zum Custolen-Wald ritten, in dem Custol Hill lag, schwiegen die drei; sie alle hingen ihren eigenen Gedanken nach.

May wusste nicht, was sie tun sollte, wenn sie erst einmal zurück im Lager waren. Sie schwankte zwischen dem brennenden Wunsch, endlich zu erfahren, was hier Seltsames vor sich ging und was es mit dem Gerede über die Schattenboten auf sich hatte und dem schlechten Gewissen, Reeder nicht sofort mitgeteilt zu haben, was sie auf der Helianthus belauscht hatte. Erst als die ersten riesigen Wipfel der Custolen in Sicht kamen, entschied sie sich kurzerhand dazu, zuerst zu Reeder zu gehen. Alles andere erschien ihr selbstsüchtig.

Doch kaum hatte sie diesen Gedanken zu Ende gedacht, da sah sie den verschwommenen Punkt, der weit vor ihnen auf dem Weg schwankte. Abadan schabte mit den Hufen und warf seinen Kopf zurück.

„He, alles gut, Abadan", flüsterte sie ihm ins Ohr, ohne den Punkt aus den Augen zu lassen.

Inzwischen hatten auch Aiden und Shaun ihn entdeckt und blieben neben

May stehen.

„Was ist das?", murmelte Aiden misstrauisch.

Shaun schüttelte stumm den Kopf und binnen eines Atemzugs hielt er ein Repetiergewehr in den Händen. May schluckte.

„Shaun?", sagte sie mit bebender Stimme, als der Punkt immer näher kam. Und dann hörte sie es. Das leise Wimmern, das kehlige Stöhnen. Und der Punkt kam näher und wurde größer und plötzlich war es kein Punkt mehr, sondern ein Mensch.

„Mein Gott, Daniel!", stieß Shaun entsetzt aus, sprang mit einem Satz von Fanny und rannte auf den halb bewusstlosen Daniel zu, der auf sie zu stolperte.

Besorgt sah May sein bleiches Gesicht und seine Haare, die ihm vor lauter Schweiß an der Stirn klebten. Kurz bevor Shaun ihn erreichte, gaben seine zitternden Knie nach und er sackte zu Boden. Aiden schnappte nach Luft und als er auf Shaun und Daniel zu rannte, war May ihm dicht auf den Fersen.

„Daniel, was ist los? Wo hast du Schmerzen?", sagte Shaun und May bewunderte ihn für seine professionelle Ruhe.

Daniel keuchte und japste, seine Augenlider flatterten und seine Finger krallten sich haltsuchend neben sich in die Erde. Shauns Hände geisterten über seinen Körper.

„Was ist mit ihm, was hat er?", rief Aiden ängstlich.

„Ich weiß es nicht, ich kann keine Verletzungen finden. Jedenfalls keine oberflächlichen", erwiderte Shaun, der Daniel nun die Haare aus dem Gesicht strich.

„Vielleicht hat er was Falsches gegessen", sagte May rasch.

„Oder er wurde vergiftet", warf Aiden ein, der mittlerweile genauso blass war wie Daniel.

„Dan, kannst du mich hören, mein Junge?", versuchte es Shaun noch einmal. Doch Daniels Gesicht verzog sich nur zu einer qualvollen Grimasse und im nächsten Moment drehte er sich auf die Seite und übergab sich. May biss sich verzweifelt auf die Lippe und Aiden starrte Daniel an, als würde er ihn zum ersten Mal in seinem Leben sehen. Plötzlich holte Shaun ein Taschenmesser aus seiner Tasche und schnitt Daniel das Hosenbein auf. Erschrocken entdeckte May die zwei kleinen Punkte an seiner Wade, die in einem flammenden Rot leuchteten.

„Verflucht. Holt Moran und sagt ihm, Daniel wurde von einer Schlange gebissen, vermutlich von einer Grubenotter", sagte Shaun und sein Ton dulde-
te keinen Widerspruch.

Aiden fiel es schwer, sich von Daniels Anblick loszureißen, doch seine Panik
half May, einen kühlen Kopf zu bewahren. Sie packte Aiden am Arm und zog
ihn zurück zu den Pferden. Sein Blick traf sie und doch hatte sie das Gefühl,
er würde durch sie hindurchschauen. Ihre Wut auf ihn war wie weggeblasen.

„Es wird alles gut, Aiden. Wir holen Mr. Reeder und Daniel wird wieder
gesund", versprach sie.

Er nickte, auch wenn sein Blick sagte, dass er ihr nicht zugehört hatte. Kaum
saßen sie wieder auf den Pferden, preschten sie durch die Bäume in Richtung
des Lagers. Jede Sekunde, die verstrich, kam May wie eine Überflüssige vor,
eine Sinnlose. Wieso lag Custol Hill auch so weit weg? Wieso hatte Reeder sie
nicht einfach nach Lofall begleiten können, dann wäre er jetzt im richtigen
Moment dagewesen, um zu helfen...

May stöhnte erleichtert auf, als sich die Sträucher vor ihnen teilten und sie
endlich die Lichtung erreichten. Noch bevor Abadan hielt, sprang sie von
seinem Rücken und hechtete die Treppe zu Reeders Baumhaus hinauf. Dabei
nahm sie immer zwei Stufen auf einmal. Sie hämmerte gegen das Holz seiner
Tür.

„Mr. Reeder! Mr. Reeder, wir brauchen Hilfe!", rief sie außer Atem.

Als Aiden hinter ihr die Plattform erreichte, schwang die Tür auf und beinahe wäre May Reeder entgegen gefallen.

„Was ist passiert?", fragte er mit schneidender Stimme und musterte die beiden, als würde er nach Verletzungen suchen.

Er fand Aidens Blick.

„Sind sie hier?", sagte er mit so leiser Stimme, dass May ihn fast nicht verstand.

„Nein. Es geht um Daniel. Er wurde von einer Schlange gebissen, einer..."
Hilfesuchend sah er May an.

„Einer Grubenotter. Shaun ist bei ihm, er braucht schnell Medizin oder einen Arzt", sagte sie hastig.

Reeder sagte nichts. Er verschwand in seinem Baumhaus und kehrte nur
wenige Sekunden später mit einer kleinen Ledertasche zurück.

„Führt mich zu ihm."

May und Aiden ritten voraus und Reeder folgte ihnen auf einem wunderschönen, cremefarbenen Pferd mit leuchtend weißer Mähne. Wäre die Situation nicht so ernst, dann hätte May sich sicher Zeit genommen, das hübsche Tier zu bewundern. Es dauerte nicht lange, da kamen Shaun und Daniel in Sicht.

„Schnell, hierher!", rief Shaun ihnen schon von weitem zu.

Er kniete immer noch neben Daniel, dessen Augen geschlossen waren. Sein Atem ging nur noch stoßweise und oberhalb der Bisswunde hatte Shaun ihm das Bein mit den Zügeln seines Pferdes abgeschnürt. May glitt von Abadan und beobachtete voller Angst, wie Reeder sich auf Daniels andere Seite hockte und den Schlangenbiss untersuchte.

Er öffnete seine Tasche und holte ein Fläschchen mit einer orangefarbenen Flüssigkeit, einen Lappen und eine leere Schüssel heraus.

Die Schüssel stellte er neben sich auf den Boden, streckte die Hand darüber aus und plötzlich füllte sich die Schale mit klarem, frischen Wasser. Mays Augen weiteten sich und ungläubig starrte sie auf die Schale. Auch, als sie ein paar Mal blinzelte und sich die Augen rieb, das Wasser war immer noch da. Bevor sie sich weiter darüber den Kopf zerbrechen konnte, hielt Reeder ihr das Tuch entgegen.

„Tupf seine Stirn mit kaltem Wasser ab, das senkt das Fieber", sagte er.

Sofort kniete sich May an Daniels Seite und nahm das Tuch entgegen. Dabei öffnete sich ihre Tasche und der Spiegel ihrer Mutter fiel heraus. Sie beachtete ihn nicht, jetzt hatte sie etwas Wichtigeres zu tun. Mit bebenden Händen tunkte sie das Tuch in die Schüssel und legte es Daniel dann vorsichtig auf die Stirn. Shaun entkorkte das Fläschchen und träufelte das orangefarbene Wasser Daniel auf die Lippen.

„Und? Wird er wieder gesund?", fragte Aiden nervös.

Reeder antwortete nicht. May sah kurz auf und erstarrte. Reeder hielt ihren Handspiegel in der Hand und starrte ihn mit offenem Mund und vor Entsetzen geweiteten Augen an. May streckte rasch ihre Hand danach aus.

„Das ist meiner, ich hab ihn verloren", rief sie.

Doch Reeder reagierte nicht. Er hob seine andere Hand und fuhr mit den Fingern ehrfürchtig die Konturen der eingeritzten Blumen nach. Dann wanderte sein Blick wie in Trance zu ihr und auf einmal schien er sie so intensiv zu betrachten, dass sie am liebsten wegschauen wollte. Doch tapfer hielt sie seinem Blick stand. Erst als Daniel unter ihren Händen zuckte und leise aufstöhnte, schienen sie alle aus ihrer Starre zu erwachen.

„Bringt Daniel zum Lager und sorgt dafür, dass er viel Ruhe bekommt. Jede zweite Stunde muss er das Gegengift einnehmen", befahl er, ohne May aus den Augen zu lassen.

Shaun nickte und machte sich daran, den bewusstlosen Daniel anzuheben. Aiden jedoch stand unschlüssig daneben und sah zwischen Reeder und May hin und her.

„Was -", setzte er an, doch Shaun schnitt ihm das Wort ab.

„Komm schon her und hilf mir, Aiden!"

Höchst widerwillig packte Aiden mit an und trug Daniel zu seinem Pferd hinüber. May wollte ihnen bereits folgen, einfach nur, um dem schrecklichen Starren Reeders zu entkommen, da hielt er sie zurück.

„Du bleibst hier."

Es war, als würde jemand einen Eimer voller Eiswürfel in ihrem Magen auskippen. Bemüht trotzig sah sie Reeder an und streckte noch einmal in einem letzten, verzweifelten Versuch ihre Hand nach dem Spiegel aus.

„Der gehört mir", sagte sie halbherzig.

Reeder antwortete nicht. Dann drehte er sich um und lief zu Abadan und seinem hübschen Pferd, die letzten, die noch auf dem Weg standen. Shaun und Aiden waren bereits mit Daniel zwischen den Bäumen verschwunden.

Auf einen Schlag wurde May bewusst, dass sie jetzt und zum ersten Mal ganz alleine mit Moran Reeder war. Er stieg in den Sattel und sah sie dann auffordernd an. Mays Beine fühlten sich plötzlich so fremd an, als würden sie gar nicht zu ihr gehören und sie war sich sicher, dass sie ihr nicht gehorchen würden.

„Komm mit. Ich will dir etwas zeigen", sagte Reeder.

Und Mays Beine reagierten sofort und sie kletterte mit klopfendem Herzen und kribbelnden Händen in Abadans Sattel.

Kapitel 8: Die drei Wächter

May wagte es nicht zu sprechen.

Stumm ritt sie hinter Reeder her, der sie immer tiefer in den Wald führte. Ihre Gedanken drehten sich im Kreis. Wieso nur hatte Reeder so entsetzt reagiert, als er den Spiegel gesehen hatte? Es war doch bloß ein Spiegel. Natürlich bedeutete er May eine Menge, doch nur, weil ihre Mutter ihr den Spiegel geschenkt hatte. Für einen Außenstehende musste er aber nur ein ganz normaler Handspiegel sein.

Je weiter sie sich von Custol Hill entfernten, desto skurriler wurden Mays Gedanken. Sie konnte sich beim besten Willen nicht vorstellen, wo Reeder sie hin brachte. Gerade, als sie all ihren Mut zusammengenommen hatte, um ihn zu fragen, verließen sie den Wald und erreichten eine schmale, mit Moos bewachsene Klippe, von der ein breiter Wasserfall in die Tiefen führte und in einem Fluss endete. Die Luft hier war kühl und frisch und May konnte das Wasser auf ihrem Gesicht fühlen.

Reeder stieg ab und klopfte seinem Pferd den Hals. Dann trat er bis nach vorne an den Felsvorsprung und blickte hinunter. May starrte seinen Rücken an; ihre Gedanken überschlugen sich.

Wieso hatte er sie ausgerechnet hierher geführt? Hatte er nur nach einem besonders hohen Punkt gesucht, um sie dann von den Klippen zu stürzen? Doch was für einen Grund sollte er dazu haben? Immerhin hatte sie gerade eben noch dazu beigetragen, dass Daniel geholfen wurde.

In wachsender Panik warf sie einen Blick über die Schultern. Würde sie schnell genug sein, zu fliehen? Doch wohin? Reeder kannte Patridinem sicher um einiges besser als sie. Schon drehte er sich zu ihr um und sah sie an. „Komm", sagte er nur.

Das Rauschen des Wasserfalls verschluckte seine Stimme fast und wieder folgte May seiner Anweisung ohne zu zögern. Hintereinander stiegen sie eine Treppe aus grauem Stein, der sich so gut wie gar nicht vom Felsen unterschied, hinunter. May musste sich an der Felswand festhalten; es gab kein Geländer und die Stufen waren vom Wasser so glitschig, dass sie jeden Moment befürchtete, auszurutschen. Rechts von ihnen erstreckte sich der reißende Fluss, allerdings wanderten sie in mindestens zwanzig Metern Höhe über ihm.

May stutzte, als sie sah, dass die Treppe direkt in den Wasserfall führte. Abrupt blieb sie stehen und Reeder bemerkte erst, dass sie ihm nicht länger folgte, als er direkt vor dem Wasserfall stand.

„Komm", wiederholte er.

„Da durch?", erwiderte sie ungläubig und starrte auf den Wasserfall.

Er nickte nur und reichte ihr die Hand. Mit offenem Mund starrte May sie an.

„Vertraust du mir, May?", sagte er dann mit erstaunlicher sanfter Stimme.

Als sie aufsah und in seine Augen blickte, in denen eine Wärme lag, die sie an die Kerzen und Glühwürmchen aus dem Lager erinnerten, nickte sie. Sie ergriff seine Hand und einen Wimpernschlag später führte er sie durch den Wasserfall. Sie kniff die Augen fest zusammen und hielt die Luft an, doch nichts geschah.

„Öffne die Augen", sagte Reeder und seine Worte wurden von einem Echo begleitet.

Überrascht schlug May die Augen auf und stellte verwundert fest, dass alles an ihr komplett trocken war. Hinter ihr rauschte das Wasser und doch war es so, als wäre sie nie hindurch gegangen. Fragend sah sie Reeder an.

„Dieser Ort wird mit den verschiedensten und mächtigsten Vorkehrungen geschützt. Nur diejenigen, deren Seelen nicht nach Reichtum und Macht schreien, werden durch den Wasserfall gelangen, ohne Schaden zu nehmen", erklärte Reeder.

„Der Ort wird geschützt vor wem?", wollte May wissen.

„Dem Bezwinger des Schattens. Einige nennen ihn auch den -"

„Den Schattenmeister", hauchte May schockiert.

Reeder blickte sie lange und forschend an, dann nickte er. May blickte an ihm vorbei. Sie standen in einer kleinen Höhle und an den Wänden hingen Fackeln, deren Flammen türkisfarben schimmerten. Es war eiskalt in der Höhle und obwohl draußen die Sonne schien, fror May. Ein aus Stein gemeißelter Podest stand in der Mitte der Höhle, der gesäumt wurde von drei hohen Säulen. In der Mitte stand ein schmaler Sockel und wenige Zentimeter darüber schwebte eine bläuliche, fast durchsichtige Blase.

Langsam trat May näher. In der Blase lag eine Blume; ihr Stiel war kurz und dunkelgrün mit feinen Härchen und die sechs Blüten waren ovalförmig und marineblau. May kam sie auf eine seltsame Art und Wiese vertraut vor, als hätte sie sie schon viele Male gesehen.

„Das ist eine der sechs Lebensblumen von Terquasol."

May zuckte zusammen. Sie hatte nicht bemerkt, dass Reeder zu ihr herangetreten war. In Gedanken versunken ließ er den Handspiegel in seinen Händen kreisen.

„Die sechs Lebensblumen sind der Schlüssel zum Leben. Weil es sie gibt, fließt das Wasser durch die Flüsse und schwimmen die Fische im Meer. Weil es sie gibt, wachen wir jeden Morgen mit dem Singen der Vögel auf und gehen mit dem Zirpen der Grillen schlafen. So lange es diese Blumen gibt, gibt es auch das Leben", sagte er leise.

May konnte sich nicht erinnern, dass Mr. O'Kelly, ihr Lehrer, jemals etwas von den Lebensblumen erwähnt hatte. Doch weil sie Reeder nicht unterbrechen wollte, schwieg sie und wartete darauf, dass er weitersprach.

„Aber werden die Lebensblumen alle vernichtet, wird auch Terquasol zerstört. Es gibt dann nichts mehr, was wir tun können, als zu hoffen, dass der Tod gnädig mit uns ist."

May runzelte die Stirn. Sie betrachtete die Blume in der schwebenden Blase und konnte sich nur schwer vorstellen, dass davon ihr Leben abhing.

„Meine Eltern haben mir nie etwas über die Lebensblumen erzählt. Und mein Lehrer auch nicht", sagte sie vorsichtig.

Sie wollte ihn nicht kränken, falls er sich diese Geschichte schon vor Wochen sorgfältig ausgedacht hatte.

„Natürlich nicht. Niemand erinnert sich heutzutage noch an die Entstehung von Terquasol, an die Entstehung der sechs Länder. Die Welt wurde geteilt, weil sie nicht mehr eins war. Die Menschen unterschieden sich zu sehr voneinander. Einige wollten sich unbedingt auf dem Zweig der Magie fortbilden, während andere an der Dichtung und Poesie interessiert waren. Wieder andere sehnten sich nach einem ruhigen Leben, zurückgezogen von allen anderen", sagte Reeder.

May dachte an ihren Vater.

„Und so wurde Terquasol geteilt und die sechs Länder wurden geschaffen. Patridinem, das Land, in dem sich Goldwäscher, Freiheitssuchende, Abenteurer und Indianer breit machten.

Novitera, das Land der Ingenieure, Schreiner, Maurer und Schmiede.

Albursa, der ewige Winter, das ständige Eis, der klirrende Schnee. Hier lebten fortan die, die sich für Kälte und die einzigartigen Wunder und Kräfte des Winters begeisterten.

Maribiles. In diesem Land herrscht Zauberei, stärker als du dir vorstellen kannst. Die größten und mächtigsten Magier und Hexen zogen nach Maribiles, um ihre Kunst zu verfeinern und an ihre Familien und Freunde weiterzugeben.

Cantus, das Land der Musik, der Freidenker und der Instrumente. Galt eine lange Zeit als das fröhlichste und aufgeschlossene Völkchen.

Und zu guter Letzt, Apunima. Dorthin begaben sich alle, die noch übrig geblieben waren und ihre Ruhe und das einfache Leben schätzten. Doch wie ich hörte, hat es auch die besten und fleißigsten Fischer hervorgebracht."

May hörte ihm stumm zu. Vieles davon wusste sie bereits, Mr O'Kelly hatte es ihnen erzählt. Allerdings hatte sie die Geschichten über Hexen und Zauberer stets für Märchen gehalten. Doch seitdem sie gesehen hatte, wie Reeder aus dem Nichts Wasser herbei beschwor, zweifelte sie an ihrer Einstellung.

„Damit jedoch kein Streit zwischen den Ländern entfacht wird, in dem es darum geht, wer der Bessere oder Stärkere ist, erhielt jedes von ihnen etwas, das dazu beiträgt, Terquasol zu bewahren und zu schützen. Jedes Land erhielt eine Lebensblume, die dafür sorgt, dass es das Leben gibt."

May sah wieder zu der Blume in der Blase.

„Und das ist eine von diesen Lebensblumen?", fragte sie.

Reeder nickte.

„Ja. Das ist die Lebensblume von Patridinem."

„Und in den anderen Ländern gibt es auch diese Blume?", sagte sie.

„Nicht diese. Diese Blume hier ist einzigartig, ebenso wie die fünf anderen. Es gibt sie nur ein einziges Mal auf der Welt", erwiderte Reeder.

„In Apunima auch?"

„Natürlich. In allen Ländern. Das ist die Abmachung."

„Wie sind sie geschützt?", fragte May wissbegierig.

Sie stellte sich vor, wie irgendwo in einem abgelegenen Waldstück in Silver-Myers eine Blume in einer durchsichtigen Blase schwebte. Der Gedanke war so absurd, dass sie die Stirn runzelte.

„Jede Blume hat einen anderen, aber ebenbürtigen Schutz erhalten. Sie werden von Zauberbannen, Tieren, Flüchen, Naturgewalten und den Wächtern geschützt", sagte Reeder.

„Den Wächtern?", wiederholte May verwirrt.

„Es gibt drei Wächter, die dafür sorgen, dass die Lebensblumen an ihrem Platz bleiben und nicht zerstört werden. Einer von ihnen bewacht das

Stundenglas in Novitera –"

Bevor er weitererzählen konnte, unterbrach May ihn.

„Das Stundenglas in Novitera? Was für ein Stundenglas?"

„Durch dieses Stundenglas fließt ein ganz besonderer Sand. Beschleunigt oder verlangsamt sich sein Fließverhalten, wissen die Wächter, dass etwas nicht stimmt."

„Was passiert, wenn der Sand gar nicht mehr fließt?", fragte May.

„Dann sind alle Blumen zerstört und die Welt zerbricht", sagte Reeder leise.

May schluckte.

„Wie ich gerade sagte, der erste Wächter bleibt in Novitera beim Stundenglas. Der zweite Wächter zieht von Land zu Land und prüft nach, ob jede Blume an ihrem rechtmäßigen Platz ist. Der dritte Wächter ist für den Schutz verantwortlich. Er überlegt sich, mit welchen Methoden man die Blumen am Besten und Effektivsten schützen kann."

May sah nachdenklich zwischen der schwebenden Blume und Reeder hin und her.

„Ich verstehe trotzdem noch nicht, was das mit mir und meinem...meinem Spiegel zu tun hat", stotterte sie.

Und plötzlich war da das Puzzleteil, das die ganze Zeit über gefehlt hatte. Ihre Augen wurden ganz groß, als sie Reeder anstarrte.

„Auf dem Handspiegel sind die sechs Lebensblumen", stieß sie ungläubig aus.

Reeder nickte und hielt den Spiegel so hoch, dass sie beide einen Blick darauf werfen konnten. Und jetzt verstand May auch, wieso ihr die Blume in der Blase so vertraut vorkam. Sie hatte sie tatsächlich schon häufiger gesehen, immerhin befand sich eine lebensechte Gravierung davon auf ihrem Handspiegel. Wieso hatte ihre Mutter einen Spiegel besessen, auf deren Rückseite die sechs Lebensblumen eingeritzt waren? Verwirrt sah sie Reeder an, der sie die ganze Zeit beobachtet hatte.

„Wem gehörte der Spiegel vor dir?", fragte er nun.

May zögerte. Konnte es sein, dass...?

„Meiner Mutter", antwortete sie langsam. „Sie hat ihn mir geschenkt, kurz bevor ich fünf wurde."

„Wohnt deine Mutter bei euch zu Hause in Apunima?", fragte Reeder.

Ein schwerer Kloß bildete sich in Mays Hals und es strengte sie diesmal an, den Kopf zu schütteln.

„Nein. Sie ist tot."

Reeder schwieg, doch in seinen Augen blitzte schlagartig etwas wie Verstehen auf. May konnte es nicht ertragen und sah rasch auf ihre Schuhe.

„Bist du deswegen von zu Hause weggelaufen, May?", fragte er behutsam.

„Ich bin nicht weggelaufen, ich habe mich bewusst für diese Reise entschieden", entgegnete May scharf.

In ihrem Kopf entstand allerdings ein recht widersprüchlicher Gedanke. Hatte Reeder recht? War das der Grund, weshalb sie Apunima nahezu fluchtartig verlassen hatte? War sie vor den Erinnerungen an den Tod ihrer Mutter geflohen, die sie Tag für Tag dort begleiteten, egal wo sie hinging?

„Außerdem ist sie schon vor Jahren gestorben", murmelte May leise.

„Es tut mir aufrichtig leid, das fragen zu müssen, aber wann ist sie gestorben, May?", sagte Reeder und überrascht stellte May fest, dass es ihr nichts ausmachte, dass er das fragte.

Es schien ihm wirklich unangenehm zu sein, bei diesem Thema nachhaken zu müssen.

„Einen Tag vor meinem fünften Geburtsgag. Das war vor ungefähr fünfzehn Jahren. Sie hat einen Brief bekommen, von wem oder was da drin stand, weiß ich nicht. Doch noch am selben Tag ist sie mit dem nächsten Schiff abgereist. Sie ist nie wieder gekommen."

Plötzlich verschwamm ihre Sicht und das Sprechen fiel ihr schwer.

„Eine Woche später haben mein Vater und ich einen Brief erhalten, in dem uns erklärt wurde, dass das Schiff, mit dem meine Mutter unterwegs war, gesunken ist. Es gab keine Überlebenden."

Ihre Augen brannten und sie war wütend auf sich, dass sie nach all den Jahren immer noch weinte.

„Ich beneide dich", sagte Reeder plötzlich.

May sah auf und starrte ihn an.

„Wie bitte?"

„Ich beneide dich, May. Du kannst nach all den Jahren, nach allem, was passiert ist, noch weinen. Richtige Tränen zeigen", sagte er mit einem merkwürdigen Ausdruck.

Wenn May es nicht besser wüsste, würde sie sagen, es wäre Trauer.

„Wieso sollte man so etwas beneiden?", sagte sie entsetzt.

„Weil es bedeutet, dass du noch fühlen kannst. Nach all den Jahren hast du nicht vergessen, wie es sich anfühlt, Freude und Glück und Liebe zu empfinden."

„Ich weine nicht aus Freude. Meine Mutter ist gestorben", sagte May vorwurfsvoll.

„Aber du weinst, weil du dich an die fröhlichen Zeiten mit ihr erinnerst, die Zeiten, in denen du von ihr geliebt wurdest", sagte Reeder.

Dann senkte er den Blick und dabei wirkte er so jung und verletzlich, dass Mays Groll auf ihn verflog.

„Ich beneide dich darum, May. Ich wünschte, ich könnte mich auch an die Zeiten mit meinen Eltern erinnern", sagte er leise.

„Was ist passiert?", fragte May zaghaft.

Reeder sah auf und obwohl keine Tränen in seinen Augen glitzerten, umgab ihn eine bedrückende Aura.

„Sie sind gestorben. Sie sind gestorben und ich hätte es verhindern können."

„Sagen Sie das nicht. Dem Tod kann niemand die Stirn bieten", sagte May sofort.

Reeder schenkte ihr ein mildes Lächeln und schüttelte den Kopf.

„Auf jeden Fall bereue ich, dass ich nicht mehr Zeit mit ihnen verbracht habe. Denn dann könnte ich ihnen heute auch den Respekt erweisen, der ihnen zusteht und um sie weinen. Anständig trauern", sagte er leise.

May wusste nicht, was sie darauf sagen sollte. Also schwieg sie. Doch schon verschwand die Trauer und der Schmerz aus Reeders Augen und die Härte kehrte in sie zurück. Er hielt wieder den Spiegel hoch und reichte ihn May.

„Niemand außer dem zweiten Wächter wusste, wie die Lebensblumen aussehen. Es war niemand anderem bestimmt, ihr Aussehen und ihren Aufenthaltsort zu erfahren", sagte er schließlich.

Mays Finger glitten über das feine, glatte Mahagoniholz des Spiegels.

„Wollen Sie damit sagen, dass dieser Spiegel einst dem zweiten Wächter gehört hat?", stieß sie fasziniert aus.

„Ja und nein. Ich glaube, er hat schon immer deiner Mutter gehört", sagte er sehr leise.

May runzelte die Stirn und sah ihn verwundert an.

„Aber woher sollte meine Mutter denn wissen, wie die Lebensblumen aussehen? Sie sagten doch gerade, nur der zweite Wächter kennt ihr Aussehen."

„Ja, das sagte ich."

May starrte ihn an. Plötzlich kribbelten ihre Hände und Füße und ihr Herz klopfte ihr bis zum Hals. Wieder fuhr sie über das Holz, doch diesmal viel bedachter. Sie wollte jede Rille, jede Einkerbung spüren.

„Sie glauben, meine Mutter hat diesen Spiegel gefertigt?", flüsterte sie. Ihre Stimme war auf einmal so heiser. So weit weg. So fremd.

„Ja. Ich denke, es besteht kein Zweifel daran", antwortete Reeder.

May schluckte.

„Aber dann würde das bedeuten, dass meine Mutter..."

„...einer der Wächter von Terquasol war", beendete Reeder ihren Satz.

Schockiert starrte sie Reeder an. Wieso hatte ihr Vater ihr nie etwas davon erzählt? Wieso hatte sie nie etwas davon erfahren? Wieso hatte ihre Mutter ihr kurz vor ihrer Abreise diesen Spiegel gegeben? Hatte sie geahnt, dass sie bald sterben würde? Vielleicht hatte sie ja gehofft, May würde diesem Hinweis folgen und herausfinden, wer sie wirklich gewesen war.

„May, hörst du mir zu?"

Reeders Stimme riss sie aus den Gedanken. Sie sah ihn an, doch sah ihn auch nicht an.

„Ich...", stammelte sie, doch brach ab.

Sie wusste nicht, was sie sagen sollte. Sie wusste nicht, was sie denken und glauben sollte. Alles war auf einmal so verwirrend, so anders. Und doch, eine leise, ferne Stimme in ihrem Kopf flüsterte ihr zu, dass alles passte. Ihre Mutter war immer gern auf Reisen gewesen. Hatte es dafür vielleicht auch einen Grund gegeben? War sie von Land zu Land gesegelt, um den Schutz der Lebensblumen zu sichern?

„Es ist ein schwerer Schlag, zu erfahren, dass eine Wächterin tot ist. Das erschwert das Ganze um einiges", sagte Reeder gerade.

Nur mit größter Mühe drängte May ihre Gedanken in den Hintergrund.

„Wicso?", fragte sie, auch wenn es sie nicht wirklich interessierte.

Nichts war ihr jetzt so wichtig, als mehr über die Vergangenheit ihrer Mutter zu erfahren.

„Wenn deine Mutter wirklich die zweite Wächterin war, dann fällt ein Schutz, ein sehr wichtiger Schutz, weg. Das wird es dem Bezwinger des Schattens nur noch leichter machen, an die Blumen zu kommen", sagte Reeder niedergeschlagen.

„Wieso will er die Blumen stehlen?", fragte May.

Reeder seufzte.

„Es gibt eine Legende, nach der demjenigen, der alle sechs Lebensblumen besitzt und in einem spezifischen Ritual zerstört, eine unvorstellbarc Macht erhält. Eine Macht, von der niemand zuvor zu träumen gewagt hat", sagte er.

„Was für eine Macht?", überlegte May laut.

„Das gibt die Legende nicht preis. Doch wenn sie wahr ist, dann bedeutet das, dass Terquasol in größter Gefahr ist", sagte Reeder.

„Aber sollte es dem...dem Schattenmeister tatsächlich gelingen, alle dieser Blumen zu stehlen, dann zerbricht Terquasol. Was nützt ihm dann noch diese Macht?", sagte May langsam.

„Manche Menschen verlieren den wahren Sinn des Lebens aus den Augen, auf ihrem langen und unerbittlichen Weg nach Macht und Ansehen. Bedenke nur, was dir geschehen ist, als du auf die Roten Hyänen gestoßen bist", sagte Reeder.

May fasste sich unbewusst an den Schnitt an ihrer Wange.

„Außerdem denkt er vielleicht, durch diese Macht kann er den Untergang der Welt überleben", fügte Reeder hinzu.

„Aber er ist sich nicht sicher?"

„Niemand von uns kann sich darüber sicher sein. Es ist schließlich noch nie eingetreten", sagte Reeder schulterzuckend.

„Und Sie sorgen dafür, dass der Schattenmeister die Blumen nicht stehlen kann?", fragte sie.

Er lächelte matt.

„Ich werde alles dafür geben, dass es nicht so weit kommt. Alles. Aber ich bin kein Wächter. Ich weiß nicht, wo sich die anderen Blumen befinden."

„Wie haben Sie von dieser hier erfahren?", wollte May wissen und nickte in Richtung der schwebenden Blase.

„Wie du sicherlich schon bemerkt hast, wurde ich in Maribiles groß. Ohne prahlen zu wollen, kann ich sagen, dass meine Eltern überaus kluge und mächtige Zauberer und Hexen waren. Sie haben mir schon im Kindesalter beigebracht, Orte zu erkennen, an denen höhere Magie herrscht. Und an diesem tut sie das ganz gewiss", sagte er.

„Aber wenn meine Mutter tot ist und sie die letzte Wächterin war, die den Ort der anderen Blumen kannte, dann bedeutet das, dass es jetzt niemanden mehr gibt, der weiß, wo sie sind", sann May.

„Richtig. Und doch müssen wir damit rechnen, dass die Schattenspäher sie vor uns finden", sagte Reeder grimmig.

„Die Schattenspäher? Ich dachte, sie würden Schattenboten heißen", warf sie rasch ein.

„Die Schattenboten kümmern sich darum, die Leute für die Sache des Schattenmeisters zu gewinnen. Meistens tun sie das, indem sie sie bedrohen, ihren Familien und Freunden fürchterliche Dinge anzutun, wenn sie sich wehren sollten. Die Schattenspäher jedoch sind seine treuersten Diener. Sie erledigen die Drecksarbeit für ihn. Sie schwärmen aus und durchkämmen die Länder auf der Suche nach den Blumen", erklärte Reeder.

„Wieso will er mehr Leute um sich haben? Ich bezweifle, dass er die Macht teilen wird, falls er sie jemals erhält", sagte May.

„Da hast du wohl Recht. Aber er fürchtet, dass die Menschen sich gegen ihn und sein Vorhaben auflehnen könnten. Er bedroht sie, schüchtert sie ein und macht ihnen Angst, damit seinem Ziel nichts mehr im Weg stehen kann. Außerdem hat er mit mehreren Dienern eine höhere Chance, alle sechs Lebensblumen zu finden."

May nickte. Eine Weile war nur das Rauschen des Wasserfalls zu hören. Ihr Schädel brummte durch die vielen, neuen Gedanken, die sie gar nicht alle schnell genug verarbeiten konnte.

„Ich denke, das genügt. Jetzt weißt du alles", sagte Reeder leise.

May sah auf, den Spiegel an ihre Brust gepresst wie ein Schutzschild.

„Da ist noch etwas. Als ich hierher gekommen bin, habe ich auf dem Schiff ein Gespräch...mitbekommen. Es passierte eher zufällig, als beabsichtigt. Auf jeden Fall handelte das Gespräch auch von einem Meister, der ihnen Messer mit besonderen Klingen gegeben hatte. Ich glaube, die beiden waren Schattenboten", sagte sie.

„Wahrscheinlich. Der Bezwinger des Schattens reicht jedem seiner Anhänger ein Messer. Je höher sie in seinem Dienst stehen, desto gefährlicher ihre Klingen", sagte Reeder nickend. „Allerdings können wir nicht ausschließen, dass sie für eine andere Aufgabe hier sind", fügte er hinzu.

„Als Schattenspäher?", sagte May aufgeregt.

„Ja, vielleicht als Schattenspäher."

„Sie haben auch Sie erwähnt", sagte May.

Reeder hob eine Augenbraue.

„Tatsächlich?"

„Ja. Sie haben aber nichts Schönes gesagt. Sie sagten, Sie seien einer der mächtigsten Männer, die sie kennen und dass sie ihren Tod wollten."

„Sehr schmeichelhaft", sagte Reeder knapp.

„Diese Frau war furchtbar. Sie war durch und durch böse. Sie hatte Freude daran, anderen Lebewesen Schmerzen zu bereiten. Ich glaube, ihr Begleiter war nicht so begeistert davon", meinte May nachdenklich.

„Hast du ihre Namen mitbekommen?", fragte Reeder.

May schüttelte den Kopf.

„Ich glaube, er hieß McMilton."

Reeder nickte wieder.

„Danke, dass du es mir erzählt hast, May", sagte er dann.

„Mr. Reeder, wieso nennen ihn alle nur den Schattenmeister oder den Bezwinger des Schattens?"

„Niemand kennt seinen richtigen Namen. Entweder eine sehr feige Handlung oder ein äußerst kluger Schachzug", sagte Reeder.

„Nicht mal Sie kennen ihn?", rutschte es May heraus.

Reeders Mundwinkel zuckten und er schüttelte den Kopf.

„Nein. Nicht mal ich kenne ihn."

Und dann schwiegen sie wieder. May fühlte sich erschöpft und müde und am liebsten wollte sie sich einfach nur noch hinlegen und schlafen. Oder vergessen. Doch eine letzte Frage brannte ihr noch auf der Zunge.

„Wieso haben Sie mir das alles erzählt? Niemand wollte mir etwas sagen und erst als Sie meinen Spiegel gesehen haben, haben Sie mich hierher gebracht", sagte sie tonlos.

Reeder musterte sie, als würde er sie zum ersten Mal richtig wahrnehmen.

„Für einen kurzen Moment hielt ich dich für die zweite Wächterin", sagte er schließlich.

Sie erstarrte.

„Aber dann erzähltest du mir, der Spiegel gehörte eigentlich deiner Mutter und mir wurde klar, dass sie es war, die die Wächterin war. Aber dennoch hat sie dir den Spiegel gegeben..."

„Was soll das heißen?", fragte May mit bebender Stimme.

Mittlerweile presste sie den Spiegel so fest an sich, dass es wehtat. Reeder sah sie an und als sie ihm diesmal in die Augen sah, wusste sie schon, was er sagen würde. Dennoch trafen sie seine Worte wie ein Schlag.

„Indem deine Mutter dir den Spiegel mit den Lebensblumen überreichte, könnte sie dich zur Nachfolgerin der Wächterin von Terquasol gemacht haben."

Kapitel 9: Die Ausgestoßenen

Als May und Reeder nach Custol Hill zurückkehrten, warf die Sonne gerade ihre letzten, goldenen Strahlen übers Land und die Schatten der riesigen Custolen wirkten wie langgezogene, schwarze Gespenster. Die Hütten lagen still da und feiner, silbriger Rauch quoll aus ihren winzigen Schornsteine hervor. Sie brachten Abadan und Reeders Pferd auf die Koppel und ohne sich noch einmal umzudrehen, stürmte May zu ihrem Zelt, warf die Plane zurück und schlüpfte ins Innere.

Hier fühlte sie sich sicher. Alleine. Genau das wollte sie jetzt sein. Alleine. Sie streifte sich ihre Stiefel von den Füßen, löste den Knoten aus ihrem Haar und schmiss sich auf das Feldbett. Ihre Tasche plumpste zu Boden und der Spiegel fiel neben ihr aufs Kissen. Es war seltsam, nach all den Jahren einen ganz neuen Schmerz zu empfinden, wenn man an seine verstorbene Mutter dachte, fand May.

Sie fühlte sich hintergangen. Ihre Mutter hatte sie unwissend zurückgelassen. Wieso? Wieso hatte sie May nie etwas davon erzählt? Sicherlich hatte sie spannende Abenteurer erlebt, die sie May als Gute-Nacht-Geschichte hätte erzählen können. Wieso nur hatte sie in den fünf Jahren, die sie zusammen hatten, nie gesagt, dass sie eine der drei Wächter war? Dass sie dafür sorgte, dass sie alle leben konnten. Reeders letzte Worte schossen May durch den Kopf.

Er war der Meinung, dass sie nun vielleicht die neue Wächterin von Terquasol war.

„Ausgeschlossen. Unmöglich", sagte May in die Stille hinein.

Ihre ausgestreckten Hände berührten das kühle Glas des Spiegels und May musste sich beherrschen, ihn nicht einfach zu packen und auf den Boden zu schleudern. Sie war sauer. Nein, wütend. Sie war so wütend auf ihre Mutter, wie sie es noch nie gewesen war. Sie hatte sie einfach so zurückgelassen. Ohne ein Wort war sie gegangen, ohne eine Erklärung. Sie war gegangen und hatte sie und ihren Vater zurückgelassen, in einer Welt voller Lügen.

May drehte sich auf den Bauch und schrie in ihr Kissen. Das half ein bisschen, aber tief in ihr brodelte noch immer die Wut. Und dann kam ihr ein Gedanke, so unerwartet und plötzlich, dass es sie erschreckte.

Seit sie selbst auf der Welt war, hatte Emma Stacks Apunima nie wieder verlassen, bis zum Tag ihres Todes. Sie hatte immer nur erwähnt, in welchen Ländern sie schon gewesen war und welche Leute sie kennengelernt und was sie alles gesehen hatte. Aber dann wurde May geboren und sie konnte sich beim besten Willen nicht daran erinnern, seitdem je einen Tag ohne ihre Mutter verbracht zu haben.

Langsam setzte sie sich auf dem Feldbett auf, als sich der Gedanke in ihrem Kopf festsetzte und eine furchterregende Gestalt annahm.

Hatte ihre Mutter aufgehört, von Land zu Land zu reisen und nach den Blumen zu sehen, weil sie geboren wurde? Wollte sie sie nicht verlassen und hat deswegen ihre Aufgabe als zweite Wächterin vernachlässigt? May schluckte und schluckte noch mal, aber der Kloß wollte nicht weggehen.

Waren vielleicht Leute geschickt worden, um nach ihrer Mutter zu sehen? Hatte sie vielleicht einen Brief von einem der anderen Wächter erhalten, der sie fragte, wo sie steckte?

Oder hatte man sie, nachdem man herausgefunden hatte, dass sie ihrer Pflicht als Wächterin nicht mehr nachging, umgebracht? War das die Wahrheit? War der Tod ihrer Mutter in Wahrheit Mord gewesen? Oder lebte sie vielleicht sogar noch und hielt sich verdeckt?

Vielleicht segelte sie auch jetzt in diesem Moment von einem Land zum nächsten, um die Lebensblumen zu überwachen. Doch dann wäre sie sicher irgendwann zu ihnen zurückgekommen...oder?

May fuhr sich müde übers Gesicht. Ihr Kopf brummte und tuckerte, als würde ein Wawiggler mit seinem Fäustchen immer wieder gegen ihre Schädeldecke schlagen.

Inzwischen war die Sonne gänzlich hinter den Bergen verschwunden und die Kerzen in den Gläsern entzündeten sich wie von selbst. May vermutete, dass Reeder auch dabei seine Finger im Spiel hatte. Am liebsten würde sie ihr Zelt heute gar nicht mehr verlassen, doch sie hatte nichts mehr zu essen in ihrer Tasche und ihr Magen fing an zu knurren.

Das Gefühl der vollkommenen Ruhe überkam sie, sobald sie hinaus auf die Lichtung trat und die vielen, tanzenden Lichter sah. Überall flackerten und funkelten die Glühwürmchen und Kerzen und am dunkelblauen Himmel leuchten abertausende von Sternen. May hatte ihre Stiefel im Zelt gelassen und stand deswegen nun barfuß im Gras. Es war kalt, aber nicht auf die unangenehme Weise. Dafür, dass sich das Jahr dem Ende zuneigte, war es noch erstaunlich warm.

Eine Weile betrachtete sie noch den Sternenhimmel und es überraschte sie selbst, dass sie dabei nicht ein einziges Mal an ihre Mutter oder den Spiegel dachte. Leises Stimmengewirr wehte zu ihr hinüber und als sie zum Lagerfeuerplatz hinüber blickte, an dem sie auch schon gefrühstückt hatten, sah sie Aiden und Shaun auf den Baumstämmen sitzen und reden. Das Feuer prasselte leise vor sich hin und selbst von ihrem Zelt aus sah May die Fleischspieße, die sich darüber drehten und vor sich hin brutzelten. Als sie näher kam, konnte sie auch den würzig-deftigen Geruch des gegrillten Fleisches riechen und sofort rumorte ihr Magen. Das war der Moment, in dem Aiden und Shaun sie sahen.

„May! Willst du dich nicht setzen?", bot Shaun sofort an und rutschte ein Stück zur Seite, um ihr Platz zu machen.

„Danke", sagte sie leise und ließ sich neben ihn auf den Baumstamm sinken. Aiden beobachtete sie, doch als sie ihn ansah, sah er rasch zur Seite und tat so, als würde er seinen Spieß überprüfen. May blickte zum Himmel hinauf.

„Das sind die letzten warmen Tage. Bald kommt der Winter", sagte Shaun.

„Schneit es hier auch?", fragte May.

In Apunima schneite es manchmal schon im Oktober und es hörte erst wieder auf, wenn Ostern nahte.

„Natürlich schneit es auch hier. Du müsstest Custol Hill mal an Weihnachten erleben. Die Hütten sehen dann aus, als hätte man ihnen weiße Zipfelmützen aufgesetzt", sagte Shaun begeistert.

„Und du und Daniel könnt euch nie zurückhalten mit dem Weihnachtsschmuck", murrte Aiden, doch konnte ein Grinsen nicht verbergen.

Dann sah er May an und es war das erste Mal, dass sie sich wirklich ansahen, seit ihrem Streit in Lofall. Lag es am Schein des Feuers und wurden seine Wangen dunkler?

„Überall hängen dann Lichterketten und Lampions und so ein kitschiges Zeug", raunte er ihr zu und als May lachte, verschwand das Rot schlagartig aus seinem Gesicht.

Er nahm die Spieße vom Feuer und reichte sie an Shaun und May weiter, bevor er selber in seinen biss. Es schmeckte köstlich und May konnte gar nicht genug davon bekommen. Sie hätte ewig so dasitzen können. Über ihr die Sterne, umgeben von Glühwürmchen und Kerzen, vor einem warmen Feuer und hinter ihr zirpten die Grillen, während sie mit Aiden und Shaun darüber nachdachte, wie man Custol Hill mit Weihnachtsdekoration verschönern konnte. Aiden beteiligte sich allerdings recht spärlich an der Unterhaltung und als Shaun vorschlug, sie könnten dieses Jahr vielleicht ein lebensechtes Rentier aus Porzellan aufstellen, stöhnte er genervt auf.

„Innerhalb eines Tages würden die Waldzwerge das eh in Kleinteile zerlegen", meinte er.

„Aber es würde sich hier wirklich gut machen. Vielleicht mit einer hübschen, blinkenden Nase", zwinkerte May und Shaun brach in schallendes Gelächter aus.

Als er sich wieder beruhigt hatte, gähnte er und streckte sich ausgiebig.

„Ich denke, ich werde mich dann mal aufs Ohr legen. Diese Nacht werden wir wohl erst mal keinen Wachdienst halten", sagte er und nachdem er sich von ihnen verabschiedet hatte, schlenderte er auf seine Hütte zu.

Aiden und May schwiegen, doch May störte es nicht. Es war ein angenehmes Schweigen, kein gezwungenes, weil man nicht wusste, was man sagen sollte. Um ehrlich zu sein gab es einiges zu sagen, doch May wusste nicht, womit sie anfangen sollte und ob sie Aiden überhaupt etwas davon erzählen sollte. Doch dann fiel ihr etwas ein, dass sie ihn schon die ganze Zeit über hatte fragen wollen.

„Was meintest du eigentlich in Rays Saloon?"

Irritiert sah er auf.

„Du hast gesagt, die Leute würden euch die Ausgestoßenen nennen", sagte sie.

Aidens Blick verdüsterte sich und May bereute es, damit angefangen zu haben.

Er schnappte sich einen Ast vom Boden und stocherte im Holz herum. Die Flammen knisterten und es knackte.

„Raymond wollte, dass die Leute nicht so über dich reden, wie sie es über uns tun. Er wollte dir die Chance geben, nicht zu uns Verrückten zu gehören", sagte er schließlich leise.

„Wieso nennen sie euch die Ausgestoßenen?", fragte May zaghaft.

Aiden lachte trocken auf.

„Wir leben in einem Wald, weit weg von der nächsten Zivilisation. Ohne die Pferde würden wir Stunden brauchen, um überhaupt nach Lofall zu kommen, geschweige denn zum Hafen."

„Wieso lebt ihr eigentlich hier? Das frage ich mich schon die ganze Zeit", sagte May.

„Niemand stört uns hier. Niemand beurteilt über uns, niemand schreit uns an und niemand stellt uns Regeln auf. Hier gibt es nur die vier, die von ihren Familien nicht gewollt wurden", brummte er leise.

„Wie...wie meinst du das, Aiden?", wisperte May.

Eine lange Zeit dachte sie, er würde ihr keine Antwort mehr geben. Er starrte ins Feuer, stocherte mit dem Ast darin herum und schien mit seinen Gedanken ganz weit weg zu sein.

„Meine Eltern haben mich an einen Farmer verkauft, als ich sieben Jahre alt war. Sie sagten, sie würden zurückkommen, wenn sie wieder genug Geld hatten, um für mich sorgen zu können, aber sie kamen nicht. Jeden Abend stand ich am Scheunentor und starrte auf die Bäume, in der Hoffnung eine Kutsche oder ein Pferd zu sehen. Aber sie kamen nicht wieder und sie holten mich auch nicht. Ich habe nie wieder etwas von ihnen gehört. Eines Tages wurde die Farm des Mannes überfallen, für den ich arbeitete. Es waren die Roten Hyänen. Sie dachten, indem sie mich entführten, würden sie von ihm viel Lösegeld bekommen. Sie dachten, ich wäre vielleicht sein Sohn oder Neffe oder so was. Aber ziemlich schnell haben sie dann herausgefunden, dass niemand kommen würde, um mich zu retten oder gar Geld für mich zu zahlen. Also warfen sie mich in den nächsten Fluss und ließen mich ertrinken."

Entsetzt starrte May Aiden an. Sie fühlte sich auf einmal furchtbar schlecht, dass sie sauer auf ihre Mutter gewesen war. Sie hatte alles dafür getan, immer bei ihrer Tochter zu sein.

„Das ist grausam", stieß sie schließlich aus.

„Shaun hat mich gefunden und rausgefischt. Er hat mich nach Custol Hill gebracht und mich wieder aufgepäppelt. Reeder war einverstanden, dass ich bleibe und irgendwie haben sie mich dann hier aufgenommen. Nur eine Woche später, nachdem das passiert ist, hat Shaun mir das Schwimmen beigebracht, nur für alle Fälle."

Aiden versuchte sich an einem Grinsen, doch es wurde bloß eine schräge Grimasse.

„Bei den anderen ist es so ähnlich. Daniel lebte fast die ganze Zeit bei seinem Großvater, weil seine Eltern sich lieber eine Tochter gewünscht haben. Shauns Eltern waren zu beschäftigt mit ihrem größten Stolz, in der Bank zu arbeiten und Geld zu zählen, dass sie nie viel für ihn übrig hatten. Deswegen ging er schon mit zwölf das erste Mal nach Maribiles. Und Reeder..."

Aiden brach ab und starrte hinauf zum Baumhaus. Hinter den runden Fensterscheiben brannte noch Licht. Aiden seufzte.

„Und Reeder ist eben Moran Reeder. Er hat sein Elternhaus früh verlassen und ist nur selten zu ihnen zurückgekommen. Naja, er spricht nicht viel über sie. Oder überhaupt über sich."

May biss sich auf die Lippe und starrte ins Feuer. In Silver-Myers hatte sie nie mit irgendjemandem über ihren Verlust sprechen können. Die Familien dort waren groß und es kam nicht selten vor, dass man mit vier Generationen an einem Tisch zu Abend aß. Als die Nachricht kam, dass ihre Mutter gestorben sei, hatten die anderen ihr Beileid ausgedrückt und immer wieder versichert, dass es ihnen aufrichtig leid tun würde.

Aber niemand hatte sie je richtig verstehen können. Für die anderen drehte sich die Welt ganz normal weiter, während ihre einfach stehen geblieben war. Und jetzt, zum ersten Mal in fünfzehn Jahren, saß sie mitten unter den Menschen, die sie vielleicht am besten von allen verstehen konnten.

„Meine Mutter ist gestorben, als ich fünf war", sagte sie leise.

Aiden sah sie an und May fiel ein Stein vom Herzen, als sie kein falsches Mitleid in seinen Augen entdecken konnte. Und dann erzählte sie ihm alles. Von ihrer Mutter, dem Schmerz, den sie nie losgeworden war. Von ihrem Vater, der alles daran setzte, ihr ein ruhiges und normales Leben zu bieten. Von ihrem Wunsch, etwas Neues zu tun, etwas, dass sie spüren lassen würde, dass sie wirklich noch am Leben war. Sie erzählte auch von dem, was Reeder ihr in der Höhle hinterm Wasserfall gezeigt und gesagt hatte.

Aiden war ein überraschend guter Zuhörer. Er unterbrach sie nicht, nickte an den richtigen Stellen und riss die Augen weit auf, als sie erwähnte, ihre Mutter sei die zweite Wächterin gewesen.

„Also ist es wahr? Du bist jetzt ihre Nachfolgerin?", hauchte er fassungslos.

Rasch schüttelte May den Kopf.

„Nein! Nein, auf keinen Fall. Sie hat mir den Spiegel geschenkt, als ich noch ein kleines Kind war. Niemals hätte sie damals schon daran denken können, mir so eine Aufgabe zu übertragen", entgegnete sie überzeugt.

Aiden runzelte die Stirn.

„Bist du dir sicher? Für mich klingt das nämlich irgendwie logisch. Ich meine, sieh mal, sie ritzt die Blumen in diesen Spiegel und nur sie kennt die wahren Aufenthaltsorte. Und dann gibt sie ihn dir, in der Hoffnung -"

„Sie hatte gar keine Hoffnungen dabei! Es war ein bloßes Geschenk, nichts weiter", herrschte May ihn an.

Sofort bereute sie ihren Ausbruch.

„Entschuldige", murmelte sie betreten.

Er nickte.

„Übrigens meinte ich das nicht so. Was ich heute gesagt habe, von wegen die Menschen aus Apunima wären zu naiv. Das...war falsch von mir", murmelte Aiden und May glaubte ihm sofort.

Nicht, weil er es mit diesem ehrlichen Unterton sagte, sondern weil er ihr dabei direkt ins Gesicht sah und diesmal nicht im knisternden Holz herumstocherte. Auch sie nickte jetzt und dann schwiegen sie eine Weile. Irgendwann überkam May eine schläfrige Müdigkeit; sie füllte sich gesättigt und erschöpft von den überschlagenden Ereignissen des Tages.

„Wie geht es Daniel?", fragt sie schließlich.

Aiden zuckte mit den Schultern, warf den Ast hinter sich ins Gebüsch und zündete sich eine Zigarette an. Bald schon war er von einer dunstigen Rauchschwade umgeben.

„Er kommt wieder auf die Beine, schätze ich. Hat schon mehr ausgehalten, als einen Schlangenbiss", sagte er dann.

„Gibt es hier viele Schlangen?", fragte May nervös und blickte sich nach allen Seiten um, als befürchtete sie, sofort angefallen zu werden.

„Eigentlich nicht. Jedenfalls nicht hier im Custolen Wald. Die meisten Schlangen halten sich eher unten in der Nähe der Totenschädel-Schlucht auf."

„Totenschädel-Schlucht?", wiederholte May.

Wenn sie ehrlich war, wollte sie gar nicht wissen, wieso diese Schlucht diesen Namen trug. Aiden zog an seiner Zigarette und blies den Rauch vor sich in die Luft.

„Ich glaube, früher ist dort mal ein Fluss oder eine Abzweigung des Ponte Simuls durchgeflossen. Aber heute liegt die Schlucht trocken und seitdem kein Wasser mehr dadurch fließt, hat man mindestens fünfzig Totenschädel gefunden. Vermutlich von verunglückten Seefahrern oder so", meinte Aiden schulterzuckend.

„Wie kommt es dann, dass Daniel hier von einer Schlange gebissen wurde?", sagte May nachdenklich.

„Keine Ahnung. Ist nicht so, dass es die nur da unten gibt. Hin und wieder verirrt sich auch eine in die Wälder", antwortete Aiden.

Dann warf er seine Zigarette vor sich ins Gras und zertrat sie.

„Ich werde dann auch mal schlafen gehen", sagte er und stand auf.

May nickte und tat es ihm gleich; Aiden löschte das Lagerfeuer und zusammen schlenderten sie dann auf die Hütte zu, deren Strohdach mit Seilen und Efeu geschmückt war. Links und rechts neben der Tür an den Pfosten, die die schmale Veranda stützten, hingen flackernde Laternen. Aiden stieg die drei Stufen empor, die auf die Veranda führten und drehte sich zu May um. Nun überragte er sie um mindestens drei Köpfe.

„Gute Nacht", sagte er leise.

Sie lächelte und nickte.

„Ja. Gute Nacht."

Er wandte sich um und wollte schon in seiner Hütte verschwinden, als May ihn noch einmal zurückhielt.

„Aiden?"

„Mmh?"

„Ich finde nicht, dass ihr verrückt seid. Und es ist auch nicht gerechtfertigt, dass man euch die Ausgestoßenen nennt. Die Leute...sie haben keine Ahnung", sagte sie sehr leise.

Aiden sah sie lange an und irgendetwas veränderte sich in seinem Blick, doch May konnte nicht deuten, was es war. Doch als er langsam nickte und „Danke" sagte, klang seine Stimme unnatürlich heiser.

In den nächsten Tagen half May im Lager, wo sie nur konnte. Sie schaufelte Pferdemist, sammelte Feuerholz, holte frisches Wasser aus dem Fluss, der hinter dem Hügel floss, an den die Lichtung grenzte und wechselte sich mit Aiden und Shaun ab, Daniel seine Medizin zu geben. Inzwischen ging es ihm deutlich besser und am siebten Tag nach dem Biss scherzte er schon wieder über Mays Frisur.

„Und, sind die ersten Vögel schon eingezogen?", lachte er, als sie gerade seine Hütte betrat, um Aiden abzulösen, der Daniels Schlaf überwacht hatte.

May rollte die Augen. Heute Morgen hatte sie sich dazu entschieden, ihr widerspenstiges Haar wieder zu einem lockeren Knoten hochzubinden und hatte selbst festgestellt, das es ein wenig Ähnlichkeit mit einem Vogelnest hatte.

„Ha ha, sehr witzig, Mr-Ich-Lasse-Mich-Von-Einer-Schlange-Beißen", murrte May und stellte die Schale mit dem frischen Wasser deutlich unsanfter neben ihn auf den Tisch als sonst. Aiden strafte Daniel mit einem finsteren Blick und stand von dem Stuhl auf, in dem er die ganze Zeit über gesessen hatte.

„Ich glaube, es ist an der Zeit, dass die Vogeleltern ihr Küken alleine lassen", meinte er.

Daniel starrte ihn an und verzog das Gesicht zu einer Grimasse.

„Ach kommt schon. Ihr wollt mich allen Ernstes alleine lassen?"

„Ja, allerdings", sagte Aiden grinsend und stellte sich neben May.

„Was ist, wenn ich einen Rückschlag erleide?", murrte Daniel und schon die Unterlippe vor.

May verdrehte die Augen, konnte sich ein Lachen aber nicht verkneifen.

„Dann klingel einfach mit der Glocke und deine Krankenschwester wird vorbeischauen", sagte sie.

„Wer? Du?", fragte er hoffnungsvoll.

May lachte und zupfte demonstrativ an ihren Haaren herum.

„Ich? Nein. Eigentlich meinte ich Aiden", sagte sie feixend und während Daniel vor Lachen brüllte, stieß Aiden ihr gespielt beleidigt mit dem Ellbogen in die Rippen.

Es war ein herrlicher Tag. Laut Shaun sollte es der letzte, schöne Tag in diesem Jahr werden, an dem man die Sonne noch mal so richtig genießen konnte. Obwohl das Gras heute Morgen schon mit einer dünnen Schicht Frost überzogen gewesen war, hatte es die Sonne geschafft, sich durch die aufziehenden Wolken zu kämpfen. May hatte ihre Bluse und ihren Rock gegen eine einfache, dunkle Stoffhose und einen Pullover getauscht, der ihr zwar etwas zu weit war, aber immerhin warm hielt.

Lächelnd streckte sie ihr Gesicht gegen die Sonne und schloss die Augen, während sich Aiden neben ihr eine Zigarette anzündete.

„Ich hab Reeder schon eine Weile nicht mehr gesehen", sagte er irgendwann leise.

May zuckte nur mit den Schultern, ohne die Augen zu öffnen.

„Mmh, kann sein", sagte sie.

Die letzten Tage war sie durch ihre tatkräftige Mitarbeit im Lager meistens zu abgelenkt gewesen, um sich viele Gedanken darüber zu machen, wie es jetzt weitergehen sollte. Sie wollte jetzt nicht damit anfangen, denn sie wusste, dass es wieder nur in einem einzigen Chaos in ihrem Kopf enden würde. Manchmal jedoch, wenn sie abends noch zusammen am Lagerfeuer saßen oder sie schon in ihrem Zelt lag, stellte sie sich die Frage, ob es die richtige Entscheidung gewesen war, nach Patridinem zu kommen. Wäre sie in Apunima geblieben, hätte sie nichts von der wahren Bedeutung des Spiegels, den Lebensblumen und den drei Wächtern erfahren. Sie wusste nicht, was besser wäre: Unwissend, aber immerhin frei von plagenden Gedanken oder wissend, aber ständig begleitet von Sorgen und Ängsten.

„Wie wär's, wenn wir den letzten schönen Tag ausnutzen?", sagte Aiden plötzlich.

May öffnete die Augen und sah ihn überrascht, aber erfreut an.

„Klar. Was schlägst du vor?", fragte sie neugierig.

Er blies den Rauch der Zigarette in die Luft und ließ seinen Blick über die sonnenbeschienene Lichtung schweifen.

„Ich weiß nicht. Irgendwas...Nettes", meinte er dann.

„Wir könnten Ray und Horace in Lofall besuchen", überlegte May.

„Nein, danke", erwiderte Aiden sofort.

May hob eine Augenbraue.

„Du magst Ray nicht besonders gerne, hab ich recht?", sagte sie dann.

Wieder zuckte Aiden nur mit den Schultern und zog an seiner Zigarette. Dann drehte er sich plötzlich zu ihr um und sah sie an. May fiel auf, dass seine Augen besonders blau funkelten, wenn die Sonne direkt auf sein Gesicht schien.

„Du wolltest dir doch die Landschaft von Patridinem ansehen. Wie wäre es mit einem kleinen Ausritt mit deinem ganz persönlichen Reiseführer?", schlug er vor.

May grinste und verschränkte die Arme vor der Brust.

„Ach ja und wer soll das sein?"

„Ich glaube, ich kenne da genau den Richtigen", schmunzelte Aiden.

Kapitel 10: Die Schaukel in die Freiheit

Sie brauchten nur zehn Minuten, bevor sie aufbrachen; May bereitete belegte Brote für unterwegs vor und Aiden sattelte die Pferde. Dann ritten sie los. Obwohl sie nebeneinander her ritten, führte Aiden sie.

Sie verließen den Custolen-Wald und durchquerten eine Zeit lang die weite Prärie; ein paar trockene Sträucher und Steine säumten ihren Weg und hier und da flitzte eine Wühlmaus unter den Hufen ihrer Pferde vorbei. Aber May genoss den Ausblick. In Apunima war sie es gewöhnt, nicht allzu weit sehen zu können, denn überall gab es Hügel oder Bäume. Doch hier hatte sie das Gefühl, ins Unendliche blicken zu können und auf eine angenehme Weise bereitete ihr das Herzklopfen.

Nach ungefähr einer halben Stunde veränderte sich die Landschaft. Der Boden wurde grüner, die Sträucher größer und nicht mehr so knorrig und in der Ferne konnte May das Plätschern eines Baches hören. Fasziniert beobachtete sie, wie nur wenige Meter vor ihnen eine Horde gehörnter, kleiner Tierchen den Weg überquerten. Sie sahen aus wie lilafarbene Schildkröten ohne Hals. Als May bei dem Anblick, wie sie brav hintereinander her watschelten, kichern musste, entdeckte auch Aiden die gepanzerten Tierchen.

„Komm ihnen ja nicht zu nahe, der Schein trügt. Das sind Delanoxe und sie haben verflucht scharfe Zähne. Es gab mal einen Kerl, der sie studieren wollte. Du weißt schon, mehr über ihren Lebensraum und ihre Lebensweise rausfinden. Aber dann hat er nicht aufgepasst und jetzt läuft er mit vier Zehen weniger rum", sagte Aiden.

„Dabei sehen sie so harmlos aus", meinte May.

„Ja ja, die unschuldig Aussehenden sind meistens die schlimmsten Biester", sagte Aiden kopfschüttelnd.

Der Weg führte sie weiter an hohen, schlanken Kiefern vorbei und die Luft wurde zunehmend schwüler. Sumpfartige Flächen blubberten neben ihnen vor sich hin und mehrere schneeweiße Reiher saßen auf den Bäumen und klackerten mit dem Schnabel, als sie vorbeikamen. May konnte nicht leugnen, dass sie erstaunt war, wie vielseitig Patridinem doch war.

„Hier wird es sehr steil, am besten lassen wir die Pferde hier", sagte Aiden nach einer Weile.

Sie standen am Fuß eines riesigen Hügels, der über und über mit weichem, saftigem Gras bewachsen war. Schmetterlinge und summende Bienen schwirrten um ihre Beine, als sie Abadan und Nero zwischen ein paar Kiefern zurückließen. Aiden hatte nicht gelogen. Der Anstieg war überaus steil und schon nach wenigen Schritten stach Mays Seite und ihre Lunge schmerzte bei jedem Atemzug.

„Gleich geschafft", schnaufte Aiden neben ihr.

Er überholte sie mit seinen langen Beinen und streckte ihr die Hand entgegen. Dankbar ergriff sie sie und ließ sich die letzten Meter von ihm hochziehen.

„Wo sind wir hier?", stieß May verblüfft aus.

Sie befanden sich auf der Spitze des Hügels, auf dem ein einziger, riesiger Weidenbaum mit langen, weichen Zweigen und strahlend weißen Blüten stand. An einem kräftigen Ast hing eine einfache Schaukel aus Holz, deren Seile mindestens sechs Meter lang waren.

„Hier war ich früher oft als kleiner Junge mit Shaun. Manchmal hat uns Reeder begleitet. Shaun hat diese Schaukel für mich gebaut, als ich neun wurde. Ich glaube, das war der schönste Geburtstag, an den ich mich erinnern kann", sagte Aiden und mit einem gar weichen Blick betrachtete er die Schaukel.

May lächelte und strich mit den Fingern vorsichtig über das Holz. Es war so sauber bearbeitet worden, dass sie keine einzige Unebenheit spüren konnte.

„Na komm. Versuch's mal", sagte Aiden plötzlich.

Erschrocken drehte sie sich zu ihm um.

„Was?"

„Steig auf, ich geb dir Schwung", sagte er schmunzelnd.

Fast schon panisch schüttelte May den Kopf.

„Die würde mein Gewicht niemals halten", protestierte sie.

„Ach komm schon, tu nicht so, als wärst du ein halber Troll. Rauf mit dir oder hast du etwa Angst?", neckte er sie.

Um ehrlich zu sein, ja, hatte sie. Doch das würde sie nicht zugeben.

„Sagtest du nicht, Shaun hat diese Schaukel für dich gebaut, als du neun warst?", sagte sie halbherzig.

Aiden lachte und stellte sich jetzt direkt hinter die Schaukel.

„Sie wird dich halten, versprochen."

May seufzte und setzte sich vorsichtig auf die Schaukel; ihre Hände klammerten sich so fest um die Seile, dass ihre Knöchel weiß hervortraten.

„Bereit?", rief Aiden.

May brachte nur ein schwaches Nicken zustande. Sie spürte Aidens Hände an ihrem Rücken, die sie anschoben und das Nächste, was sie wahrnahm, war die frische Luft, die sie umgab. Unter ihr konnte sie einen Bach sehen, an dessen Ufer Schilf und Zuckerrohr wuchsen und in der Ferne zogen vier Falken ihre Kreise. Dann schwang sie wieder zurück und sah den Weidenbaum, die weißen Blüten und den Hügel. Aidens Hände waren wieder an ihrem Rücken und sie schoss diesmal so hoch in die Luft, dass sie auf einer Höhe mit den Falken war.

Und langsam verschwand ihre Panik und ihr Herz hämmerte nur noch so schnell vor lauter Freude und Adrenalin. Aiden hüpfte zur Seite und ließ sie selber vor und zurück schwingen und beim dritten Mal streckte May ihre Beine in die Luft und stieß einen Jubelschrei aus. Sie konnte Aidens Lachen irgendwo hinter sich hören, das sich mit dem Schrei des Falken vermischte. Noch nie in ihrem Leben hatte sie sich so frei gefühlt.

„Das war der Wahnsinn!", schrie sie mit geröteten Wangen und zerzaustem Haar, als sie von der Schaukel hüpfte und Aiden entgegen lief. Er grinste.

„Hab ich doch gesagt."

„Ich konnte so weit sehen und so hoch fliegen, ich hatte das Gefühl, die Seile wären plötzlich viel länger", rief May aufgeregt.

Aiden kratzte sich im Nacken.

„Naja...", sagte er langsam.

„Was?"

„Vielleicht, also, es kann sein, dass Reeder einen kleinen Zauber auf die Schaukel gelegt hat, damit sie höher und weiter schwingen kann, als es eigentlich möglich ist", sagte er kleinlaut.

May starrte ihn an, dann lachte sie.

„Wer hätte gedacht, dass ein Mann wie Moran Reeder so etwas für einen kleinen Jungen tun würde? Vielleicht hat er ja doch so was wie ein Herz."

Sie machten es sich im Gras gemütlich, streckten die Beine aus und aßen die belegten Brote. Es war das erste Mal, seitdem May Apunima verlassen hatte, dass sie wirklich entspannen konnte. Und dennoch schlichen sich immer wieder Gedanken in ihren Kopf, die sie am liebsten verdrängen würde. Unbewusst spähte sie zu ihrer Tasche hinüber, die neben der Schaukel im Gras lag. Es war, als würde sie die Anwesenheit des Spiegels spüren können. Leise seufzend wandte sie den Blick ab.

„Was ist los?", fragte Aiden, der sich gerade den letzten Rest seines Schinkenbrotes in den Mund schob.

„Nichts. Ich muss nur ständig an meine Mutter denken", murmelte May, während sie gedankenverloren an den Grashalmen zupfte.

„Wegen der Sache mit dem Spiegel?", sagte Aiden.

May nickte. Er drehte sich auf die Seite und stützte sich mit dem Ellbogen im Gras auf.

„Wieso beschäftigt dich das so? Im Grunde genommen ist es bloß ein Handspiegel, der dir vor einer halben Ewigkeit geschenkt wurde", meinte er.

„Aber was ist, wenn es stimmt, was Reeder erzählt hat? Wenn meine Mum wirklich die zweite Wächterin war?", sagte May mit einem Anflug von Verzweiflung.

„Würde das etwas ändern?", sagte Aiden und schubste einen Grashüpfer von seinem Bein.

„Ja, natürlich. Das würde einfach alles ändern!", stieß May frustriert aus.

„Wieso? Weil sie es dir nicht gesagt hat?"

„Ja, nein...auch", murmelte May.

„Lass mich raten, was dich wirklich beschäftigt, ist nicht der Spiegel an sich, sondern dass sie ihn dir gegeben hat, richtig?"

Richtig, dachte May.

Sie schwieg und kaute auf ihrer Unterlippe herum. Die letzten Worte Reeders wollten ihr einfach nicht mehr aus dem Kopf gehen. Hatte ihre Mutter wirklich dieses Schicksal für sie gewollt? Hatte sie gewollt, dass ihre eigene Tochter ihren Platz als Wächterin von Terquasol einnahm?

„Ich denke, wenn sie gewollt hätte, dass du ihre Nachfolgerin wirst, hätte sie dir das gesagt", meinte Aiden, als hätte er ihre Gedanken gehört.

„Aber was ist, wenn sie dazu keine Zeit mehr gehabt hat? In diesem Brief, den sie gekriegt hat, muss etwas sehr Wichtiges gestanden haben, niemals wäre sie sonst so überstürzt aufgebrochen. Sie hatte nie einen meiner Geburtstage verpasst", warf May ein.

„Sie hatte ja wohl genug Zeit, dir zu erklären, was es mit den Lebensblumen auf sich hat", grummelte Aiden.

„Ich war gerade einmal fünf. Ich bezweifle, dass ich damals auch nur ansatzweise verstanden hätte, was das alles zu bedeuten hat", entgegnete May stirnrunzelnd.

Ich verstehe es ja jetzt nicht einmal, fügte sie in Gedanken hinzu.

Aiden zuckte mit den Schultern und sie verfielen in Schweigen. Mit den Augen verfolgte May eine Biene, die sich auf einer Blume in der Nähe niederließ. Für den Bruchteil einer Sekunde wünschte sie sich, diese Biene zu sein. Dann müsste sich sich keine Gedanken mehr über irgendwelche Spiegel oder Sanduhren machen.

„Morgen legt die Helianthus wieder im Hafen an", sagte Aiden plötzlich leise.

„Mhm", machte May nur.

In Gedanken war sie noch bei dem Stundenglas in Novitera. Ihr war eine Idee gekommen, doch sie schien so unwirklich, so weit weg. Der erste Wächter war in Novitera, um das Stundenglas zu bewachen. Er musste ihre Mutter gekannt haben. Und er konnte ihr bestimmt sagen, was es mit dem Spiegel auf sich hatte. Er konnte ihr die Wahrheit erzählen...

„Ich denke, es ist das Beste, wenn wir bald aufbrechen. Dann kannst du in Ruhe noch deine Sachen zusammensuchen", unterbrach Aiden ihre Gedanken.

Perplex blinzelte sie an.

„Sachen zusammensuchen?", wiederholte sie.

„Ja. Morgen geht es doch wieder nach Hause. Die Helianthus legt erst in Patridinem an und fährt danach direkt nach Apunima", sagte Aiden.

Sie starrte ihn an, ohne ihn wahrzunehmen. In den letzten Tagen war sie so beschäftigt gewesen mit den Arbeiten im Lager und ihren Sorgen, dass sie völlig vergessen hatte, dass sie nur für eine begrenzte Zeit in Custol Hill bleiben würde.

„Oh. Ja, stimmt", sagte sie nur.

Sie hatte gedacht, sie würde sich freuen, wieder nach Hause zu fahren. Zu ihrem Vater, zu ihrem vertrauten Zimmer voller Traumfänger und alter Zeichnungen. Sie hatte gedacht, sie würde erleichtert sein, Patridinem wieder verlassen zu können, nach allem, was ihr hier passiert war. Sie war entführt worden, ein Mann war direkt neben ihr verstorben, sie wurde Zeugin eines Mordes, Daniel hatte für ein paar Tage um sein Leben gekämpft, weil er von einer Schlange gebissen worden war.

Doch jetzt spürte sie nichts als eine dumpfe Leere, wenn sie daran dachte, Custol Hill zu verlassen. In der vergangenen Woche war ihr die Lichtung mit den kleinen Hütten und der großen Custole zu einem so vertrauten Ort geworden, dass es sich merkwürdig anfühlte, daran zu denken, ihn jetzt wieder hinter sich zu lassen. Sie dachte an die Wawigglers, die morgens im Sonnenschein über die Wiese jagten und an die abendlichen Lagerfeuer mit Shaun und Aiden und ein schwerer Stein machte sich in ihrem Magen breit.

Schweigend stiegen sie den Hügel wieder hinunter und erst als Nero und Abadan zwischen den Bäumen auftauchten und ihnen entgegen kamen, fiel May auf, dass sie ihre Tasche oben vergessen hatte.

„Mist. Ich bin gleich zurück", rief sie Aiden zu und drehte sich auf dem Absatz um.

Sie war völlig außer Atem, als sie oben ankam, weil sie diesmal gelaufen war. Keuchend presste sie sich eine Hand an die stechenden Rippen und lief zu ihrer Tasche. Als sie sie gerade vom Boden aufhob, hielt sie verwirrt inne.

„Wir haben uns verlaufen."

„Haben wir nicht. Wenn du endlich still sein würdest, dann könnte ich mich auch orientieren!"

May erstarrte zu Stein. Sie kannte diese Stimmen. Geduckt lief sie durchs Gras und spähte den Hügel auf der anderen Seite hinunter. Ihr Herz setzte aus, nur um doppelt so schnell weiterzuschlagen. Sie erkannte das verfilzte, braune Haar und das nervöse Umherschauen sofort. Da unten am Ufer des Baches liefen die beiden Schattenspäher, die May auf ihrer Reise hierher belauscht hatte.

Sie warf einen Blick über ihre Schultern. Zurück zu Aiden zu laufen und ihm Bescheid zu sagen, würde zu lange dauern und ihm zuzurufen, wäre zu laut. Also blieb ihr nur eine Möglichkeit.

Vorsichtig schlich sie den Hügel hinab und hielt jede fünf Schritte an, um sich hinter einem Strauch zu verstecken. Je näher sie den Schattenspähern kam, umso lauter pochte ihr Herz. Sie hatte das unangenehme Gefühl, die beiden könnte es ebenso deutlich hören, wie sie. Als sie nur noch wenige Meter von ihnen entfernt war, huschte sie hinter einen Felsen und drückte sich gegen das kühle Gestein.

„Er hat gesagt, es wäre hier irgendwo", fauchte die Frau und stemmte ihre Hände in die Hüften, während sie ihren Blick über die Landschaft schweifen ließ.

„Vielleicht hat er gelogen, Corvuna", antwortete McMilton schulterzuckend. Schweiß glänzte ihm auf der Stirn und er war in die Knie gegangen. Anscheinend waren sie schon eine Weile unterwegs.

„Du bist ein Anfänger, McMilton. Hast du ihm nicht in die Augen gesehen, während er gesprochen hat? Er hat eindeutig die Wahrheit gesagt. Er hat viel zu viel Angst, um uns zu belügen", sagte sie mit einer unwirschen Handbewegung.

McMilton sah nicht überzeugt aus, doch er schwieg und massierte sich die Füße; Seine Schuhe lagen achtlos neben ihm im Gras. Corvuna drehte sich zu ihm um und musterte ihn mit einem skeptischen, gar abwertenden Blick.

„Wie wäre es, wenn du dich endlich mal nützlich machen würdest?", herrschte sie an, sodass er erschrocken zusammenzuckte.

„N-Nützlich machen?", stotterte er nervös.

Ihre Lippen kräuselten sich zu einem spöttischen Lächeln.

„Verrate mir eins, Marius. Aus welchem Grund bist du uns beigetreten? Du hast Angst vor deinem eigenen Schatten", sagte sie leise.

McMilton starrte sie an, seine Lippen zitterten und für einen kurzen Moment hatte May den Eindruck, er würde nach seinem Messer greifen wollen. Corvuna entging diese Bewegung nicht und ihre Augen leuchteten wissend.

„Natürlich. Wie konnte ich so blind sein? Deine Frau...", säuselte sie.

Dann verstand May. Er hatte nicht nach seinem Messer greifen wollen, er hatte den goldenen Ring an seiner anderen Hand berührt. Corvuna stieß ein hämisches, kaltes Lachen aus und abermals zuckte McMilton zusammen.

„Und du hast auch noch Kinder, nicht wahr?", sagte sie.

McMilton biss die Zähne fest aufeinander, sodass sie knirschten, doch nickte.

„Wie alt?", fragte sie.

„Sieben und Elf", brachte er gepresst hervor.

Corvuna nickte nachdenklich. Dann wandte sie sich ab und schnippte mit dem Finger.

„Ein wunderbares Alter, um sich um die anliegenden Hausarbeiten im Anwesen unseres Meisters zu kümmern", sagte sie im sachlichen Ton.

Da wurden McMiltons Augen ganz groß und mit einem Satz war er auf den Beinen.

„Nein!", rief er verzweifelt.

Corvuna grinste.

„Nein?", wiederholte sie und erinnerte May dabei an ein lauerndes Tier, das ihre Beute bereits fest im Visier hatte.

„Dieses Haus...man sagt, es sei verflucht", sagte McMilton schwach.

„Nun, deine Kinder werden bestimmt herausfinden, ob da was dran ist", sagte sie, drehte sich um und lief weiter.

McMilton starrte ihr nach und eine Zornesfalte zeichnete sich auf seiner Stirn ab. Seine Hände ballten sich zu Fäusten.

„Na los! Reeder lässt sich nicht vom Herumsitzen und Nichtstun finden!", rief Corvuna. „Und diese Blume auch nicht", fügte sie murmelnd hinzu.

May zuckte zusammen, als hätte man ihr eine Ohrfeige verpasst. Sie hatte sich nicht geirrt. Diese beiden waren im Auftrag des Schattenmeisters hier und sie suchten die Lebensblume von Patridinem. Und Reeder. Und irgendwer hatte den beiden einen Hinweis gegeben, wo sie sein könnten. Mays Inneres schien sich zu verknoten und dieser Knoten schnürte nur noch fester, als sie entsetzt zusah, wie Corvuna und McMilton genau auf die Kiefern zusteuerten, zwischen denen Aiden auf sie wartete.

Das Blut rauschte in ihren Ohren. Verzweifelt sah sie sich um, auf der Suche nach irgendeiner Ablenkung. Jetzt waren sie nicht einmal mehr sechs Schritte von den Bäumen entfernt. In ihrer aufkeimenden Panik sprang May aus ihrem Versteck, hechtete zum Bach hinüber und kauerte sich dort zwischen das dichte Schilfrohr.

Sie hob jeden Stein in ihrer Reichweite auf und schleuderte sie dann so weit sie konnte. Einer davon traf McMilton an der Schulter.

„Aua! Was zum...?"

Verwirrt blieb er stehen und sah sich um. Corvuna stöhnte auf.

„Wir können uns keine Verzögerungen mehr leisten, verdammt", donnerte sie genervt.

May betete, dass dieser Lärm gereicht hatte, um Aiden zu warnen. Denn im nächsten Moment schon liefen die beiden weiter und verschwanden zwischen den Bäumen. May wagte es nicht, sich zu bewegen. Wie gebannt wartete sie auf irgendein Zeichen, dass Corvuna und McMilton auf Aiden gestoßen waren. Doch nichts geschah. Niemand schrie, kein Pferd wieherte und selbst die Bienen hatten wohl aufgehört zu summen.

Sie hätte beinahe laut aufgeschrien, als sich plötzlich eine Hand von hinten auf ihren Mund presste. Panisch schlug sie um sich, da wurde sie grob umgedreht.

Ihre Augen weiteten sich und schlagartig hörte sie auf, sich zu wehren. Die Hand verschwand von ihrem Mund.

„Aiden!", stieß sie aus.

Über seine Schulter hinweg sah sie Abadan und Nero, die das Wasser aus dem Bach tranken. Fassungslos starrte sie ihn an.

„Wie bist du...?", hauchte sie entgeistert.

„Naja, die beiden waren ja nicht gerade leise, oder?", gab er mit gesenkter Stimme zurück.

May presste sich eine Hand auf die Brust, wo ihr Herz wie wild hämmerte.

„Wobei ich wohl eingestehen muss, dass die Idee mit dem Stein wohl auf deine Rechnung geht, hab ich recht?", fuhr er fort.

Sie nickte, zu mehr war sie nicht im Stande.

„Ich hab sie gerade entdeckt, als ich den Stein gesehen hab, der diesen Typen getroffen hat. Hat mir wichtige Sekunden verschafft. Abadan und Nero sind mir gefolgt, ich hab sie einmal um den Hügel herumgeführt und dich dann hier gefunden. Übrigens gutes Versteck, ich musste zweimal hinsehen, um dich zu erkennen."

May stieß die Luft aus, die sie die ganze Zeit über angehalten hatte. Dann brach alles, was sie eben belauscht hatte, wie eine Welle über sie ein.

„Aiden, wir müssen sofort zurück zum Lager und Reeder warnen! Die sind auf der Suche nach ihm und nach der Blume", rief sie atemlos.

„Ich weiß. Aber niemand außer uns kennt den Aufenthaltsort der Blume. Ich meine, wer wäre so bescheuert, durch einen Wasserfall zu spazieren?", sagte er.

„Jemand hat ihnen verraten, wo die Blume ist", erwiderte May.

Aiden starrte sie ungläubig an.

„Das kann nicht sein. Das ist nicht einmal möglich", stammelte er verwirrt.

„Sie haben es gerade gesagt, ich hab's gehört", protestierte May.

Aiden schüttelte den Kopf.

„Von wem sollten sie das denn wissen?"

„Keine Ahnung. Auf jeden Fall suchen sie hier in der Gegend schon danach. Und es war ein Mann, der es verraten hat", erinnerte sich May.

„Ein Mann?"

„Corvuna hat gesagt, dass er Angst hatte."

„Wer ist Corvuna?"

„Diese Frau. Ihr Begleiter heißt Marius McMilton und sie sind beide im Dienst des Schattenmeisters hier", sagte May ungeduldig.

In einer anderen Situation wäre sie wahrscheinlich stolz gewesen, endlich einmal etwas zu wissen, was Aiden nicht wusste. Doch jetzt war sie einfach sauer, dass er nicht so schnell begriff.

„Los, wir müssen uns beeilen", drängte sie und kletterte bereits in Abadans

Sattel, der dabei ganz still stand.

Für den Rückweg brauchten sie nur halb so lange wie für den Hinweg. Aiden führte sie durch Abkürzungen, die sich zwar die meiste Zeit durch einen dunklen Wald zogen , doch ihnen viel Zeit einsparten. Immer wieder warf May nervöse Blicke über ihre Schulter. Sie konnte die Befürchtung einfach nicht abschütteln, dass Corvuna genaustens wusste, wo sie waren und wo sie hin ritten. Als sie endlich die vertraute Lichtung erreichten und durch die Büsche preschten, war May fast überrascht, dass die anderen noch nicht in Panik ausgebrochen waren. Shaun trug gerade pfeifend einen Eimer voller Wasser hinüber zur Pferdekoppel, als er sie sah.

„Ach komm schon, Aiden. Musst du jetzt auch noch May zu einem Wettreiten herausfordern?", sagte er schmunzelnd, als sie vor ihm zum Stehen kamen.

May war mit einem Satz aus dem Sattel und rannte auf ihn zu. Er sah die Furcht in ihren Augen und wurde sofort wieder ernst.

„Was ist geschehen?", fragte er mit derselben Ruhe, mit der er Daniel verarztet hatte.

„Die Schattenspäher sind hier! Sie wissen, dass die Lebensblume hier in der Nähe ist", brach es aus May hervor.

Suchend blickte sie sich um.

„Wo ist Reeder?"

„Er ist nicht hier", sagte Shaun perplex.

„Was? Wo ist er? Er muss es sofort erfahren. Die Schattenspäher sind auch hinter ihm her", sagte May verzweifelt.

„Jetzt setzt euch erst mal, ihr seid ja völlig außer Atem", sagte Shaun beschwichtigend, doch May wich zurück, als er ihr eine Hand auf die Schulter legen wollte.

Kapierte er denn nicht, wie wichtig das hier war?

„Wir müssen zur Höhle, wir müssen die Blume schützen", drängte sie ungeduldig.

Sie wollte sich gar nicht ausmalen, was passieren würde, wenn Corvuna vor ihnen die Höhle erreichte. Vielleicht waren sie jetzt gerade schon da und sie verschwendeten hier ihre Zeit.

„Wo ist Reeder?", wiederholte sie.

„*Mr.* Reeder, May. Und wenn du mir zuhören würdest, dann könnte ich es dir auch erklären", sagte Shaun mit einer unerwarteten Schärfe in der

Stimme.

May verstummte und tief in ihrem Inneren konnte sie ein kleines Fünkchen Scham spüren.

„Setzt euch. Bitte", sagte Shaun.

Aiden gehorchte sofort und schließlich gab auch May nach und setzte sich auf den Baumstamm am Lagerfeuerplatz, die Hände mit den Riemen ihrer Tasche verwoben. Shaun stellte den Wassereimer ab und setzte sich ihnen gegenüber auf den anderen Stamm.

„Moran ist nicht hier, weil er in der Höhle hinterm Wasserfall ist", sagte er mit sanfterer Stimme.

Aiden klappte der Mund auf und May spürte eine befreiende Erleichterung in sich.

„Schon als ihr beide ihm berichtet habt, dass ein armer Mann getötet wurde, der nur auf der Suche nach außergewöhnlichen Pflanzen und Kräutern war, kam er zu dem Schluss, es sei das Beste, den Schutz um die Lebensblume zu erhöhen. Seitdem ist er jede freie Minute dort hin gegangen und hat den Ort mit neuen Zauberbannen und Flüchen belegt", fuhr Shaun fort.

„Dann wurde dieser Kräutersammler also tatsächlich von den Schattenspähern getötet?", hauchte May entsetzt.

„Es scheint so. Vermutlich hatten sie den Verdacht, er könnte die Lebensblume von Patridinem gefunden haben, natürlich unwissentlich. Deswegen haben sie ihn angegriffen."

Wie ein Blitz durchfuhr May der plötzliche Zorn auf diese Leute und sie bereute es, am Hügel nicht gehandelt zu haben, als sie noch die Chance gehabt hatte.

„Aber sie könnten jetzt gerade am Wasserfall eintreffen. Und Mr. Reeder hat keine Ahnung", sagte May beunruhigt.

„Mach dir darüber mal keine Sorgen, Liebes. Niemand außer uns kennt das Versteck der Blume", sagte Shaun.

„Anscheinend schon. Jemand hat den Schattenspähern einen Tipp gegeben", sagte Aiden düster.

Shaun runzelte die Stirn.

„Völlig unmöglich", entfuhr es ihm.

„Doch, Shaun. Es ist wahr, wir haben es gehört", sagte May leise.

Sie sah Shaun schlucken und wie er erbleichte und als wäre dies der Auslöser, kehrte auch ihre Nervosität zurück.

„Haben sie explizit diese Höhle erwähnt? Seid ihr euch absolut sicher, dass sie diesen Ort gemeint haben?", fragte Shaun bemüht ruhig.

May und Aiden warfen sich einen schnellen Blick zu.

„Nun ja, nicht direkt. Aber sie haben die Blume erwähnt und anscheinend auch etwas über Mr. Reeder", gab Aiden zu.

„Sie wissen es! Ich weiß, dass sie es wissen", rief May.

Sie konnte nicht begreifen, wieso sie immer noch in aller Seelenruhe hier saßen, während Moran Reeder vielleicht gerade in Gefahr schwebte. Wenn die Blume in Gefahr schwebte.

„Der Schutz, der um die Blume errichtet wurde, ist sehr hoch und für einen Normalsterblichen kaum zu durchdringen. Es benötigt schon viel Geschick und gar außergewöhnliche Fähigkeiten, um so eine Barriere zu durchbrechen", wandte Shaun ein.

„Der Bezwinger des Schattens ist außergewöhnlich, oder nicht?", sagte Aiden leise.

„Wenn es stimmt, was man über ihn erzählt, dann ist er einfach schrecklich", erwiderte May schroff.

„Okay, passt auf. Ihr bleibt hier bei Daniel und ich werde zur Höhle reiten und nach Moran schauen", sagte Shaun und erhob sich.

Augenblicklich stand auch May auf.

„Ich werde mitkommen", sagte sie entschlossen.

„Nein", entgegneten Shaun und Aiden gleichzeitig.

„Aber wenn es stimmt, was Reeder sagt, dann ist es meine Pflicht, die Blume zu beschützen!", stieß May verzweifelt aus.

Shauns Miene wurde milder und er legte ihr beide Hände auf die Schultern. Dieses Mal schüttelte sie sie nicht ab.

„Niemand hat es zu deiner Aufgabe gemacht, diese Bürde zu tragen, May", sagte er mit mit Nachdruck.

„Aber der Spiegel meiner Mutter -"

„Ist nur ein Spiegel. Du fühlst dich gegenüber etwas verpflichtet, was nicht deine Bestimmung ist. Überlass das fürs Erste uns, okay?"

May schluckte und sah Shaun an. Dann nickte sie langsam.

„Okay", hauchte sie mit zitternder Stimme.

Wieso fühlte es sich nicht okay an? Wieso fühlte sie sich wie eine Verräterin? Eine Verräterin der eigenen Mutter?

Shaun nickte den beiden zu und wandte sich um, als er plötzliche inne hielt.

Aiden packte May an der Schulter und seine Finger bohrten sich schmerzhaft in ihre Haut, doch nichts war ihr in dem Moment so egal wie das. Denn sie war sich sicher, dass auch Aiden und Shaun das laute Knacken in den Sträuchern neben ihnen gehört hatten.

Kapitel 11: Aufbruch

May hielt den Atem an und ehe sie sich versah, standen Shaun und Aiden vor ihr und zogen ihre Revolver. Die Sträucher zitterten und bebten, dann teilten sie sich und plötzlich stand Moran Reeder vor ihnen, in der Hand die Zügel seines Pferdes. Als er die beiden Läufe auf sich gerichtet sah, blieb er stehen und hob eine Augenbraue.

Aiden stieß einen erleichterten Seufzer aus und senkte den Revolver, während Shaun die Augen schloss und irgendetwas Unverständliches flüsterte.

„Danke für das Empfangskomitee", sagte Reeder trocken und trat aus den Büschen.

May fand ihre Sprache zuerst wieder und sie zwängte sich an den beiden anderen vorbei.

„Ich habe Corvuna und McMilton wiedergesehen, die beiden Schattenspäher, von denen ich erzählt habe", sprudelte es aus ihr heraus.

„Wann und wo?", fragte Reeder sofort.

May fühlte eine Art Genugtuung, als Reeder ihr einfach nur zuhörte und sie nicht zuerst beruhigen wollte.

„Wir sind zum Kirschblütenhügel geritten und haben sie dort getroffen", sagte Aiden. „Das muss vor ungefähr vierzig Minuten gewesen sein."

Reeder nickte und führte sein Pferd an ihnen vorbei Richtung Koppel. May folgte ihm.

„Waren Sie bei der Höhle?", fragte sie.

Wieder nickte er.

„Corvuna sagte, sie wisse jetzt, wo die Blume ist", stieß May aus.

„Sie wird es nicht schaffen, den Schutz zu durchbrechen. Es würde sie Tage kosten, bis sie herausfindet, wie es schaffen könnte. Und selbst dann bezweifle ich, dass sie das nötige Wissen für die Umsetzung besitzt", sagte Reeder.

„Was macht Sie da so sicher?", sagte May zweifelnd.

„Das Vertrauen in meine eigenen Kräfte. Und bis jetzt hat mich das nie enttäuscht."

May schwieg und sah ihm zu, wie er sein Pferd absattelte. Er flüsterte dem Tier etwas ins Ohr und es schmiegte kurz seinen Kopf an Reeders Schulter, dann lief es zu den anderen und begann zu grasen. Mittlerweile waren auch Shaun und Aiden zu ihnen gestoßen.

Reeder beobachtete sein Pferd und in seinen schwarzen Augen spiegelte sich die Sonne.

„Ich möchte dich um einen Gefallen bitten, May", sagte er plötzlich.

Das verwunderte May so sehr, dass sie sogar ihre Sorgen um die Lebensblume vergaß.

„Ich möchte, dass du heute Abend noch deine Sachen packst."

Seine Worte trafen sie mit solch einer Wucht, dass sie das Gefühl hatte, die Welt würde sich auf einmal viel schneller drehen.

„Aber das kann ich nicht. Mr. Reeder, Sie haben mir selbst gesagt, dass die Möglichkeit besteht, dass ich die Nachfolgerin der zweiten Wächterin bin. Und wenn Sie auch nur mit dem kleinsten Funken Ihres Verstandes daran glauben, dann wissen Sie auch, dass ich jetzt nicht einfach gehen kann. Ich kann nicht in mein Dorf zurückkehren und so tun, als wäre von alldem nichts passiert. Ich muss wissen, was es mit dem Spiegel wirklich auf sich hat. Und wenn es stimmt, dass meine Mutter in mir ebenfalls eine Wächterin gesehen hat, dann muss ich alles daran setzen, ihre Aufgabe fortzuführen. Das bin ich ihr schuldig. Ich...ich muss es wenigstens versuchen", rief May und ihre Brust hob und senkte sich so schnell, als hätte sie gerade einen Sprint hingelegt.

Reeder, Aiden und Shaun starrten sie an. Flehend sah sie Reeder an.

„Ich bitte Sie. Schicken Sie mich nicht weg", wisperte sie hoffnungsvoll.

Reeder sah sie an und plötzlich und völlig unerwartet, bildete sich ein schmales Schmunzeln auf seinen Lippen, das schließlich sogar seine Augen erreichte.

„Ich schicke dich nicht weg. Ich wollte dich eigentlich bitten, mich nach Novitera zu begleiten, um dort mit dem Wächter der Sanduhr zu sprechen. Er wird uns wahrscheinlich viele unserer unermüdlichen Fragen beantworten können", sagte er.

Langsam sickerte die Erkenntnis zu May durch und ihre Wangen begannen zu glühen.

„Oh", machte sie und wusste nicht mehr, wo sie hingucken sollte.

Aiden bewegte sich neben ihr, doch sie wollte ihn nicht ansehen. Ihr Ausbruch war ihr auf einmal furchtbar peinlich und am liebsten wäre sie sofort in ihrem Zelt verschwunden und erst am nächsten Tag wieder herausgekommen.

„Ich denke, Aiden sollte uns begleiten. Es ist immer ratsamer, in einer größeren Gruppe zu reisen", fuhr Reeder fort und wandte sich dann an Shaun. „Ich möchte, dass du hier bleibst. Daniel ist noch nicht kraftvoll genug, um eine Reise anzutreten und außerdem sollte jemand in der Nähe der Höhle bleiben, so lange die Schattenspäher sich hier herumtreiben."

Shaun nickte und ein ernster Schatten lag nun auf seinem Gesicht.

„Gut. Wir werden morgen beim Schein der ersten Sonnenstrahlen aufbrechen", sagte Reeder, bevor er an ihnen vorbeiging und schließlich in der Hütte von Daniel verschwand.

„Ich werde uns mal etwas zu essen zaubern", murmelte Shaun und als er Richtung Lagerfeuerplatz lief, waren nur noch May und Aiden übrig.

Sie mied seinen Blick und starrte lieber zu den Pferden hinüber, deren Fell in der langsam untergehenden Sonne glänzte.

„Du willst also wirklich nach Novitera?", durchbrach Aiden schließlich die Stille.

May seufzte.

„Ja. Ja, ich denke schon", murmelte sie.

„Bist du sicher?"

„Ja."

Und dann schwiegen sie. Es war, als hätten sie alles Wichtige geklärt und würden jetzt in zustimmender Stille dastehen und zu den Pferden hinüber starren. Erst als der verlockende Geruch von Eintopf zu ihnen herüber wehte, ließen sie die Koppel hinter sich und setzten sich zu Shaun, der ihnen bereits jeweils eine Schale mit heißem Möhren-Kartoffel-Eintopf gefüllt hatte. Wie auch an jedem anderen Abend erzählte Shaun von seinen Reisen und scherzte über seine Begegnung mit einem Zyklopen-Riesen, der ihn mit einer wandelnden Rübe verwechselt und die ganze Zeit versucht hatte, ihn zu essen.

Aber May hörte diesmal kaum hin und lachte auch nur halbherzig über seine Scherze. In Gedanken war sie bereits in Novitera und trat dem ersten Wächter von Terquasol gegenüber.

Nach dem Essen verabschiedete sie sich rasch von Aiden und Shaun, wünschte den beiden eine gute Nacht und verschwand dann in ihrem Zelt.

Sie brauchte nicht lange, um alles Nötige in ihrer Tasche zu verstauen. Den Spiegel wickelte sie vorsichtshalber in einen dicken Pullover ein, bevor sie ihn zurück in die Tasche stopfte.

Mit einem tiefen Seufzen ließ sie sich aufs Bett fallen und vergrub ihr Gesicht in den Händen. Sie lauschte in die nächtliche Stille, die begleitet wurde vom leisen Zirpen der Grillen und dem gelegentlichen Schnauben eines der Pferde drüben bei der Koppel.

Wie hatte ihr Leben eine derartige Wendung nehmen können? Hätte man ihr vor einer Woche noch erzählt, sie würde einmal inmitten von Waldzwergen, die Socken stahlen und riesigen Custolen übernachten, während sie darauf wartete, nach Novitera aufzubrechen und einen der Wächter aufzusuchen, sie hätte demjenigen wahrscheinlich den Vogel gezeigt.

May war am nächsten Morgen noch vor Shaun, Aiden und Daniel auf den Beinen und da sie eh nicht mehr einschlafen konnte, lief sie hinüber zur Pferdekoppel, um Abadan schon einmal für den Ritt zu satteln. Kaum hatte er sie bemerkt, da trabte er ihr entgegen und schmiegte seinen schönen Kopf gegen ihren.

„Na, mein Großer", flüsterte sie ihm zu und strich durch seine seidene Mähne.

Die Wiese war mit einer silbrigen Frostschicht überzogen und die Tautropfen schimmerten sanft im morgendlichen Sonnenlicht, das sich durch die Nebelschwaden kämpfte. Shaun hatte recht gehabt. Es schien, als wäre der letzte, warme Tag schon Ewigkeiten her und May konnte nur schwer glauben, dass sie gestern noch am liebsten ihren Pullover ausgezogen hätte, da sie so geschwitzt hatte.

„Ihr werdet also wirklich gehen?"

Erschrocken wirbelte May herum. Sie hatte Daniel gar nicht kommen hören. Er stand nur wenige Schritte von ihr entfernt, die Hände in den Hosentaschen und ein schmales Grinsen im Gesicht.

„Was tust du hier? Solltest du nicht im Bett liegen und dich ausruhen?", sagte sie und konnte den leicht vorwurfsvollen Ton nicht zurückhalten.

„Ich tue seit Tagen nichts anderes. Mir fehlt die frische Luft", entgegnete Daniel und blickte sehnsüchtig zu den Pferden hinüber.

May empfand in dem Moment Mitleid mit ihm. Sie erinnerte sich, dass sie damals im Alter von zehn Jahren zwei Wochen das Bett nicht hatte verlassen dürfen, weil sie eine Grippe gehabt hatte. Das Schlimmste daran war, die Kinder von ihrem Fenster aus zu beobachten, wie sie fangen spielten oder sich mit selbst gebastelten Schwertern verfolgten.

„Ich würde alles dafür geben, endlich wieder auf einem Pferderücken zu sitzen", seufzte Daniel.

Sein Blick verdüsterte sich.

„Aber Reeder will ja unbedingt, dass ich noch warte. Mir geht es doch wieder gut, was soll dieses ganze Drama?"

„Er macht sich nur Sorgen. Du hast uns allen einen ganz schönen Schrecken eingejagt, als du vor uns einfach zusammengebrochen bist", sagte May behutsam.

„Ach ja? Sah für mich nicht so aus", brummte er leise.

May runzelte die Stirn.

„Wie meinst du das?"

„Ich war vielleicht nicht mehr ganz klar, als ich gebissen wurde. Aber ich habe genau mitgekriegt, dass Reeder sofort alles stehen und liegen lassen hat, als er diesen Spiegel gesehen hat."

May starrte Daniel mit offenem Mund an. Niemals hätte sie erwartet, dass er das tatsächlich noch mitbekommen hatte. Er hatte so krank und schwach ausgesehen.

„Reeder hat dir geholfen, Daniel. Als wir ihm erzählt haben, was passiert ist, ist er sofort mitgekommen. Er war es, der die Medizin mitgebracht hat, erinnerst du dich nicht mehr?", sagte May.

„Aber er hat mich nicht zurück zum Lager gebracht, stimmts? Das waren Shaun und Aiden. Er hatte Wichtigeres zu tun", sagte Daniel scharf.

„Daniel, das stimmt nicht. Er war sehr besorgt um dich, ehrlich", beharrte May.

„Wieso hat er mich dann nicht einmal in meiner Hütte besucht, wenn er doch so in Sorge war? Wieso kam er erst gestern Abend an, nur um mir zu sagen, dass ich mich an Shaun wenden soll, wenn ich etwas brauche?", entrüstete sich Daniel.

May fühlte sich wie vor den Kopf gestoßen. Sie musste gestehen, dass sie Moran Reeder nur schwer einschätzen konnte und war sich auch jetzt noch nicht sicher, ob sie sich gerne in seiner Gegenwart aufhielt, aber dass er nicht einmal nach Daniel gesehen hatte, wo es ihm doch so schlecht ging, überraschte sie doch.

„Egal, was soll's. Ich wünsche euch eine schöne Fahrt und dass ihr findet, wonach ihr sucht. Was auch immer das ist. Anscheinend will mich Reeder nicht mehr in seine Pläne mit einbinden", schnarrte Daniel und wandte sich von ihr ab.

„Daniel, so ist das nicht. So ist es sicher nicht", sagte May rasch, doch er hob nur die Hand zu einer wegwerfenden Bewegung und verschwand zwischen den Sträuchern und Custolen.

May sah ihm mit einem unguten Gefühl hinterher. Sie hatte es noch nie leiden können, jemanden zurückzulassen, der sauer auf sie war. Doch sie hatte keine Zeit, sich weiter Gedanken über Daniel zu machen, denn die anderen kamen soeben aus ihren Hütten.

Der Abschied von Shaun fiel May schwerer, als sie gedacht hatte. Wer konnte schon sagen, ob sie nach ihrer Reise nach Patridinem zurückkehren würde? Was wäre denn, wenn der Wächter ihr versicherte, sie sei nur ein stinknormales Mädchen mit einem völlig bedeutungslosem Handspiegel und sie solle nicht länger seine Zeit vergeuden?

„Pass auf dich auf, meine Liebe", sagte Shaun, als er sie in eine Umarmung zog.

May legte ihr Kinn auf seiner Schulter ab und biss sich auf die Lippe.

„Du auch", krächzte sie und als sie sich wieder von ihm löste, versuchte sie sich rasch an einem Lächeln.

Reeder führte die kleine Gruppe an und als May einen letzten Blick auf die Lichtung warf, stand Shaun immer noch da und winkte ihnen zu. Auf dem Weg zum Hafen sprachen sie nicht viel; jeder hing seinen eigenen Gedanken nach. Je näher sie dem Meer kamen, desto unruhiger wurde Aiden. Als May ihm einen fragenden Blick zuwarf, schüttelte er nur den Kopf und starrte auf den schmalen Weg vor ihnen.

Schon von weitem konnte sie das Stimmengewirr und das Kreischen der Möwen hören. Es roch nach Salz und Fisch und die Luft wurde feuchter und kühler. Es herrschte viel Betrieb an diesem Tag am Hafen von Lofall.

Frauen verabschiedeten sich mit blassem Gesicht von ihren Männern, Kinder hüpften aufgeregt umher und der zerzauste Hund, den May auch schon bei ihrer Ankunft gesehen hatte, lag faul unter dem Vordach eines kleinen Schuppens. An den Docks lagen mehrere, kleine Fischerboote, die auf den sanften Wellen hin und her schaukelten. Daneben schwamm ein Schiff, das dem ähnelte, mit dem May nach Patridinem gekommen war. Die Matrosen hatten schon begonnen, das Deck mit Ware zu füllen und schleppten Fässer, Kisten, Netze und sogar kleine Ställe mit Hühnern an Bord. Zu Mays Verwunderung führte Reeder sie am Schiff vorbei.

„Ich glaub, ich träume", entfuhr es Aiden neben ihr.

May konnte nur nicken, sie war zu sprachlos von dem Anblick, der sich ihnen nun bot. Vor ihnen lag ein Schiff wie kein zweites. Auf den ersten Blick erinnerte es an eines der riesigen Piratenschiffe, die May aus den Schulbüchern kannte.

Doch überall auf dem Deck standen kleine Holzhäuser, die mit Hängebrücken und Wendeltreppen miteinander verbunden waren. Am Heck befand sich ein hoher, runder Turm, dessen Spitzdach mit blauen Ziegeln gedeckt war. Verschiedenfarbige Wimpel und Lampions hingen zwischen den Häusern und Brücken und flatterten im Wind. In der Mitte des Schiffes wuchs ein Baum in die Höhe, aus dessen Blättern Wassertropfen in den schmalen Graben flossen, der um den Baum gezogen worden war. Der Graben war schon bis zum Rand gefüllt mit glitzerndem Wasser. Auch an den Seiten des Schiffes waren kleine Hütten befestigt worden und May wunderte sich, wie um alles in der Welt dieses Schiff in See stechen konnte.

May konnte sich gar nicht satt sehen an diesem prächtigen Schiff und bemerkte erst gar nicht, dass die anderen schon zum Steg geritten waren, an dem das Schiff lag.

„Lange ist's her, dass du mit mir in See gestochen bist, Moran."

Für einen kurzen Moment war May verwirrt, woher diese Stimme kam, doch dann entdeckte sie den Mann, der oben auf dem Schiff stand und zu ihnen herunter spähte. Sein pechschwarzes Haar trug er in einem lockeren Pferdeschwanz und seine Haut war so sonnengebräunt, dass May die Vermutung aufstellte, er habe das Schiff schon lange nicht mehr verlassen.

„Wir lassen die Pferde hier. Mr. Buttoncrop wird sich um sie kümmern, so lange wir weg sind", raunte ihnen Reeder zu.

May und Aiden stiegen gehorsam ab und bevor Reeder Abadan und Nero an die Zügel nahm und zu einem großen Stall am Ende des Hafens führte, strich May Abadan noch einmal über die Nüstern.

„Und damit werden wir nach Novitera segeln?", murrte Aiden neben ihr. Er starrte nervös zum riesigen Schiff hinauf. Auch sie musste zugeben, dass sie eigentlich angenommen hatte, mit einem normalen Passagierschiff zu reisen. Auf der Helianthus war es doch recht bequem gewesen und sie konnte sich beim besten Willen nicht ausmalen, wie dieses Schiff auch nur eine Meile sicher zurücklegen konnte. Reeder tauchte wieder neben ihnen auf und betrat vor ihnen den Steg.

„Wie sollen wir da hoch kommen?", flüsterte May Aiden zu, während sie hinter ihm her liefen.

Sie konnte nirgendwo eine Planke oder Ähnliches sehen, über die man an Bord gelangen konnte. Doch dann hielt Reeder an und sie begriff. Eine Strickleiter baumelte zwischen den Hütten, die an der Seite des Schiffes befestigt worden waren. Als Reeder zu klettern begann, tat May es ihm gleich und schließlich, nach längerem Zögern, folgte auch Aiden. Sie hatte schon fast die Reling erreicht, da tauchte eine Hand vor ihr auf und dankbar ergriff sie sie.

„Hey."

Vor ihr stand ein schlaksiger, dunkelhäutiger Junge, der sie mit einem breiten Lächeln angrinste. Seine Haare waren so weiß, dass May für einen kurzen Moment glaubte, sie würden leuchten.

„Hallo", sagte sie.

„Ich bin Robert", lächelte er.

„Ich bin May."

„He, ihr zwei! Quatschen könnt ihr auch nachher!", polterte der Mann mit dem Pferdeschwanz, der bereits in ein angeregtes Gespräch mit Reeder vertieft war.

„Aye Aye, Captain!", rief Robert, zwinkerte May zu und schnappte sich einen Eimer und einen Wischmopp.

Mit einem leisen Stöhnen tauchte Aiden hinter ihr auf und schwang seine Beine über die Reling. May fiel auf, dass er ziemlich blass aussah. Doch bevor sie ihn darauf ansprechen konnte, erschienen Reeder und der sonnengebräunte Mann neben ihnen. Von seinem langen Mantel hingen Muscheln, Perlen, Federn und Münzen in verschiedenen Größen und Farben und an seinem Gürtel erkannte May den Griff eines Säbels.

„Ihr müsst dann wohl Aiden Joseph und Maybelle Stacks sein", stellte er fest und sah von Aiden zu May und wieder zurück.

Sie nickten. Sein Blick blieb an Aiden hängen.

„Ja, Reeder hat mir viel über dich erzählt", sagte er ausdruckslos.

Aiden zog die Stirn in Falten, sagte jedoch nichts.

„Das ist Arthur Wincelton und er ist der Captain der Aurora", sagte Reeder und machte eine ausschweifende Bewegung mit dem Arm.

„Eure Kajüten findet ihr am Ende der Treppe auf der rechten Seite. Grachlas wird sie euch später zeigen", sagte Captain Wincelton.

May wunderte sich noch, wer um alles in der Welt Grachlas war, da trat

Aiden neben ihr einen Schritt nach vorne. Sein Gesicht war nun so weiß wie Roberts Haar und in seinen Augen schimmerte Furcht.

„Kajüten? Wie…wie lange werden wir denn unterwegs sein?", brachte er stammelnd hervor.

„Wenn wir jetzt sofort aufbrechen, werden wir den Hafen von Novitera in der Morgendämmerung erreichen, schätze ich", sagte Captain Wincelton.

„In der Morgendämmerung? Wir werden über Nacht segeln?", stieß Aiden aus.

May runzelte die Stirn. Natürlich hatte auch sie sich gewünscht, Novitera möglichst schnell zu erreichen, aber Aidens Verhalten beunruhigte sie zutiefst. Er schien geradezu in Panik auszubrechen.

„Nun, natürlich könnt ihr auch mit einem anderen, schnelleren Schiff reisen", erwiderte Captain Wincelton mit schnippischem Unterton.

„Nein. Natürlich nicht, Arthur. Es ist alles in Ordnung", sagte Reeder und bedachte Aiden mit einem scharfen Blick.

May fand, dass Aiden nicht gerade nach alles in Ordnung aussah, sagte aber nichts. Anscheinend war es Reeder wichtig, dass sie sich nicht mit dem Captain anfeindeten.

„Gut. Moran, du weißt, wo du mich findest", sagte Captain Wincelton, nickte ihnen kurz zu und lief dann mit großen, zielstrebigen Schritten über das Deck.

Er legte die Finger an den Mund und stieß einen schrillen, durchdringenden Pfiff aus. Fünf Sekunden tat sich überhaupt nichts, doch dann öffneten sich die Türen der Hütten und May klappte verblüfft der Mund auf. Jetzt kannte sie auch den Grund, weshalb die Hütten alle unterschiedlich groß waren.

Aus einer besonders kleinen Hütte mit runder Eingangstür kamen drei winzige Zwerge gelaufen; der Größte von ihnen hatte eine Glatze, der Zweite einen langen, buschigen Bart und der Letzte war wohl eine Zwergin. Lange, geflochtene Zöpfe schlackerten ihr beim Rennen um das pausbäckige, freche Gesicht.

Dann erbebte das Schiff und Mays erster Gedanke war ein Erdbeben. Doch plötzlich keuchte Aiden neben ihr auf und deutete auf die größte Hütte, aus der soeben ein riesiger Minotaurus gestiegen war. Sein Körper war der eines athletischen, ausgewachsenen Mannes, während sein Kopf dem eines Stiers ähnelte. Seine spitzen Hörner glänzten im Sonnenlicht.

Als sich die letzte Tür öffnete, war May zunächst überrascht, dass sie niemand herauskommen sah. Doch dann hörte sie das Rascheln der Flügel, bevor sie sie sah. Eine Frau mit pechschwarzem, gelockten Haar flog aus der Hütte hinter den anderen her. Aus ihrem Rücken, an der Stelle ihrer Schulterblätter, sprossen zwei mächtige blaue Flügel.

„Darf ich vorstellen: Captain Winceltons Mannschaft", sagte Reeder, der sich ein Schmunzeln nicht verkneifen konnte, als er die verblüfften Gesichter von May und Aiden sah.

Kapitel 12: Eine nicht ganz normale Seefahrt

May erkannte sehr schnell, dass mit dem glatzköpfigen Zwerg nicht gut Kirschen essen war. Aiden lernte es auf die harte Tour. Als der Zwerg seinen starrenden Blick auffing, streckte dieser ihm die Zunge heraus.

„Was glotzt du so blöd?", fauchte er.

Aiden blinzelte perplex.

„Entschuldige, es war nicht meine Absicht..."

„Noch nie nen Zwerg gesehn, wat?", rief die pausbäckige Zwergin mit einem breiten Grinsen.

Langsam schüttelten May und Aiden den Kopf. Sie kannten zwar die Wawigglers aus dem Custolen-Wald, doch das war etwas ganz anderes. Die kleinen Waldzwerge konnten schließlich weder reden, noch trugen sie Säbel an ihrer Kleidung.

„Ihr seid wirklich Zwerge?", fragte May neugierig.

Der glatzköpfige Zwerg verdrehte die Augen.

„Ne, uns allen wurde nach der Geburt auf den Kopf geschlagen und jetzt sind wir halt so klein."

Er drehte sich um und machte sich daran, den Anker einzuholen.

„Ach komm schon, Grachlas. Sei nett zu den Menschlingen!", rief die pausbäckige Zwergin.

„Das ist also Grachlas?", murmelte Aiden leise, sodass nur May ihn hören konnte.

Die pausbäckige Zwergin schüttelte den beiden gleichzeitig die Hand.

„Mein Name ist Skara und der Brummbär da, dat ist Grachlas", sagte sie.

May und Aiden stellten sich rasch vor und schenkten ihr ein Lächeln.

„Skara! Komm her! Du wirst schließlich nicht fürs Herumstehen bezahlt!", polterte Grachlas, der mit vor Anstrengung gerötetem Kopf an einem Seil zog.

„Als würdn wir bezahlt werdn", flüsterte sie ihnen zu, zwinkerte und lief hinüber zu Grachlas, um ihm zu helfen.

May sah ihnen halb sprachlos, halb belustigt dabei zu, wie sie am Tau zerrten und den Anker einholten.

„Ich hatte ja keine Ahnung, dass wir mit Zwergen segeln werden", lachte May. Sie fühlte sich, als würde sie mitten in einem ihrer verrückten Träume stecken. Aiden zuckte nur mit den Achseln. Plötzlich ging ein kräftiger Ruck durch das Schiff und May wäre zu Boden gefallen, hätte Aiden sie nicht rechtzeitig aufgefangen. Mit einem verlegenen Räuspern ließ er sie wieder los und tat so, als würde er sich brennend für die riesigen Segel interessieren, die nun im Wind flatterten.

May drehte sich um und sah, wie sie den Hafen langsam hinter sich ließen. Bald waren sie so weit vom Hafengelände entfernt, dass die Menschen wie Ameisen aussahen und der große Berg dahinter glich einem kleinen Hügel. May war es gewohnt, auf einem Schiff oder einem Boot unterwegs zu sein. Immerhin war ihr Vater Fischer und hatte sie schon im Alter von einem Jahr mit aufs Boot genommen. Dennoch war sie noch nie auf so einem großen und dann auch noch so außergewöhnlichen Schiff gewesen. Sie konnte es gar nicht erwarten, alles genau zu erkunden.

Doch als sie sich umdrehte, blieb ihr Blick an Aiden hängen, der die Reling aus einem sicheren Abstand von drei Metern beäugte, als wäre sie ein schreckliches Seemonster.

„Du bist doch nicht etwa seekrank, oder?", sagte sie schmunzelnd.

Er schüttelte den Kopf, während seine Augen starr auf den Punkt am Horizont gerichtet waren, an dem Patridinem nur noch als schwacher Umriss zu erkennen war. Langsam verschwand Mays Lächeln und behutsam legte sie ihm eine Hand auf die Schulter.

„Hey, alles in Ordnung?", sagte sie leise.

Aiden schluckte und nur mit viel Mühe riss er sich vom Anblick der seichten Wellen los.

„Ich bin nicht gerne auf einem Schiff", gab er schließlich zu.

Seine Stimme war so leise und heiser, dass May sich ganz dicht neben ihn stellen musste, um ihn zu verstehen.

„Das ist ziemlich unpraktisch, im Angesicht der Tatsache, dass wir dieses Schiff erst morgen früh wieder verlassen werden", sagte May mit hochgezogenen Augenbrauen.

Aiden stöhnte verzweifelt auf. Sein Blick war mittlerweile nahezu apathisch auf das Meer gerichtet; Patridinems Umrisse waren gänzlich in der Ferne verschwunden.

„Also bist du doch seekrank?", mutmaßte May.

Aiden schüttelte den Kopf und schloss resigniert die Augen.

„Ich hasse es nur, zu wissen, dass ich nicht jederzeit an Land gehen kann. Ich bin umringt von Wasser und das...macht mir Angst", murmelte er leise.

May wollte schon fragen, wieso er so viel Angst vor dem Meer hatte, doch dann traf es sie wie ein Schlag. Sie erinnerte sich daran, wie Aiden ihr erzählt hatte, wie er nach Custol Hill gekommen war. Wie seine Eltern ihn verkauften, wie er schließlich entführt wurde und wie seine Entführer ihn als kleinen Jungen in einen See geworfen haben...

„Oh Aiden", stieß sie atemlos aus.

Sie fühlte sich plötzlich furchtbar schuldig, immerhin waren sie gerade zum Teil wegen ihr auf diesem Schiff.

„Ist schon okay. Ehrlich. Ich muss mich nur daran gewöhnen, das ist alles", erwiderte Aiden hastig.

May sah ihn lange an und spürte, wie ihre Züge immer sanfter wurden. Aidens Blick flackerte ständig nervös zum Meer hinüber.

„Es ist nicht okay. Schrei mich von mir aus an oder wirf irgendwelche Sachen über Bord, aber rechtfertige niemals, was dir angetan wurde. Das ist alles andere als okay", sagte sie.

Aiden erwiderte ihren Blick und zum ersten Mal hörte er auf, auf die Wellen zu starren.

„He, Menschlinge!"

Erschrocken drehten sich um und fanden sich Grachlas, dem grummeligen Zwerg gegenüber. Er hatte die Hände hinterm Rücken verschränkt und schien sich um einen höflichen Ton zu bemühen.

„Ich zeig euch, wo ihr schlaft", brummte er. Er wartete ihre Antwort nicht ab, drehte sich auf dem Absatz um und stiefelte mit seinen kurzen Beinen davon. May sah Aiden verblüfft an und sah, dass er sich nur mit großer Mühe das Grinsen verkneifen konnte.

„Na, dann sollten wir den Stinkstiefel nicht warten lassen."

Grachlas führte sie zu einer schmalen, knorrigen Holztreppe, deren Stufen allesamt mit Algen und kleinen Muscheln besetzt waren. May klammerte sich fest ans Geländer, um nicht auszurutschen. Die Stufen endeten an einem engen, dunklen Gang, der nur durch zwei Fackeln beleuchtet wurde. Rechts an der Wand befanden sich drei rundliche Türen; Grachlas öffnete die erste und bedeutete den beiden mit einem Kopfnicken, einzutreten. Aiden ließ May den Vortritt und sie musste sich bücken, um durch die Tür zu passen. Überraschenderweise war der Raum, in dem sie nun stand, recht groß.

Die Wand gegenüber bestand aus einer einzigen Glasscheibe, hinter der May das Wasser sehen konnte. Erstaunt trat sie näher und spähte neugierig hindurch. Die Wasseroberfläche befand sich direkt auf ihrer Augenhöhe und immer wieder schlugen die Wellen gegen das Glas. Sie mussten sich in einer der Hütten befinden, die außen am Schiff angebracht waren.

Hinter May zwängte sich Aiden durch die Tür und schließlich folgte Grachlas, der keine Probleme dabei hatte. Gelangweilt beobachtete er sie dabei, wie sie sich neugierig umsahen. Es gab einen Schreibtisch, in der einen Ecke hing eine Hängematte und sogar ein kleines abgeschottetes Bad konnte May entdecken.

„Wenn ihr irgendetwas braucht, wendet euch an einen von uns, tut mir den Gefallen und fragt nicht mich", grummelte Grachlas und verschränkte die Arme vor der Brust.

Aiden zog eine Augenbraue hoch und stellte ein Glas voller merkwürdig aussehender Schnecken zurück in den Wandschrank.

„Danke, den Rat werden wir uns zu Herzen nehmen", schnaubte er kopfschüttelnd.

„Das nächste Zimmer ist deins", sagte Grachlas an Aiden gewandt.

Er wartete nicht einmal mehr sein Nicken ab, da rauschte der Zwerg auch schon aus dem Zimmer und warf die Tür hinter sich zu. May bestaunte derweil die Decke, die aussah, als wäre sie aus glitzernden und funkelnden Schuppen gefertigt worden.

„Faszinierend, nicht wahr?", hauchte sie ehrfürchtig.

„Klar", brummte Aiden, der die Arme vor der Brust verschränkt hatte.

„Was ist das für ein Schiff?", murmelte sie.

„Was auch immer es ist, es ist mir nicht geheuer", gab Aiden grummelnd zurück.

„Kommst du mit?", sagte sie plötzlich.

„Wohin?", fragte er verwirrt.

„Na, an Deck. Ich möchte mir diesen Baum genauer ansehen. Hast du gesehen, dass seine Blätter geregnet haben?", rief sie.

„Blätter, die regnen können? Du musst mal deine Augen untersuchen lassen, das klingt wie aus einem Märchen."

Doch May sollte Recht behalten. Kaum hatte Aiden seine Tasche in seine Kajüte gebracht und war mit ihr wieder an Deck, lief May aufgeregt zum Baum und blieb dicht vor dem Graben stehen. Von den großen, gezackten

Blättern, die die bläuliche Farbe des Meeres auffingen und widerspiegelten, fielen feine Tropfen, die im Graben aufgefangen wurden. Aiden umkreiste den Baum nicht nur einmal, doch konnte sich einfach keinen Reim darauf machen, weshalb die Blätter Wasser abgaben. Es hatte nun schon seit Tagen nicht mehr geregnet und selbst die höchsten Wellen kamen nicht so hoch, um den Baum zu erreichen.

„Das kann gar nicht sein", murmelte er stirnrunzelnd, da landete eine Hand auf seiner Schulter und erschrocken zuckte er zusammen.

„Das ist der Lignotus-Baum, einer der letzten, die es in Terquasol gibt", sagte Robert und strahlte sein breitestes Grinsen.

„Das Wasser, das er in seinen Wurzeln produziert, wird durch den Stamm nach oben geleitet und schließlich, wenn der Zeitpunkt gekommen ist, durch seine Blätter abgegeben. Seht her."

Er beugte sich über den Graben und zupfte eines der Blätter vorsichtig vom Zweig. Neugierig traten May und Aiden näher.

„Seht ihr die feinen Äderchen? Wenn das Wasser durch sie hindurchfließt, öffnen sie sich und lassen das angestaute Wasser ab, ähnlich wie eine Regenwolke", erklärte er.

Dann langte er in seine Hemdtasche und fischte einen kleinen Zinnbecher hervor. Er schöpfte eine Handvoll Wasser aus dem Graben und reichte ihn dann an May weiter.

„Probier ruhig. Nirgendwo wirst du besseres Wasser finden als das aus einer Lignotus-Pflanze."

May setzte den Becher an die Lippen und trank. Kaum hatte das kühle Wasser ihre Kehle gefüllt, durchströmte sie eine wohlige Wärme und auf einmal hatte sie das Gefühl, um einiges leichter zu sein. Rasch reichte sie den Becher an Aiden, der ebenfalls ein paar Schlucke nahm. Er schien eine ähnliche Reaktion zu spüren, denn seine Augen weiteten sich überrascht und mit einem schmalen Lächeln gab er Robert den leeren Becher zurück.

„Ihr kommt also aus Patridinem?", fragte Robert neugierig.

„Er schon. Ich komme eigentlich aus Apunima", antwortete May.

Robert bekam große Augen.

„Oh, wirklich? Meine Großeltern wohnen in Apunima. Ist immer schön, wenn wir da mal vorbeikommen."

„Kommt ihr denn oft dort vorbei?", fragte May.

Robert zuckte mit den Schultern.

„Naja, nicht öfter als an den anderen Ländern auch. Der Captain ist lieber auf dem Meer und deswegen versuchen wir nie länger als eine Woche irgendwo anzulegen", sagte er.

Aiden machte ein ungläubiges Geräusch. Für ihn schien der Gedanke, ununterbrochen auf einem Schiff festzusitzen, unerträglich.

„Woher kommst du, Robert?", fragte May.

„Wo ich geboren wurde, meinst du? In Cantus. Aber ganz ehrlich, ich fühle mich schon lange mehr auf diesem Schiff zu Hause, als irgendwo anders", sagte er lächelnd.

„Ach wirklich?", murmelte Aiden.

„Captain Wincelton mag zwar manchmal etwas streng sein, aber was soll man machen, er ist der Captain. Außerdem ist er sehr gerecht und seit ich mit ihm und der Crew segel, muss ich nie wieder hungern oder Angst davor haben, kein Dach über dem Kopf zu bekommen", strahlte Robert.

Er drehte sich um und deutete auf die höchste Hütte, die nur über eine wackelige Hängebrücke zu erreichen war.

„Seht ihr die Hütte da ganz oben? Das ist meine", verkündete er stolz.

„Wie ist es überhaupt möglich, dass dieses Schiff, naja, schwimmen kann?", fragte May.

„Weißt du, darüber habe ich mir am Anfang auch immer wieder den Kopf zerbrochen. Aber wenn du länger mit dem Captain auf See bist, kommen dir solche Fragen total sinnlos vor. Er lebt frei nach dem Motto ‚Nichts ist unmöglich'."

„Du himmelst Arthur wirklich an, Rob."

Eine rauchige Frauenstimme ertönte über ihren Köpfen und als May aufsah, entdeckte sie die geflügelte Frau auf einem Mastpfosten sitzen, hoch oben über ihren Köpfen mit überschlagenen Beinen.

„Es wäre echt schön, wenn du diese nervige Angewohnheit endlich ablegen würdest, andere Leute zu belauschen, Dhalia", sagte Robert verstimmt.

Dhalia rollte mit den Augen, erhob sich dann in die Lüfte, wobei ihre Flügel raschelten und schwirrten und landete dann elegant vor ihnen. May fiel auf, dass sie gar keine Schuhe trug. Ihre Augen waren so blau wie Diamanten.

„Es kommt nicht oft vor, dass Menschen auf der Aurora mitreisen", sagte sie, als hätte sie Robert nicht gehört.

„Ich bin May und das ist Aiden", sagte May höflich.

Dhalia nickte, reichte ihnen aber im Gegensatz zu Skara und Robert nicht die Hand.

„Was ist mit ihm? Hat er was Falsches gegessen oder sieht er immer so furchtbar aus?", sagte sie plötzlich und starrte Aiden an.

Verwundert drehte May ihren Kopf. Tatsächlich war Aiden wieder etwas blasser im Gesicht und geradezu verbissen versuchte er den Blick zum Wasser zu meiden.

„Oh, nein. Er...fühlt sich im Moment nur nicht so gut", sagte May eilig.

Dhalia hob eine Augenbraue und betrachtete Aiden mit einem derart kühlen Blick, dass May sich unsicher auf die Lippe biss.

„Dann soll er mir ja nicht zu nahe kommen. Wir Harpyien reagieren äußerst empfindlich auf normalsterbliche Krankheiten", sagte sie mit gerümpfter Nase.

„Dhalia, lass es", zischte Robert.

Ihm war es sichtlich unangenehm, dieser Unterhaltung beizuwohnen. Sie warf ihm einen ebenso herablassenden Blick zu, dann schnalzte sie mit der Zunge und erhob sich wieder in die Lüfte.

„Ich sehe sowieso keinen Grund, mich länger mit euch herumzuschlagen", sagte sie kühl und im nächsten Atemzug flatterte sie davon und verschwand zwischen den Hütten und Treppen. Robert sah die beiden zerknirscht an.

„Tut mir wahnsinnig leid. Dhalia ist nicht ganz einfach, müsst ihr wissen. Sie hält viel von sich, weil sie aus einer Familie der Harpyien stammt und davon gibt es wirklich nicht mehr viele. Vielleicht so um die Fünfzig, vielleicht auch weniger", meinte er.

„Ich habe mir Harpyien immer ganz anders vorgestellt", sagte May nachdenklich.

„Ja, das sagen viele, wenn sie Dhalia sehen. Das hört sie gar nicht gerne. Immerhin kennen viele den Unterschied einer Harpyie und eines geflügelten Dämonen nicht und dann kann es schon mal echt peinlich werden", grinste Robert.

Sie verbrachten noch den restlichen Tag mit ihm und halfen, das Deck zu schrubben und einer der Hängebrücken einen neuen Anstrich zu verpassen. Es war nicht leicht, in elf Metern Höhe auf einer klapprigen Brücke Pinsel und Farbeimer zu balancieren, doch am Ende waren sie ganz zufrieden mit dem Ergebnis.

Robert erzählte ihnen von seiner Heimat und dass sein Vater unbedingt darauf bestanden hatte, dass er mindestens ein Musikinstrument erlernte, bevor er irgendetwas anderes tat. Also brachte er sich in drei Nächten Gitarre bei und stach nur eine Woche später das erste Mal mit Captain Wincelton und der Aurora in See. Er erzählte ihnen auch, dass der Minotaurus Brooks genannt werden mochte und einmal mit seinen bloßen Händen ein ganzes Fischerboot in die Luft gehoben hatte.

Als sich der Himmel langsam orange-violett färbte und die Wasseroberfläche golden schimmerte, verabschiedeten sie sich von Robert und versprachen, zum Abendessen wieder an Deck zu sein.

Die Stille, die May in ihrer Kajüte erwartete, war erdrückend und erleichternd zugleich. Sie stieß ein erschöpftes Seufzen aus, schälte sich aus den Stiefeln und ließ sich völlig ausgelaugt in die Hängematte fallen. Sie musste grinsen, als sie an das Gesicht ihres Vaters dachte, wenn sie ihm erzählen würde, dass sie auf einem schwimmenden Dorf gewesen war. Ihre Augen wurden schwerer und ihr Bein rutschte über den Hängemattenrand und baumelte in der Luft. Die Wellen schlugen sanft gegen die Scheibe, immer und immer wieder, so lautlos, so besänftigend...

Ein riesiges Stundenglas stand vor ihr, mit Flügeln und Hörnern und als sie das Glas berührte, bildeten sich tausend kleine Risse. Erschrocken wollte May zurückweichen, doch ihre Füße steckten in einem Farbeimer fest. Plötzlich erschien Daniel hinter der Sanduhr und seine Lippen verzogen sich zu einem hämischen Lächeln.

„Hättet ihr mich miteinbezogen, wäre das nicht passiert", sagte er kalt.

May wollte schreien, doch kein Ton kam ihr über die Lippen und plötzlich, mit einem ohrenbetäubenden Knall zerbarst die Sanduhr.

„May! Bist du da drin? Komm endlich, May, die anderen warten sicher schon."

Erschrocken riss May die Augen auf und fiel beinahe aus der Hängematte. Irritiert fuhr sie sich übers Gesicht.

„Ja, ja, ich komme sofort! Geh du schon mal vor", rief sie Aiden zu und im nächsten Moment hörte sie Schritte, die sich von ihrer Tür entfernten.

Seufzend fuhr sie sich übers Gesicht und schwang die Beine aus der Hängematte. Sie fühlte sich erschöpfter als vor ihrem kurzen Schlaf und am liebsten hätte sie sich einfach wieder hingelegt. Aber das ging nicht. Die anderen warteten darauf, dass sie zum Essen erschien.

Abermals seufzte sie und sprang aus der Hängematte. Wenn sie daran dachte, jetzt zwischen Grachlas und Dhalia zu sitzen und sich bissige Kommentare anhören zu müssen, wurde ihr schwindelig. Sie entschied sich spontan dazu, ihre Stiefeln dazulassen, verstaute ihre Tasche vorsichtshalber im Wandregal und schlüpfte dann aus der Kajüte.

Verwirrt zog sie die Augenbrauen zusammen. Kaum hatte sie die Tür hinter sich zugezogen, drangen leise Klänge zu ihr herunter. Als sie die mit Muscheln besetzte Treppe empor stieg, konnte sie ganz deutlich eine fröhliche Melodie erkennen, begleitet von Gitarren und Gelächter. Sie ließ die letzten Stufen hinter sich und erreichte das Deck.

Es war deutlich kühler geworden und ein leichter Wind blies über das Schiff. May strich sich ihr Haar hinters Ohr und lehnte sich mit verschränkten Armen gegen einen Pfosten, während sie das Treiben an Deck beobachtete. Sie musste zugeben, die kleine Stadt auf dem Schiff war bei Nacht ein fast noch faszinierender Anblick. Die Lampions waren entzündet worden und die übrigen Laternen und Fackeln warfen lustige Schatten an die Wände.

Robert saß auf einem Fass und spielte auf einer Gitarre, während der Minotaurus Brooks und Captain Wincelton ein Lied in einer Sprache schmetterten, die May nicht verstand. Grachlas tanzte um sie herum, in den Händen eine winzige Violine, mit einem Bogen, dem bereits einige Haare fehlten. Nicht weit davon entfernt saßen Reeder und Aiden, die es sich auf ein paar Kisten gemütlich gemacht hatten und Suppe löffelten.

Für den Bruchteil einer Sekunde verspürte May den Drang, sich einfach zu ihnen zu setzen; Aiden sah viel entspannter aus, als bei ihrer Abfahrt, der köstliche Geruch der frischen Suppe ließ Mays Magen knurren und selbst Reeder wirkte nicht mehr so ernst. Doch dann dachte sie an den Spiegel, der unten in ihrer Tasche lag und sie dachte auch an das bevorstehende Treffen mit dem ersten Wächter und ihre Hochstimmung verpuffte sofort.

„Du tanzt wohl nich, hm?"

Erschrocken wirbelte May herum. Die pausbäckige Zwergin Skara stand vor ihr, eine Hand in die Seite gestemmt und ein freundliches Lächeln im Gesicht. Sie hatte ihre Zöpfe gelöst und nun hing ihr das goldene Haar bis zur Taille.

„Ich...ich wollte eigentlich nur etwas zu essen holen", stammelte May verlegen. Skara nickte verstehend und ihr Lächeln wurde weicher.

„Natürlich, Schätzchen. Komm, ich zeig dir, wo du wat essen kannst."

Sie ging voraus und führte May eine wackelige Wendeltreppe hinauf, über eine recht schiefe Hängebrücke und schließlich zu einer Hütte, die schon von weitem einen köstlichen Geruch ausströmte. May lief das Wasser im Mund zusammen.

In der Hütte war es warm und hell. In einem kleinen Kamin in der Ecke knisterte ein Feuer, über einer winzigen Küchenzeile hingen Pfannen und Töpfe und in der Mitte des Zimmers stand ein langer Tisch voller Teller und Zinnbecher. Während Skara sofort zum Herd hinüber wuselte, deutete sie auf die Holzbank, die am Tisch stand.

„Setz dich ruhig, Liebes, ich mach dir wat Leckeres zu futtern", sagte sie und hatte bereits einen Kochlöffel in den Händen. May ließ sich auf der Bank nieder und sah sich neugierig in der Hütte um. Auf der einzigen Fensterbank standen zahlreiche Blumentöpfe und in einem von ihnen steckte eine Pflanze, deren Ranken bereits bis zum Boden gewachsen waren. Aus einer Tür, die anscheinend zum Schlafzimmer der Zwergin führte, drang ein dröhnendes Schnarchen und kurz darauf folgte ein Husten.

„Magst du lieber Kartoffelsalat oder Kartoffelpüree?", fragte Skara, die in zwei Töpfen auf einmal rührte. May öffnete den Mund, doch Skara winkte ab.

„Ach wat, ich mach einfach beides, nich?"

Die Tür zum Schlafzimmer öffnete sich und heraus kam ein weiterer Zwerg, mit müden Augen und einem dichten Vollbart. Seine Augenbrauen waren so buschig, dass sie sein halbes Gesicht verdeckten. Schlaftrunken stolperte er zum Tisch und ließ sich auf der Bank gegenüber von May nieder. Mit einem Gähnen streckte er sich und fuhr sich übers Gesicht.

„Na, auch mal wieder da? Ich dachte schon, du verpennst den ganzen Abend", sagte Skara kopfschüttelnd und warf einen kurzen Blick auf den gähnenden Zwerg.

„So ne Seefahrt macht eben müde", brummte der bärtige Zwerg und schenkte sich ein stark alkoholisch riechendes Getränk aus einem Zinnkrug in den Becher.

„Ach wat, ich segel schließlich auch und wat mach ich? Steh am Herd und koch dir wat Feines, du Stinker", sagte Skara. „Außerdem solltest du dat langsam mal gewohnt sein."

„Hast du mich grad Stinker genannt?"

„So, bitte schön, Schätzchen. Lang tüchtig zu, du siehst ja ganz dürr aus", sagte Skara, den bärtigen Zwerg ignorierend und stellte bergeweise Essen auf den Tisch. Es gab Steak, Kartoffelpüree, Kartoffelsalat, Erbseneintopf,

Würstchen im Schlafrock und sogar herrlich dampfende Waffeln.

„Nanu? Wer bist du denn?"

Der bärtige Zwerg hatte May erst jetzt bemerkt und starrte sie aus verwirrten Augen an.

„Dat ist May und sie ist heut unser Gast. May, Liebes, dat ist mein Mann, ein alter Griesgram, Ofrael", sagte Skara und setzte sich neben Ofrael an den Tisch.

„Ein Menschling in unserem Haus? Soll das nicht Unglück bringen?", sagte Ofrael, doch musterte May mit neugierigem Blick.

„Ach, red keinen Stuss, Offi. May, nimm ruhig noch mehr von dem Salat, wir haben genug da."

Skara goss ihr etwas Traubensaft ein.

„Und was machst du, wenn du mal nicht auf einem so prächtigen, wundervollen-"

„Ofrael, bitte!"

„-tollen, beeindruckenden Schiff unterwegs bist, wie dieses hier?"

„Ähm, ich...ich lese sehr gerne. Und ich schreibe", antwortete May zögernd.

„Schreiben? So richtig mit Buchstaben und Worten und so?", sagte Ofrael mit gerunzelter Stirn. Skara verdrehte die Augen und stieß ihn mit dem Ellbogen an.

„Nur weil du nie gelernt hast, wie dat geht, heißt dat nich, dass dat niemand kann."

May stocherte in ihrem Kartoffelpüree herum und auch wenn ihr Magen ganz schrecklich knurrte, war ihr der Appetit vergangen. Das dumpfe Gefühl, dass sie seit ihrem Aufbruch aus Patridinem verfolgte, wurde immer stärker.

„Liebes, ich seh doch, dat es dir nich gut geht!", stieß da Skara plötzlich aus. May biss sich auf die Lippe. War es so offensichtlich? Langsam schob sie den Teller von sich. Skara sah sie aus mitfühlenden Augen an, während Ofrael ein Würstchen nach dem anderen in sich hinein schaufelte.

„Wat bedrückt dich, Schätzchen?"

May holte tief Luft und knetete nervös ihre Finger unterm Tisch.

„Wart ihr schon einmal in Novitera?", begann sie langsam.

Beide nickten.

„Oh, ein Land, das mich irgendwann noch um den Verstand bringen wird! Die Menschen da sind ja ganz nett und so, aber mit ihren Häusern kann ich einfach nichts anfangen. Zu viel Krimskrams, zu viel -"

Skara schnitt ihrem Mann das Wort ab.

„Ofrael, jetzt ist aber mal Schluss. Es geht jetzt nich um dich, kapiert?"

Beleidigt schnappte er sich noch ein Würstchen und biss schmollend hinein.

Skara wandte sich wieder May zu und ihre Augen funkelten verstehend.

„Wenn du Angst vor einem fremden Land hast, dann ist dat überhaupt nicht schlimm oder so, Liebes. Hab keine Angst, Novitera ist ein wirklich schönes Land, dat wird dir gefalln", sagte sie sanft.

May schüttelte rasch den Kopf.

„Das ist es nicht. Ich..."

Sie zögerte. Konnte sie den beiden vertrauen? War es nicht sowieso schon riskant genug, dass sie den Spiegel mit den eingravierten Lebensblumen unbeaufsichtigt in ihrer Kajüte ließ? Durfte sie überhaupt mit jemand anderem darüber sprechen oder würde Reeder dann furchtbar sauer auf sie sein?

„May?", sagte Skara vorsichtig.

Sie schreckte aus ihren Gedanken und biss sich unsicher auf die Lippe. Und gerade als sie sich entschieden hatte, sich ihnen anzuvertrauen, ertönte ein ohrenbetäubender Knall, der das ganze Schiff beben und sie von den Bänken stürzen ließ.

Kapitel 13: Der Wächter der Sanduhr

Mit schmerzverzerrtem Gesicht rieb sich May das Knie, das sie sich beim Sturz an der Tischkante angestoßen hatte. Irgendwo neben sich hörte sie Ofrael stöhnen. Die Blumentöpfe waren von der Fensterbank gefallen und zerschellt. Teller, Gläser, Messer und Töpfe lagen wild verstreut auf dem Boden und Ofrael rieb sich fluchend den Hinterkopf.

May wollte aufstehen und zu ihm gehen, da folgte ein weiterer Knall, ein erneutes Beben und erschrocken krallte sich May am Tisch fest. Die Wände zitterten und das Geschirr klirrte. Erst als das Beben abebbte, traute sich May zu sprechen.

„Was zur Hölle war das?"

Ofrael half gerade seiner Frau auf die Beine, die sich den Staub von den Klamotten wischte. Seine Augen verengten sich zu schmalen Schlitzen, als er im Raum umher sah, als suche er nach dem Auslöser der Explosionen. All seine Trägheit war auf einen Schlag wie ausgelöscht.

„Seelenfallen", raunte er.

„Was?", sagte May, die glaubte, sich verhört zu haben.

Sie kannte Seelenfallen. Sie war in einem ihrer Bücher auf diesen Begriff gestoßen. Wenn man den Geschichten traute, dann waren Seelenfallen schon vor Jahrhunderten auf dem Meeresgrund errichtet worden, um die Seelen der auf See gefallenen Männer und Frauen einzufangen. May hatte nie viel Wahrheit hinter diesen Texten gesehen, da meistens von grauenhaften Kreaturen der Meere gesprochen wurde, die die Seelenfallen errichteten.

„Wir müssen direkt über einem Riff von Seelenfallen sein", hauchte Ofrael. Erst als er zur Kommode neben der Tür hechtete und sein Säbel nahm, kam wieder Leben in May. Mit vor Entsetzen geweiteten Augen starrte sie den Zwerg an.

„Aber was hat diese Explosionen verursacht?", sagte sie nervös.

„Dat waren keine Explosionen, Liebes", wisperte Skara.

„Nicht?"

„Nein. Das waren die Seelensucher. Sie leben weit unter der Meeresoberfläche und zeigen sich nur selten. Sie bleiben lieber unter ihresgleichen, als unter Lebendigen. Aber manchmal, wenn ein Schiff über sie hinweg zieht, dann erwachen sie und kommen bis zur Oberfläche. Oder weiter", sagte

Ofrael düster.

May schluckte. Der Gedanke, dass ein monströses Wesen in diesem Augenblick unter dem Schiff war, bereitete ihr Gänsehaut.

„Was heißt weiter?", sagte sie unsicher.

Wollte sie die Antwort überhaupt hören?

„Wenn sie lange keine Seelen mehr in ihren Fallen gefangen habn, dann werden sie ungeduldig. Sie versuchn, sich ihre Opfer selber zu holen", sagte Skara leise.

Mays Augen weiteten sich.

„Ihr meint, dann kommen sie an Bord?", stammelte sie angewidert.

Ein drittes Beben reichte May als Antwort und erschrocken hielt sie sich wieder am Tisch fest. Skara presste gleich drei Pfannen gleichzeitig an sich, damit sie nicht wieder herunterfielen.

„Genug ist genug!", donnerte Ofreal, riss die Haustür auf und stürzte mit erhobenem Säbel hinaus in die Dunkelheit.

May wollte ihm schon hinterher, da spürte sie die zierliche Hand an ihrem Handgelenk, die sie zurückhielt. Skara hielt zwei Säbel in der Hand, eines davon streckte sie May entgegen.

„Hier, nimm dat. Hoffen wir, dat du dat nich brauchen wirst", sagte sie.

„Danke."

May nahm den Säbel an sich und gemeinsam folgten sie Ofrael nach draußen. Schon als sie die Treppen hinunter hasteten, sah May die anderen an Deck stehen. Die Musik war längst verklungen und eine gar gespenstische Stille hatte sich über die Aurora gelegt. Aiden sah sie zuerst und kam ihnen entgegen.

„Wo warst du?", raunte er ihr zu.

„Egal, das spielt jetzt keine Rolle", sagte May rasch.

Ihr Blick war auf Captain Wincelton und Brooks gerichtet, die beide eine Laterne hochhielten und über die Reling starrten.

„Ihr habt es auch gespürt, oder?", flüsterte sie Aiden zu.

Er nickte. Selbst im fahlen Licht der Laternen konnte sie die Aufregung in seinen Augen erkennen.

„Seelensucher", murmelte er.

May nickte. Dunstige Nebelschwaden zogen übers Deck. Robert tauchte neben ihnen auf, in der Dunkelheit schien sein Haar noch heller zu strahlen. Auch er hielt ein Säbel in der Hand.

„Alles gut bei euch?", sagte er mit gesenkter Stimme, als er sie erreichte.

Sie nickten. Mit einem zittrigen Ausatmen sah er hinüber zur Reling.

„Es ist schon Jahre her, seit wir zuletzt auf Seelensucher gestoßen sind. Es wundert mich, dass sie sich so weit vor der Küste Noviteras herumtreiben. Das ist sehr untypisch", murmelte er nachdenklich.

Mays Hände schlossen sich automatisch fester um den Griff ihres Säbels, als sie langsam an Robert vorbeiging und sich dicht an die Reling stellte. Nicht eine Welle war zu sehen; es schien, als hätte das Wasser beschlossen, heute Nacht besonders still zu sein. May zog die Augenbrauen zusammen, um besser sehen zu können, doch durch den Nebel war das fast unmöglich.

„Lehn dich lieber nicht zu weit rüber", brummte eine tiefe Stimme neben ihr.

Sie wandte ihren Kopf und blickte direkt in die großen, schwarzen Augen des Minotaurus' Brooks. Er hielt die Laterne hoch über seinem Kopf und ihr Schein ließ das Wasser mystisch schimmern.

„Werden sie an Deck kommen?", hörte May sich selber mit ängstlicher Stimme fragen.

„Das kann ich nicht sagen. Niemand kann das. Aber dass sie ihre Seelenfallen so nah an einem Land aufziehen, ist höchst eigenartig. Normalerweise wagen sie sich nicht so dicht an so viele Menschen auf einmal", sagte Brooks leise.

„Außer sie handeln im Auftrag eines anderen, der ihnen frische Seelen verspricht", sagte Reeder.

Er war unbemerkt zu ihnen getreten. Er trug weder eine Laterne, noch einen Säbel, doch seine Augen lagen aufmerksam auf der Wasseroberfläche, als würde er sie sich genau einprägen wollen. May runzelte die Stirn.

„Im Auftrag eines anderen? Sie denken dabei doch etwa nicht an den Schattenmeister?", sagte May ungläubig.

„Genau das tue ich. Es war nur eine Frage der Zeit, bis er auch noch andere Geschöpfe als bloße Sterbliche um sich scharrt", sagte er.

„Seht nur!", stieß Robert am anderen Ende der Reling aus und deutete auf etwas im Wasser.

Zuerst konnte May es nicht erkennen, da es so dunkel war, doch dann hob Captain Wincelton neben Robert seine Laterne und sie schlug sich eine Hand vor den Mund. Etwas Großes, Schuppiges bewegte sich im Wasser. Ein Körper, zum Teil Fisch, zum Teil Mensch, mit spitzen Klauen anstelle von Händen und einer gespaltenen, langen Schlangenzunge. Dann verschwand es wieder unter Wasser und die Wellen, die es verursacht hatte, verloren sich. Niemand wagte zu sprechen. Sie alle starrten auf die Stelle, an der der Seelensucher verschwunden war.

Und dann ging alles so schnell. May hörte den Schrei, bevor sie sah, was passierte.

„Robert! Robert, nicht!"

Klauen zerrten an Roberts Armen, zerrten ihn über die Reling. Mit einem Satz waren Captain Wincelton und Aiden an seiner Seite und packten ihn an den Beinen. Robert schrie und strampelte, doch die Klauen bohrten sich nur noch tiefer in sein Fleisch. Er heulte auf vor Schmerz, als er immer weiter Richtung Wasser gezogen wurde.

„Nein!", schrie May und stürmte auf die drei zu.

Es war, als würde ihr Körper intuitiv handeln. Sie schwang den Säbel über ihren Kopf und ließ die Klinge auf die Klauen niedersausen. Ein spritzendes Geräusch ertönte und ein furchtbar schriller Schrei hallte über das Meer. May ließ den Säbel fallen und hielt sich verzweifelt die Ohren zu. Captain Wincelton und Aiden zogen Robert an Bord, der mit vor Panik verzerrtem Gesicht einige Schritte zurück taumelte. Seine Ärmel waren an den Stellen, an denen der Seelensucher ihn gepackt hatte, zerfetzt und blutig. Der schrille Schrei verstummte und zurück blieb nur die gespenstische Stille.

„Bist du okay, Rob?", fragte Brooks besorgt, der nun eine Hand auf dessen Schulter legte.

Robert schluckte schwer und nickte dann langsam.

„Ja, ich denke schon", krächzte er und rieb sich den Arm.

„Hier. Das wird dir helfen. Brennt nur ein wenig", sagte May leise und gab ihm die Allzweck-Heil-Salbe.

Dankend nahm er die Dose entgegen.

„Ist es vorbei?", fragte Dhalia, die mit verschränkten Armen dastand und den Ozean mit kühlem Blick bedachte.

„Bei Seelenfallen kann man nie sicher sein. Und wenn wir tatsächlich über einem ganzen Riff sind, dann sollten wir schleunigst von hier verschwinden", sagte Captain Wincelton.

Er steckte seinen gezogenen Säbel zurück an den Gürtel und schwenkte die Laterne durch die Luft.

„Grachlas, ans Steuer. Wir werden eine Weile nach Nordwesten segeln, bevor wir Kurs auf Novitera nehmen", rief er dann laut.

Aiden stöhnte leise auf. May konnte verstehen, dass er nicht erpicht auf eine Verzögerung war. Auch sie fieberte mittlerweile dem Moment entgegen, wenn sie das Schiff wieder verließen. Auch wenn sie kein so großes Problem mit dem Meer wie Aiden hatte, bevorzugte sie doch lieber das Land.

Während Winceltons Mannschaft ihre Plätze auf der Aurora einnahmen, stiegen May, Aiden und Reeder die Stufen zu ihren Kajüten hinunter. Vor den Zimmern blieben sie im spärlich beleuchteten Gang stehen. Die Dielen knarrten und wie aus weiter Ferne konnte May wieder das Rausches des Meeres vernehmen. Bevor Reeder auch nur den Mund aufmachen konnte, tat May es.

„Das war der Grund, weshalb Sie mit Captain Wincelton segeln wollten. Sie wussten, dass der Schattenmeister die Seelensucher auf uns ansetzen würde."

Aiden starrte sie überrascht an. Reeders Mundwinkel zuckten, doch ansonsten blieb er ernst.

„Du bist sehr klug, May. Es würde mich wahrlich nicht wundern, wenn deine Mutter dich zu ihrer Nachfolgerin gemacht hat", sagte er.

Kaum hatte er die Worte ausgesprochen, kehrte auch der Stein in ihrem Magen zurück. Alles, was sie in den letzten Minuten verdrängt hatte, schien in einer Flutwelle über sie hereinzubrechen. Sie war erleichtert, als Reeder weitersprach und ihre viel zu lauten Gedanken übertönte.

„Ich habe nicht gewusst, dass er die Seelensucher für seine Seite gewonnen hat. Ich habe es geahnt, aber nie gewusst. Wir können schließlich nicht einmal jetzt sagen, ob sie auf seine Anweisungen hin gehandelt haben", sagte er nachdenklich.

Er sah May an.

„Aber ja, das ist der Grund, weshalb ich verzichtete, mit einem normalen Passagierschiff zu reisen. Es hätte uns mit hoher Wahrscheinlichkeit schneller ans Ziel gebracht, aber niemals sicherer", fügte er hinzu.

„Dann vertrauen Sie Captain Wincelton?", sagte May.

„Ja. Ich habe ihn schon des Öfteren auf eine seiner Reisen begleitet. Wir haben zusammen den schweren Sturm vor neun Jahren durchgestanden und nach dem versunkenen Schatz von Maverick Maverton gesucht."

„Der versunkene Schatz von wem?", warf Aiden verwirrt ein.

Reeder winkte ab.

„Angenommen die Seelensucher haben uns heute wirklich aufgrund des Schattenmeisters angegriffen. Woher wusste er, dass wir diese Route nehmen?", sagte May zweifelnd.

„Vielleicht wurden wir belauscht. Jemand hat uns belauscht und hat deswegen auch herausgefunden, wo die Lebensblume zu finden ist. Er oder sie muss es den Schattenspähern gesagt haben und die haben es dann dem Bezwinger des Schattens erzählt", überlegte Aiden.

„Er. Es war ein Mann, hast du das schon vergessen?", sagte May.

„Du bist dir nicht sicher, gib's zu", erwiderte Aiden trotzig.

„Es spielt jetzt keine Rolle mehr, wie er es herausgefunden hat oder nicht. In ein paar Stunden werden wir Novitera erreichen und ich möchte, dass ihr davor noch ein wenig Schlaf findet. Wir sollten mit wachsamen Augen durch die Stadt gehen", meinte Reeder und ergeben nickten die beiden.

Sie wünschten sich eine gute Nacht und May schloss die Tür hinter sich. Für einen Moment stand sie noch mit dem Rücken zur Tür und starrte in den Raum hinein, ohne etwas wahrzunehmen.

In ein paar Stunden werden wir Novitera erreichen.

Sie atmete tief durch, lief zum Wandschrank und holte ihre Tasche und den Spiegel hervor. Ihr Herz klopfte schmerzhaft in ihrer Brust, als sie das glatte Holz in den Händen hielt.

„Bald werde ich die Wahrheit erfahren, Mum", wisperte sie.

Die Nacht verging viel zu schnell und als May die Augen aufschlug, hatte sie das Gefühl, gerade einmal für zehn Minuten geschlafen zu haben. Gähnend kletterte sie aus der Hängematte, zog sich ihre Stiefel an und band ihre Haare hoch. Dann schulterte sie die Tasche und verließ die Kajüte. Auf dem Gang traf sie Grachlas, der einen Sack voller alter, dicker Taue trug.

„Ich dachte schon, ihr Menschlinge würdet alle verschlafen", grinste er provozierend.

Verdutzt sah ihm May hinterher, wie er die Stufen empor stieg.

„Was verschlafen?", rief sie ihm nach.

Mit einem gar skeptischen Blick sah er sie an und schüttelte dann den Kopf.

„Das Anlegen, Dummchen!"

Und tatsächlich. Als May an Deck lief, leuchteten ihre Augen voller Aufregung auf, denn direkt vor ihnen erstreckten sich die ersten Umrisse von Dachspitzen und buntem Rauch. Nach fünf Minuten wurden die verschwommenen Umrisse schon klarer. Vor ihrem Schiff ragte nun eine Stadt empor, deren Häuser so merkwürdig deformiert aussahen, dass May der Verdacht beschlich, ein Riese hätte sie mit seinen Händen eingedellt. Sie stellte sich nach ganz vorne an die Reling, um alles sehen zu können.

Bald schon erkannte sie eine Windmühle mit sechs Blättern und ein sehr schiefes Haus mit elf Schornsteinen; aus jedem von ihnen drangen Rauchschwaden, die anders gefärbt waren.

„Jetzt ist dat soweit", sagte Skara, die zu Mays linker Seite auftauchte.

May konnte das brodelnde Gefühl in ihr nicht zuordnen. War es Vorfreude, Neugier, Aufregung oder Furcht?

„Jetzt ist es soweit", wiederholte Aiden nuschelnd, der zu Mays anderer Seite erschien und noch recht verschlafen wirkte; seine Haare standen in alle Richtungen ab.

May konnte nichts sagen. Wie gebannt starrte sie auf die Stadt, die immer größer wurde.

Der Hafen schien aus einem einzigen Anlegedock zu bestehen, was May stutzig machte. Denn als sie ihren Kopf etwas nach rechts drehte, konnte sie ein weiteres Boot erkennen, das denselben Steg ansteuerte, wie sie. Nervös wandte sie sich an Skara, die Novitera mit einem schmalen Lächeln entgegen blickte.

„Wir werden doch nicht mit diesem Boot da kollidieren, oder?", sagte sie besorgt.

„Oh nein, keine Sorge, am Hafen von Novitera ist genug Platz für alle", rief sie.

May wagte das zu bezweifeln, doch nur wenige Minuten später sollte sich herausstellen, dass Skara Recht behielt. Das andere Boot erreichte den Steg früher als sie und kaum hatte es angelegt, da öffnete sich eine Luke im Boden und aus dieser fuhren zwei Greifarme nach oben, die das ganze Boot packten und einfach hochhoben wie ein Spielzeug. Verblüfft starrte May das Boot an, das nun weit über ihnen in der Luft hing.

Sie hatte schon den Mund geöffnet, um zu fragen, wie um alles in der Welt die Leute jetzt da runter kommen sollten, da tat sich eine weitere Luke im Boden auf und Stufe für Stufe entklappte sich eine riesige Treppe, die sich bis zum Boot hinauf schlängelte. Nun hatte ihr Schiff, die Aurora, genug Platz, um unter dem von den Greifarmen gehalten Boot anzulegen.

Captain Wincelton versprach, hier auf sie zu warten, während sie mit dem Wächter sprechen würden und Skara umarmte May zum Abschied gleich dreimal. Grachlas stand daneben, die Arme verschränkt und immer wieder die Augen rollend, als fände er den ganzen Abschied höchst nervig. Sobald Reeder zu ihnen stieß, verließen sie die Aurora und Reeder übernahm, wie schon in Patridinem, die Führung.

Die Straßen von Novitera bestanden fast alle aus Kopfsteinpflaster und hier und da wanden sich Schienen und Gleise durch die Wege. Als das erste Mal ein Zug an ihnen vorfuhr, sprang May erschrocken zur Seite und stieß gegen Reeder. Der Zug sah höchst eigenartig aus; May hatte das Gefühl, das er aus allem möglichen Schrott zusammengebastelt worden war. Vorne an der Lok hing ein riesiges Ziffernblatt mit fünf Uhrzeigern, die sich schneller drehten, je schneller der Zug fuhr und der Schornstein war mindestens viermal so breit wie an einer normalen Lok.

May erhaschte einen kurzen Blick ins Innere der Wagons, die an ihnen vorbei sausten. Da saßen zwei Männer mit Hüten, an denen Ketten und Zahnräder hingen, eine Frau, in dessen langes Haar unzählige Lederbändchen verflochten waren und ein sehr alter Mann trug eine Brille mit so dicken Gläsern, das seine Augen riesig wirkten.

Erstaunt liefen sie weiter und May versuchte möglichst nicht zu blinzeln, um nichts zu verpassen. Aiden schien es ähnlich zu gehen. Immer wieder stolperte er fast über seine eigenen Füße, weil sein Blick an einem Schaufenster klebte, hinter dem man aufziehbare Plüschaffen sehen konnte oder er sich nicht von dem Anblick eines großen Ballons losreißen konnte, der von mehreren Männern mit leuchtender Farbe bemalt wurde.

Die Straße ging nun bergauf und bald schon war May außer Atem. Der Anstieg wurde immer steiler und mittlerweile empfand sie es als etwas lästig, ständig darauf zu achten, nicht von einem der Züge überrollt zu werden. Gerade fragte Aiden keuchend, wieso sie denn nicht einfach mit einem Zug bis zum Wächter fahren konnten, da blieb Reeder unerwartet stehen.

May hob den Kopf und wischte sich den Schweiß von der Stirn. Sie standen vor einem verschlossenen Eisentor, hinter dem sich nichts als ein langer, gewundener Weg befand, der von hohen Nadelbäumen gesäumt wurde. May stellte sich auf die Zehenspitzen, doch konnte dennoch nicht erkenne, wohin der Weg führte.

Reeder hob die Hand und klopfte viermal gegen das Eisentor. Überraschend lautlos glitt es auf und während sie über den schmalen Pfad liefen, beschlich May das Gefühl, beobachtet zu werden. Doch als sie einen Blick über die Schulter warf, konnte sie nichts Auffälliges entdecken. Das Tor hatte sich wieder fest verschlossen.

Es war seltsam. Je tiefer sie dem Weg durch die Bäume folgten, umso wilder wurde die Landschaft. Die Nadelbäume wichen dichtem Gestrüpp, Dornenranken schlängelten sich um die dicken Baumstämme und als May den Kopf hob, bemerkte sie mit einem Schaudern, dass zahlreiche, schwarze Krähen in den Baumkronen hockten und sie aus blitzenden Augen beobachteten. Sie musste zugeben, sie hatte sich den Ort freundlicher ausgemalt, an dem das Stundenglas von Terquasol aufbewahrt wurde. Aiden sprach aus, was sie dachte.

„Sind wir hier richtig?"

Die Zweifel in seiner Stimme waren nicht zu überhören. Reeder schwieg, blieb so plötzlich stehen, dass May beinahe in ihn hineingelaufen wäre. Irritiert sah sie an ihm vorbei und stockte.

„Irgendetwas stimmt nicht", flüsterte Reeder.

Seine Augen huschten aufmerksam umher. May hatte diesen Ort noch nie zuvor betreten, dennoch konnte selbst sie sagen, dass etwas ganz und gar nicht in Ordnung war. Vor ihnen lagen Trümmer aus Steinen und Mauerresten, die von einer dichten Schicht Efeu und Dornenranken bewuchert waren. Nervös leckte sich May über die Lippen. Es sah ganz danach aus, als hätte hier ein schwerer Orkan gewütet und das Haus, das hier einst gestanden hatte, in Schutt und Asche zerlegt.

Reeder stieg über die Trümmer hinweg und seine Lippen bewegten sich dabei unablässig, als würde er eine stumme Beschwörung aufsagen. May und Aiden warfen sich unsichere Blicke zu. Sie konnte sehen, dass es ihm genau so wenig zusagte, hier zu sein, wie ihr.

„Veridian!", stieß Reeder so plötzlich aus, dass sie erschrocken aufstöhnte.

Für einen kurzen Moment wunderte sie sich, was Reeder damit meinte. Dann wurde ihr klar, dass er den Namen des Wächters rief.

„Veridian!"

Die Erkenntnis traf May plötzlich und völlig unvorbereitet und dennoch hatte sie es tief in ihrem Inneren schon geahnt. Sie wusste nicht, wie oder warum, aber sie hatte die ganze Zeit, seit sie aus Patridinem aufgebrochen waren, dieses dumpfe Gefühl verspürt...

„Er ist nicht hier", sagte sie leise.

„Er muss hier sein", widersprach Aiden sofort.

Sein Blick sagte etwas Anderes. Er beobachtete Reeder dabei, wie dieser über die Trümmer hinweg stieg und weiter nach Veridian rief.

Etwas Funkelndes, Goldenes blitzte in Mays Augenwinkel auf. Sie kniff die Augen zusammen, doch zwischen all den Sträuchern und Bäumen konnte sie nichts erkennen. Hatte sie es sich nur eingebildet? Nein, da war es schon wieder! Es zog sie magisch an und ohne einen Blick zurückzuwerfen, bahnte sie sich einen Weg durch die Büsche. Reeders Rufe wurden immer leiser, bis sie fast gar nicht mehr zu hören waren. Erneut funkelte es vor ihr und als sie ein besonders großes Blatt beiseite strich, blieb sie wie angewurzelt stehen.

Das Stundenglas war viel größer, als sie es sich ausgemalt hatte. Das Glas war dick und fest, die Ränder glitzerten golden und waren mit weißen Schnörkeln verziert und der Sand, der hindurch rieselte, war so fein, dass May nicht ein einziges Körnchen entdecken konnte.

Fasziniert trat sie näher. Leise, hohe Klänge schienen von dem Glas auszugehen. Oder waren sie nur in ihrem Kopf? May konnte es nicht unterscheiden und war war ihr auch egal. Noch nie hatte sie so schöne Töne vernommen, sich noch nie so geborgen und geschützt und sicher gefühlt. Die Sanduhr stand auf einem steinernen Sockel, in den tausende von Namen eingeritzt worden waren. Mays Herz schlug schneller, als sie sich bückte, um sie besser lesen zu können.

Das mussten die Namen all der Wächter sein, die diese Aufgabe je übernommen hatten. Und wenn es wirklich wahr war, was Reeder erzählte, dann musste hier auch irgendwo der Name ihrer Mutter stehen.

Während sie nach dem Namen Emma Stacks Ausschau hielt, fiel ihr Blick auf den Ast, der neben dem Sockel am Boden lag. Eigentlich war es gar kein Ast, es sah eher so aus, wie ein Spazierstock, der aus einer Wurzel bestand. May zog die Stirn kraus und bückte sich, um den Stock aufzuheben.

„Emma?"

Sie zuckte so heftig zusammen, dass sie den Stock fallen ließ. Aufgeschreckt durch die leise Stimme sah sie sich um und umrundete den Sockel. Was sie vorfand, raubte ihr den Atem. Ihr wurde schwindelig und am liebsten wollte sie sofort wegsehen, doch sie zwang sich ruhig stehen zu bleiben.

Am Boden lag ein Mann mit weißem Haar und weißem Bart, grauen Augen und vielen, kleinen Falten im Gesicht. Seine Hand lag auf seiner Brust, in der ein großes Loch klaffte. Überall war Blut. Als er May sah, hob er schwach die andere Hand und deutete auf sie.

„Emma...", hustete er leise.

Wie gelähmt schüttelte May den Kopf. Ihre Stimme wollte ihr nicht gehorchen. Sie sah, wie sich die Augen des Mannes zu schmalen Schlitzen verengten und er sie schließlich zu sich herunter winkte. Irgendwie war sie froh, sich hinzuknien, denn ihre Beine drohten schon die ganze Zeit, einfach nachzugeben.

„Maybelle...Maybelle Stacks?", sagte der Mann leise und wieder musste er husten.

Rasch nickte May. Ein kurzes Lächeln huschte über die Züge des Mannes.

„Du...du siehst ihr so ähnlich", krächzte er.

„V-Veridian?", sagte May mit bebender Stimme.

Er lächelte wieder, nickte und hustete. Sein Gesicht verzog sich zu einer qualvollen Grimasse. Reflexartig griff May nach seiner Hand. Sie fühlte sich eiskalt an.

„Wer hat Ihnen das angetan?", hauchte sie.

Er antwortete nicht, starrte an ihr vorbei und hob die Hand, die zuvor auf seiner Brust gelegen hatte. Rasch drehte sich May um, in Erwartung einen Angreifer zu sehen. Doch da war niemand.

„Mein Stock...", hustete Veridian müde.

Ohne nachzufragen hob May den Stock auf und wollte ihn Veridian reichen, doch er schüttelte den Kopf und zeigte dann auf sie. Ihre Augen weiteten sich entsetzt.

„Was...was soll ich tun?", stammelte sie.

Sie fragte sich, wo Aiden und Reeder waren. Bestimmt hatten sie längst bemerkt, dass sie nicht mehr da war. Wieso waren sie noch nicht hier? Doch dann beschlich sie ein anderer Gedanke. Wieso hatte sie noch nicht nach ihnen gerufen? Sie wusste die Antwort selbst. Dieser Moment gehörte ihr. Veridian kannte ihre Mutter und er könnte ihr endlich erzählen, was er über sie wusste. Was er über May wusste.

„Lies sie erst, wenn du dich bereit fühlst, Maybelle", sagte Verdian.

Sie runzelte die Stirn und beugte sich näher zu ihm hin, um ihn besser verstehen zu können. Sein Griff um ihr Handgelenk wurde fester und seine Augen quollen aus seinen Höhlen, was ihm einen verrückten Glanz verlieh.

„Es gibt...keine Hoffnung mehr. Darmor ist verschwunden", hauchte er.

„Darmor?", wiederholte May atemlos.

„Der...der dritte Wächter."

„Was ist mit meiner Mutter? Sie haben sie gekannt, nicht wahr?", platzte es aus May heraus.

Verdian lächelte sie an, doch es war ein schmerzvolles, trauriges Lächeln. Als er nickte, wusste May nicht, ob sie lachen oder weinen sollte. Seine Hand wurde kühler und seine Haut bleicher, nahezu gräulich. In ihrer Panik griff May nach ihrer Tasche und zog den Handspiegel daraus hervor. Als Veridian ihn sah, wurden seine Augen noch größer.

„Der Spiegel...es gibt also doch noch...noch Hoffnung", murmelte er schwach.

„Wem hat dieser Spiegel vor meiner Mum gehört?", rief May.

Wieder war da dieses traurige Lächeln auf Veridians Gesicht. Und da verstand May. Alle ihre Energie, ihre Hoffnung, der kleinste Lichtschimmer verpufften und sie sackte in sich zusammen. Mit Tränen in den Augen und bebender Unterlippe starrte sie Veridian an.

„Sie war die zweite Wächterin. Sie hat diesen Spiegel gefertigt und sie war die Einzige, die wusste, wo die Lebensblumen sind", sagte sie mehr zu sich selbst, als zu Veridian.

In der Ferne ertönten Rufe, jemand rief ihren Namen, doch sie hatte keine Kraft zu antworten. Veridian deutete noch einmal auf seinen Stock, während seine Lippen langsam eine bläuliche Farbe annahmen.

„Lies sie erst, wenn du dich bereit fühlst", wiederholte er.

May biss sich verzweifelt auf de Lippe. Sie konnte es nicht länger zurückhalten.

„Bin ich die zweite Wächterin? Hat meine Mutter mir deshalb den Spiegel gegeben?"

Veridian antwortete nicht. May wurde zornig, als sie sein trauriges Lächeln sah. Sie verspürte den Drang, den Stock einfach wegzuwerfen, um ihm dieses Lächeln aus dem Gesicht zu wischen.

„Bin ich die Nachfolgerin von meiner Mutter?", rief May wütend und schluchzend zugleich.

Ein Blick in Veridians Augen genügte und May wurde auf brutale Weise bewusst, dass sie von ihm nie eine Antwort auf diese Frage bekommen würde. Seine Augen starrten ins Leere, doch das schmale Lächeln in seinem Gesicht war geblieben.

Kapitel 14: Libellen aus Kupfer

May wusste nicht mehr, wie sie zurück zum Schiff und in ihre Kajüte gekommen war. Wahrscheinlich hatten Aiden und Reeder sie irgendwann neben der Sanduhr am Boden kniend gefunden und sie gezwungen, aufzustehen. Sie konnte sich nicht erinnern. Sie wollte es auch gar nicht. Es war egal, spielte keine Rolle.

Veridian war tot.

Der letzte Mensch, der ihr etwas über die Vergangenheit ihrer Familie, ihrer eigenen Mutter hätte erzählen können, würde nie wieder irgendetwas erzählen. Es war alles umsonst gewesen. Die Reise nach Novitera, ihre Sorgen, ihre Ängste, ihre Aufregung. Alles war wie ausradiert. Da, wo einst ihr Herz geschlagen hatte, fühlte sie nur noch Leere.

Irgendwann kam Aiden vorbei und rief vorsichtig ihren Namen, doch als sie nicht reagierte, entfernten sich seine Schritte wieder. Eine halbe Stunde später versuchten es Skara und Robert, doch May stellte sich schlafend.

Sie wollte niemanden sehen. Sie wollte mit niemandem sprechen. Sie wollte einfach nur daliegen und sich im Stillen selbst bemitleiden, dass sie so unfassbar dumm gewesen war, Apunima jemals zu verlassen.

Du hast recht gehabt, Papa, dachte sie bitter. Du hast recht gehabt und ich habe nicht gehört.

Sie starrte an die Decke, die die orangefarbenen Sonnenstrahlen der untergehenden Sonne schimmernd reflektierte. Vier oder fünf Stunden waren es nun her, dass sie neben Veridian gekniet und seine letzten Worte gehört hatte. Sie hatte keine Ahnung, wie es jetzt weiterging. Würden sie einfach zurück nach Patridinem segeln und die Geschichte vergessen? Veridian hatte ihnen nichts sagen können, keine ihrer Fragen beantwortet und so tappte sie immer noch im Dunkeln. Tränen traten ihr in die Augen und sie wurde so wütend, weil sie sich verraten fühlte.

Verraten von Reeder, weil er sie dazu überredet hat, hierher zu kommen.

Verraten von ihrer Mutter, weil sie sie mit so vielen unbeantworteten Fragen zurückgelassen hat. Weil sie ihr so viel Verantwortung aufgetragen hat, bevor sie überhaupt ihren fünften Geburtstag gefeiert hatte.

Verraten von Veridian, weil er gestorben war.

Kaum hatte sie diesen Gedanken zu Ende gedacht, fühlte sie Reue und

Scham in sich aufkochen. Erschöpft setzte sie sich auf, weil sie es nicht länger ertragen konnte, an die Decke zu starren. Ihre Gedanken kamen ihr dann gleich viel lauter vor. Vielleicht wäre sie doch lieber liegen geblieben. Kaum hatte May sich aufgerichtet, fiel ihr Blick auf ihre Tasche und den Gehstock von Veridian, der daneben lag.

Sie wusste nicht mehr, ob sie es war, die ihn mitgenommen hat oder einer der anderen. Vielleicht war es ja Reeder. Das würde zu ihm passen.

Sie schlurfte zu ihrer Tasche hinüber und hob sie hoch, als wäre sie etwas überaus Abstoßendes. Mit einer überraschenden Gleichgültigkeit öffnete sie sie und holte den Spiegel hervor. Eigentlich hatte May erwartet, etwas anderes zu fühlen. Sie war immer stolz gewesen, etwas so Schönes besitzen zu dürfen. Etwas, das ihrer Mutter gehört hatte.

In den letzten Tagen hatte sich ein leicht befremdliches Gefühl dazu geschlichen, als wäre der Spiegel ein guter Freund, der sich auf einmal ohne Grund von ihr distanziert hatte. Doch jetzt war da nichts. Kein Stolz, keine Nervosität, kein Zorn, gar nichts.

May drehte den Spiegel um und starrte die Blumen an. Sie dachte an Shaun und Daniel, die jetzt vielleicht beisammen am Lagerfeuer saßen und sich über eine von Shauns abstrusen Geschichten lustig machten. Vielleicht waren sie aber auch gerade in dem Moment dabei, die Lebensblume von Patridinem zu beschützen. May spürte eine heftige Kälte, die durch ihren ganzen Körper kletterte, als das Bild in ihren Gedanken auftauchte, wie Shaun genau wie Veridian dalag; ein Loch in der Brust, sein Hemd blutrot gefärbt und mit einem traurigen Lächeln. Ermordet von den Schattenspähern, denen es am Ende doch gelungen war, die Höhle hinter dem Wasserfall zu finden.

Ein Klopfen an der Tür ließ May erschrocken zusammenfahren und sie vergaß, dass sie sich eigentlich schlafend stellte.

„Ja?"

Ihre Stimme klang gar nicht nach ihr selbst, so lange hatte sie sie schon nicht mehr benutzt. Die Tür öffnete sich einen Spalt breit und Aidens Gesicht erschien.

Zögernd sah er May an, als befürchtete er, sie würde ihn sofort wieder rausschmeißen.

„Hey", sagte er vorsichtig.

May antwortete nicht. Sein Blick huschte von ihr zu dem Spiegel, den sie immer noch in der Hand hielt. Auf einmal wünschte sie sich, ihn einfach so

weit wir möglich von sich wegzuschleudern. Aiden räusperte sich verlegen.
„Kann ich reinkommen?"

May nickte stumm. Rasch schloss Aiden die Tür hinter sich und stand dann so unbeholfen im Raum, dass May fast schmunzeln musste.

„Wie geht es dir?", sagte er schließlich.

May hob eine Augenbraue. Er kratzte sich im Nacken, wie immer, wenn er unsicher oder nervös war.

„Tut mir leid, das war eine bescheuerte Frage", schob er kopfschüttelnd hinterher, als würde er sich über sich selbst ärgern.

May zuckte mit den Schultern und schmiss den Spiegel in die Hängematte. Sobald er nicht mehr in ihren Händen lag, fühlte sie sich seltsam befreit. Als wäre eine Last endlich von ihr gefallen.

Sie starrte zu Boden, weil sie Aiden nicht ansehen wollte. Sie ahnte bereits, wieso er hier war. Innerlich wappnete sie sich schon auf seine Fragen und den neugierigen, bohrenden Blick, mit dem er sie bestimmt ansehen würde. Sie alle würden wissen wollen, was genau passiert war. Wieso Veridian gestorben war. Was seine letzten Worte gewesen waren. Ob May noch irgendetwas erfahren hatte, was von Bedeutung wäre. Doch hatte sie das? Es fiel ihr schwer, darüber nachzudenken, ohne diesen Stich in ihrer Brust zu spüren.

„Vertraust du mir?"

May sah abrupt auf. Sie hatte mit allem gerechnet, nur nicht damit. Ihre Verwirrung musste ihr wohl deutlich anzusehen sein, denn Aidens Mundwinkel zuckten. Abwartend sah er sie an. Schließlich nickte sie.

„Ja", sagte sie leise.

„Gut. Dann folg mir."

Dass May und Aiden das Schiff verließen, schien niemanden zu kümmern. Die komplette Mannschaft schien sich in ihre Hütten zurückgezogen zu haben und auch von Reeder und dem Captain fehlten jede Spur. Nur Grachlas war an Deck und schrubbte mit einem alten Besen den Boden.

Die untergehende Sonne tauchte Novitera in goldenes Licht und langsam erwachte das Nachtleben in der Stadt. Die Laternen, die aussahen wie dreiarmige Vogelscheuchen, flackerten ein paar Mal, bevor sie in einem hellen Licht erstrahlten; die Wagons der vorbei ratternden Züge waren allesamt mit feinen Lichterketten ausgestattet und auch an dem einen oder anderen Haus wurden Lichter entzündet.

May musste zugeben, dass es ein wirklich beeindruckender Anblick war. Zusammen schlenderten sie und Aiden durch die gepflasterten Straßen der Stadt. Eine Frau kam ihnen entgegen, die einen Kranz aus Federn aus bronzefarbenem Kupfer auf dem Kopf trug und einen Kinderwagen mit acht Rädern vor sich her schob. Die Männer, die vorhin noch den Ballon bemalt hatten, hatten ihre Arbeit anscheinend abgeschlossen, denn nun leuchtete die Farbe in grellem Schein und May erkannte einen wunderschönen Delfin auf dem Stoff.

„Komm, hier lang", sagte Aiden und führte sie in eine enge Seitengasse.

„Wo gehen wir eigentlich hin?", fragte May und bestaunte ein Schaufenster voller Uhren, die pfeifende und tickende Geräusche von sich gaben.

„Wirst du schon sehen", grinste Aiden.

„Du kennst dich hier doch gar nicht aus", sagte May.

„Ein wenig schon. Auf der Hinfahrt hatte ich viel Zeit, mich mit Brooks und Grachlas zu unterhalten. Die beiden waren schon oft hier und haben mir ein bisschen was über Novitera erzählt."

May zog eine Augenbraue hoch und drückte sich an die Wand, um einer Familie mit fünf Kindern Platz zu machen.

„Grachlas hat sich freiwillig mit jemandem unterhalten?", sagte sie ungläubig.

„Ja, kaum zu glauben, was? Aber im Grunde genommen ist er ein echt anständiges Kerlchen", meinte Aiden schulterzuckend. „Wusstest du zum Beispiel, dass wir uns gerade im neusten Teil von Novitera befinden? Weiter oben im Norden soll es Dörfer geben, die älter sind als unsere Ururururgroßväter."

May erfuhr so noch einiges mehr über Novitera. Dass es vor fast zweihundert Jahren einen verbitterten Krieg zwischen den Einwohnern und einem Schneemonster gegeben hat, das sich aus Albursa hierher verirrt hatte und dann nicht mehr weg wollte. Oder dass es in Novitera keine Städtenamen gab; die Bewohner versuchten sich nur mithilfe von Familiennamen zu verständigen („Du gehst am Haus der Myers vorbei, dann biegst du rechts ab in die Straße der Norrans und solltest dann an der Hütte vom alten Cayers vorbeikommen").

Außerdem erzählte Aiden von einer Frau, die einst hoch oben über der Stadt gewohnt und eine Angel erfunden hatte, die bis hinunter zum nächsten Bäcker reichte. Der Bäckerjunge band ihr dann jeden Morgen einen Korb voller Brötchen und Zuckerschnecken an den Haken und so hatte sie nie selbst runter in die Stadt gemusst.

„Hier müsste es sein", sagte Aiden schließlich und als sie um die nächste Ecke bogen, wusste May auch, wieso er sie ausgerechnet hier her geführt hatte.

Sie standen am Rand eine riesigen Marktplatzes, dessen aufgebaute Stände alle mit denselben Lichterketten wie die Zugwagons geschmückt waren. Schimmernde Libellen flogen über ihre Köpfe hinweg und hinterließen einen goldenen Glanz in der Luft. Menschen, die ausgelassen miteinander schwatzten und lachten, schlenderten über den Platz. Einige hatten Körbe voller Einkäufe in den Händen, andere bummelten einfach nur so durch die Stände und blieben ab und an stehen, um sich die Ware auf den Tischen genauer anzusehen.

Begeistert strahlte May Aiden an, der sich mit einem verlegenen Schmunzeln am Nacken kratzte. Schulter an Schulter liefen sie über den Marktplatz und kaum waren sie ein paar Schritte gegangen, da musste May immer wieder anhalten, um sich die Stände anzusehen.

Da gab es einen Stand mit Tieren, die aus Holz geschnitzt waren und dennoch so lebensecht wirkten, dass May der Verdacht beschlich, jeden Moment von dem Panther angesprungen zu werden. Während sie fast zehn Minuten an einem Stand voller wundersamer Hüte verbrachte und darauf bestand, dass Aiden einen besonders hohen Spitzhut aufsetzte, zog sie ihn an einem Tisch mit Einmachgläsern voller sich rekelnder Würmer und Larven rasch weiter.

„Schau mal hier", sagte Aiden und deutete auf eine Auslage mit bunten Papiertütchen, in denen sich regionale Spezialitäten an Süßigkeiten befanden. Er kaufte zwei bei der etwas rundlicheren Frau hinter dem Tresen und reichte eine an May, die sie mit funkelnden Augen entgegen nahm. Bald schon stellten sie fest, dass die Tüte voller Überraschungen steckte. Es gab kleine Bällchen, die einen nussartigen Geschmack hatten, allerdings nur, wenn man eine bestimmte Stelle traf, sonst schmeckten sie nach Erdbeere. May fischte einen langen, gelben Faden heraus, dessen Zitronengeschmack immer saurer wurde, desto näher man dem anderen Ende des Fadens kam. Und Aiden biss sich beinahe die Zähne aus, als er auf einen besonders harten Chili-Schokoladen-Kern traf.

„Aiden, sieh mal, sind die nicht niedlich?", rief May kichernd und blieb vor einem Stand mit kleinen Schmetterlingen und Libellen stehen, die aus altem Schrott hergestellt wurden. Hinter der Auslagefläche stand ein älterer Mann mit buschigem, weißen Schnauzer und einer braunen Lederschürze um den Bauch. Er hielt einen Hammer in der Hand und bearbeitete auf einem Amboss einen Flügel aus braunem Metall. Mit einem zufriedenen Lächeln richtete er sich auf und wischte sich den Schweiß von der Stirn.

„Faszinierende kleine Dinger, nicht wahr?", sagte er fröhlich und hielt den Flügel gegen das Licht.

May nickte und musterte eine besonders winzige Libelle aus Kupfer. Ihr einer Flügel war auf einer Seite ein wenig abgeknickt, dennoch war sie in ihren Augen wunderschön.

„Gefallen euch die Schrobblinge?", sagte der Mann und nickte mit dem Kopf zu den Libellen hinüber, die über dem Marktplatz schwebten. Erstaunt erkannte May, dass es tatsächlich keine echten Libellen waren, sondern aus Kupfer und Metall bestanden.

„Schrobblinge?", wiederholte Aiden amüsiert und stopfte sich einen Waldmeister-Kirsch-Drops in den Mund.

„Jap, allesamt aus Kupfer, Metall und manche auch aus Stein hergestellt. Sind wie treue Haustiere, nur nicht so pflegebedürftig", erklärte der Mann stolz.

Aiden zog eine Augenbraue hoch, sagte jedoch nichts. May deutete auf die Libelle mit dem angeknacksten Flügel.

„Wie viel kostet die hier?"

Aiden verschluckte sich fast an seinem Drops und musste sich hustend zur Seite drehen.

„Wie viel würdest du denn dafür geben?", gab der Mann zurück.

May zögerte, dann durchsuchte sie ihre Taschen nach dem kleinen Säckchen mit Goldmünzen.

„Was ist denn damit?", sagte der Mann und deutete mit interessiertem Blick auf den Spiegel, den May beim Suchen aus der Tasche geholt hatte. Rasch stopfte sie ihn wieder zurück.

„Oh nein, der ist nicht zum Handeln", entgegnet sie hastig.

„Wirklich nicht? Dabei ist er doch so außergewöhnlich hübsch."

„Sie sagte, dass der Spiegel nicht zum Handeln ist", zischte Aiden mit düsterer Stimme und sofort hob der Händler beschwichtigend die Hände.

„Schon gut, schon gut..."

„Hier. Das sollte genügen für Ihren...Schrobbling", sagte Aiden und holte drei Goldstücke aus seiner Tasche.

Der Mann sah nicht aus, als wäre er einverstanden, doch als er Aidens finsterem Blick begegnete, nickte er und reichte May die Libelle.

„Ich muss dich allerdings warnen, ich habe bestimmt schon sechs Mal versucht, ihren Flügel wieder gerade zu biegen, aber sie schafft es immer wieder ihn zu brechen", sagte er.

May bedankte sich und zusammen mit Aiden schlenderten sie weiter über den Marktplatz. Bald schon erreichten sie das Ende und weil sie noch keine Lust hatten, wieder zurück zum Schiff zu gehen, liefen sie einfach weiter durch die Straßen der Stadt und teilten sich den Rest aus Mays Süßigkeitentüte.

Der Schrobbling war in Mays Hand zum Leben erwacht und surrte nun neugierig über ihren Köpfen. Durch den Knick in seinem Flügel sackte er immer wieder ein Stück ab, doch gab tapfer sein Bestes, um nicht abzustürzen. Nach fast zehn Minuten verließ ihn anscheinend dann doch die Kraft und mit einem leisen Pfeifen ließ er sich auf Aidens Schulter nieder, der ihn misstrauisch beäugte. May lachte.

„Ich glaube, er mag dich."

„Ich bezweifle, dass dieses Ding überhaupt Gefühle haben kann", erwiderte Aiden leise.

„Wow, Aiden. Sieh mal!", stieß May auf einmal aus und blieb wie angewurzelt stehen.

Aiden folgte ihrem Blick und entdeckte den hohen Turm, der sich ein paar Meter vor ihnen erstreckte. Seine Wände bestanden aus feinem Birkenholz und an der Spitze befand sich eine runde Aussichtsplattform aus Bambus, deren Rand mit roten und purpurfarbenen Lampions geschmückt war und einmal um den Turm führte. Aufgeregt zog May ihn mit sich zum Zaun, der um das Haus gezogen war.

„Warte, May…"

Aiden deutete auf das Schild, das am Gatter hing. In geschwungener Schrift prangten dort die Worte „Unerlaubter Zutritt verboten – Aussichtsplattform öffnet um 8 Uhr morgens".

May biss sich auf die Lippen und sah sich verstohlen um. Aiden beobachtete sie misstrauisch.

„May, denk nicht mal daran."

Doch schon hatte sie ihre Hände an den Zaun gelegt und begann zu klettern. Aiden sah sich nervös um, bevor er einen leisen Fluch ausstieß und ihr rasch folgte. Der Schrobbling erhob sich wieder in die Lüfte und sauste mit aufgeregtem Gesumme um das Haus herum.

„Pass auf, nicht dass der uns noch verrät", murmelte Aiden missmutig. Ihm war nicht wirklich wohl bei dem Gedanken, dass sie sich gerade in einer fremden Stadt auf unbefugtem Grund befanden.

„Ach was, er tut doch niemandem was", entgegnete May und schob die Eingangstür auf. Eine Treppe aus gewundenem Stahl führte bis in die oberste Etage und da es stockdunkel im Inneren war, mussten sie sich an der Wand entlang tasten. Sie gelangten in einen winzigen Vorraum und der frische Duft von Eukalyptus stieg ihnen in die Nasen. Durch einen Vorhang aus Pailletten und Perlenketten erreichten sie schließlich die runde Aussichtsplattform. Fasziniert lief May nach vorne an den Rand und rasch sprang Aiden ihr nach, um sie am Arm festzuhalten. Mit einem neckenden Schmunzeln wandte sie sich ihm zu.

„Ich hatte nicht vor, runter zu springen", sagte sie.

Aiden räusperte sich und entließ sie seinem Griff. Seine Hand wanderte in seinen Nacken.

„Warum bauen die hier auch kein Geländer ran?", nuschelte er, doch setzte sich schließlich auf den Boden und ließ seine Beine über den Rand baumeln. May lächelte und tat es ihm gleich. Ihr Schrobbling kreiste vor ihnen in der Luft und schien ganz außer sich, so weit oben zu sein. Immer wieder stieß er pfeifende und surrende Geräusche aus, als würde er kichern.

„Ich glaube, ich nenne ihn Keith."

Aiden machte ein Geräusch, was weder ein Lachen, noch ein Schnauben war.

„Du willst diesem Ding wirklich einen Namen geben?", sagte er belustigt.

„Natürlich. Außerdem ist Keith kein Ding."

„Nun, ein richtiges Lebewesen ist es ja auch nicht, oder?", entgegnete Aiden und stützte sich hinter sich auf dem Boden mit den Händen auf.

„Wieso ausgerechnet Keith?", fragte er dann und klang aufrichtig interessiert.

„So hieß das erste Pony, aus dem ich geritten bin. Der Freund meines Vaters, Pierce Worthon, hat mir gezeigt, wie es geht."

Aiden nickte und dann verfielen sie in einstimmiges Schweigen. Die Sonne warf ihre letzten Strahlen auf das Land, bevor sie weit hinten am Horizont unterging. Von der Plattform aus konnte man über die ganze Stadt schauen. Sie entdeckten den Marktplatz, den leuchtenden Zug, der plötzlich wie eine kleine Raupe aussah und den Hafen mitsamt Schiffen. Die Aurora war das größte und eindrucksvollste. Allmählich leerten sich die Straßen unter ihnen, nur auf dem Marktplatz waren die Leute jetzt noch unterwegs.

Aiden zog eine Zigarette aus der Jackentasche und zündete sie sich an. Eine Weile lang schwiegen sie, doch es war bei weitem kein unangenehmes Schweigen. May genoss die Ruhe, die sie miteinander teilen konnten, ohne dass es peinlich wurde. Irgendwann zog sie ihre Stiefel aus und ließ ihre nackten Füße dann über den Plattformrand hin und her schwingen. Und dann, aus einer spontanen Laune heraus, fing sie an leise zu singen. Zuerst summte sie bloß die Melodie, doch irgendwann ging sie dazu über, auch den Text zu singen.

Es war ein langsames, trauriges Lied, das von einer jungen Frau handelte, die sehnsüchtig darauf wartete, dass ihr Geliebter zu ihr zurückkehren würde. Jeden Abend stellte sie sich an Fenster und sah hinaus, doch er kam nie. Die junge Frau erfuhr nie, wieso er nie zurückgekommen war. Vielleicht war ihm etwas zugestoßen. Vielleicht hatte er sie vergessen und sich eine neue Frau gesucht. Sie würde es nie erfahren. Und dennoch steckte das Lied voller Hoffnung und Zuversicht, dass er eines Tages doch noch zu ihr zurückfinden würde.

Aiden hörte ihr stumm zu und zog lautlos an seiner Zigarette. Selbst Keith schien ein wenig leiser mit den Flügeln zu schlagen.

„Von wem ist das?", fragte Aiden, nachdem May geendet hatte.

„Meiner Mutter. Sie hat es mir oft vorgesungen, bevor ich schlafen gegangen bin."

„Ein recht trauriges Lied", stellte Aiden fest. „Nicht gerade das, was ich meinen Kindern zum Einschlafen vorsingen würde."

„Meistens hat sie etwas anderes gesungen. Lieder über Tiere und sprechende Bäume und ein Kaninchen, das unbedingt die Welt entdecken wollte", sagte May verträumt.

Aiden lachte leise in sich hinein und blies den Rauch vor sich in die Luft. Keith sauste mit einem fröhlichen Surren hindurch und hinterließ in der Dunstschwade ein kleines Loch.

„Vermisst du manchmal deine Eltern?", sagte May plötzlich sehr leise.

„Nein. Sie haben mich weggegeben und ich kann mich kaum mehr an sie erinnern", antwortete Aiden.

„Willst du sie wiedersehen?"

„Ich weiß nicht einmal, wo sie sind. Wahrscheinlich nicht einmal mehr in Patridinem", erwiderte Aiden.

May drehte sich nun zu ihm und sah ihn an. Ihr braunes Haar schimmerte im sanften Sternenlicht und kurz vergaß Aiden, an seiner Zigarette zu ziehen. „Aber wenn du die Möglichkeit hättest, sie wiederzusehen?", sagte sie.

Aidens Blick schweifte in die Ferne und nachdenklich kratzte er sich an der Wange.

„Ich weiß es nicht. Ich glaube nicht", sagte er schließlich leise. „Sie haben mich damals nicht gewollt, wieso sollten sie sich dann freuen, mich nach all den Jahren wiederzusehen?"

„Vielleicht haben sie sich geändert", meinte May.

Aiden zuckte mit den Achseln.

„Selbst wenn, es ist mir egal. Es ist gut so, wie es ist", sagte er bestimmt und May verstand, dass er nicht weiter darüber sprechen wollte.

Sie zog ihre Beine zurück und lehnte sich an die Wand hinter ihnen. Keith zog noch ein paar Kreise, bevor er erschöpft, aber munter zu ihnen flog und auf Mays angewinkeltem Knie landete. Mit sanften Fingern strich sie der kleinen Libelle über die Flügel.

Eine Weile schwiegen sie und beobachteten die Sterne am Himmel. Ab und zu wehte ein Hupen der Lok zu ihnen hinauf oder das Rauschen der Wellen des Meeres. Mays Augen wurden immer schwerer und der Schrobbling hatte es sich schon in ihrem Schoß gemütlich gemacht und die winzigen Äuglein geschlossen.

„Reeder will Veridian morgen früh begraben", sagte Aiden leise.

Doch von May kam keine Antwort. Ihr Kopf rutschte auf Aidens Schulter und ihr Mund stand ein wenig offen. Augenblicklich verschwand der Schatten aus Aidens Augen und nach längerem Zögern legte er vorsichtig einen Arm um May, um sie näher an sich zu ziehen. Als er sie beobachtete, legte sich ein sanftes Lächeln auf seine Lippen und achtlos schnippte er den Rest der Zigarette über den Rand. Heute Nacht kam es ihm so vor, als hätten die Sterne nie heller geschienen.

Kapitel 15: Flucht durch den Nebel

Sonnenstrahlen kitzelten May an der Nase und mit einem höchst zufriedenen Gefühl erwachte sie langsam aus dem tiefen Schlaf. Wenn sie ehrlich war, dann hatte sie selbst nicht damit gerechnet, in dieser Nacht so gut zu schlafen. Innerlich hatte sie sich schon mit erneuten Albträumen abgefunden, die sie heimsuchen würden, doch ihr Schlaf war traumlos gewesen. Obwohl sie die klare Morgenluft spüren konnte und den leichten Wind, fühlte sie unter sich eine Wärme, der sie sich entspannt entgegen lehnte. Doch irgendwann begannen ihr Rücken und Nacken zu schmerzen und sie fragte sich, wieso um alles in der Welt sie im Sitzen und nicht im Liegen geschlafen hatte...

Langsam öffnete sie die Augen und hätte beinahe einen erschrockenen Schrei ausgestoßen. Dicht neben ihr war Aiden, halb saß er, halb lag er, die Augen geschlossen und einige Strähnen seines Haares hingen ihm wirr in der Stirn. Mit einem Schlag fiel May alles wieder ein – Aiden hatte sie am vergangenen Abend auf den wunderschönen Marktplatz geführt und schließlich waren sie in diesen Turm eingebrochen und auf die Aussichtsplattform geklettert. Anscheinend mussten sie irgendwann so eingeschlafen sein. Ein leises, hohes Surren riss May aus ihrer Starre und Keith flatterte aufgeregt vor ihr auf und ab.

„Was hast du denn?", murmelte May noch etwas überfordert.

In Gedanken überlegte sie schon mal, wie sie reagieren sollte, wenn Aiden aufwachte. Die kleine Libelle zischte vor ihr auf und ab und verschwand kurz unter der Plattform, bevor sie wieder auftauchte. Immer wieder stieß sie dabei ein schrilles Pfeifen aus.

„Ich verstehe nicht, was..."

Doch dann wehten leise Stimmen zu ihr nach oben, die sie zu Stein erstarren ließen.

„Was ist, wenn er ihn gar nicht hat? Vielleicht irrt der Meister sich."

„Der Meister irrt sich nie!"

Vorsichtig robbte May auf der Plattform nach vorne und spähte über den Rand hinweg. Direkt unter ihr, am Fuße des Aussichtsturmes, standen zwei in dunkle Mäntel gehüllte Männer, die sich in den Schatten des Gebäudes drängten.

May runzelte die Stirn und legte den Finger an die Lippen, damit Keith nicht mehr so laut mit seinen Flügeln schlug.

„Was ist mit diesem Reeder? Er wird uns wieder in die Quere kommen, so wie immer", sagte der Kleinere der beiden.

May presste sich eine Hand auf den Mund, um das verräterische Keuchen zu dämpfen.

„Reeder wird bald nicht mehr da sein, Benjamin. Hab nur noch ein bisschen Geduld, dann haben wir ein Problem weniger", sagte der Andere mit so schneidend kalter Stimme, dass May Gänsehaut bekam.

In der Nähe heulte die Pfeife eines Zuges und als die beiden sich bewegten, um zu sehen, woher der Lärm kam, fiel das helle Sonnenlicht auf ihre Gesichter. Auch wenn May keinen der beiden je zuvor gesehen hatte, wusste sie sofort, wer der Kleinere war. Er hatte dieselben Augen, dieselben Züge um den Mund, dieselbe Nase. Für sie bestand kein Zweifel, dass dieser Mann Benjamin war, der Sohn von Novalee, deren Gespräch mit Shaun sie in Lofall belauscht hatte. Schlagartig wurde ihr bewusst, dass nun auch nicht mehr der geringste Zweifel daran bestand, dass diese beiden Männer Schattenboten oder Schattenspäher waren. Nervös warf sie einen Blick auf Aiden, der immer noch schlief.

„Ist dir auch niemand gefolgt?"

Es war der Größere, der diesmal sprach. Seine Pupillen waren winzig, sein Gesicht bleich und eingefallen und tiefe Ringe zeichneten sich unter seinen Augen ab. May lief es bei seinem Anblick eiskalt den Rücken herunter. Im Gegensatz zu ihm erschien ihr Corvuna nahezu zahm.

„Nein, niemand. Hältst du mich für so fahrlässig, Bhatar?", versicherte Benjamin.

„Ich vertraue nur mir selbst. Dasselbe würde ich dir raten", erwiderte Bhatar schlicht.

Er warf einen Blick auf seine Armbanduhr und sah dann die Straße rauf und runter. Dann gab er Benjamin ein Zeichen.

„Wir sollten gehen."

„Was? Jetzt? Was ist, wenn Reeder wieder auftaucht?", sagte Benjamin nervös.

„Dann werden wir uns um ihn kümmern. Je eher er aus dem Weg ist, desto besser. Außerdem besteht immer noch die Möglichkeit, dass er Veridian den Spiegel gestern abgenommen hat", entgegnete Bhatar kühl.

May stockte der Atem. Ihr Blut rauschte so laut in den Ohren, dass sie die nächsten Worte fast nicht verstanden hätte.

„Ich verstehe nicht, wieso dieser Spiegel so wichtig ist", murmelte Benjamin gereizt.

„Das lass mal meine Sorge sein. Du wirst mir dabei helfen, ihn zu besorgen. Komm jetzt", sagte Bhatar.

Sie spähten noch einmal die Straße entlang, bevor sie hinter dem Turm und somit auch aus Mays Blickfeld verschwanden. Wie vor den Kopf geschlagen lag sie da, die Finger in das Holz gekrallt und mit wild hämmerndem Herzen. Erst als das leise Flügelschlagen von Keith an ihr Ohr drang, richtete sie sich auf und rüttelte Aiden an der Schulter.

„Aiden, wach auf!"

Grummelnd wollte er sich von ihr wegdrehen, doch sie kniff ihm unbarmherzig in die Seite, sodass er empört aufjaulte und die Augen aufschlug.

„Was'n los?", nuschelte er verschlafen.

„Wir müssen hier weg. Schnell, wir müssen Reeder und die anderen warnen", rief May ungeduldig.

Aiden rieb sich übers Gesicht und streckte sich. May knirschte mit den Zähnen und warf immer wieder einen Blick über den Rand der Plattform, doch die Schattenspäher blieben verschwunden.

„Bitte beeil dich, Aiden!", drängte sie und war schon drauf und dran, durch die Perlenvorhänge nach unten zu laufen, da hielt er sie am Arm zurück.

„May, was ist denn passiert?", fragte er.

„Das erklär ich dir auf dem Weg. Komm", erwiderte sie hastig und zog ihn mit sich die Stufen hinunter.

Während sie durch die Straßen liefen, berichtete May Aiden, was sie soeben belauscht und erfahren hatte. Mit großen Augen starrte er sie an, als sie darauf warteten, dass der Zug an ihnen vorbeifuhr.

„Du willst damit sagen, die beiden sind Schattenbooten?", sagte er entgeistert.

„Oder Schattenspäher. Auf jeden Fall sind sie hinter dem Spiegel her und sie denken, Veridian hat ihn", sagte May und wollte bereits weiter stürmen, doch wieder hielt Aiden sie zurück.

Voller Ungeduld sah sie ihn an.

„Bist du sicher, dass sie über diesen Spiegel gesprochen haben?", fragte er.

„Über welchen Spiegel sollten sie denn sonst sprechen, Aiden?", entgegnete May leicht angesäuert.

„Aber woher sollten sie von ihm wissen?"

„Was weiß ich! Ich sag dir nur, was ich gehört habe", rief May ungeduldig.

„Okay, okay, ist ja gut. Und sie denken, Veridian hat ihn?"

„Ja, sage ich doch die ganze Zeit", zischte May.

Aiden sah sie mit einem merkwürdigen Gesichtsausdruck an.

„Was ist?", sagte sie grober als beabsichtigt.

„Reeder wollte Veridian heute begraben", sagte er langsam.

„Schön und gut, aber dazu müssen wir erst einmal zu Reeder und ihm sagen, dass -"

„Begreifst du es nicht, May? Reeder wollte Veridian heute früh begraben. Und die Gefolgsleute vom Schattenmeister sind jetzt gerade auf dem Weg zu Veridian", rief Aiden.

Es fühlte sich an, als würde sich ihr Innerstes verknoten und ihr wurde ganz schlecht.

„Oh mein Gott...", wisperte sie geschockt.

Sie packte Aiden an den Armen.

„Reeder hat keine Ahnung, dass sie kommen werden", sagte sie mit bebender Stimme.

Aiden nickte nur und May sah, dass er schwer schlucken musste. Dann wirbelten sie gleichzeitig herum und rannten in die andere Richtung zurück. May dachte, zum Schiff zu laufen, wäre vielleicht die klügere Idee. Sie könnten Captain Wincelton und den Zwergen und Brooks Bescheid geben. Doch das würde zu lange dauern. Sie durften keine Zeit verlieren. Nicht noch einmal.

Völlig außer Atem erreichten sie das Eisentor an der Spitze des steilen Anstiegs.

„Sieh nur!", rief May verzweifelt.

Das Tor stand offen und sie war sich sicher, auch wenn sie sich nicht mehr daran erinnern konnte, dass sie es gestern noch geschlossen hatten. Sie rannte den Weg entlang, Aiden dicht hinter ihr, während die Landschaft immer wilder wurde. Die Krähen stoben aufgeregt davon, als sie an ihnen vorbeikamen. May konnte keinen klaren Gedanken fassen. Immer wieder schoss ihr durch den Kopf, dass es töricht war, ohne einen Plan hierher zu kommen. Was hatte Corvuna auf der Helianthus gesagt? Die Schattenspäher besäßen Messer mit Klingen, die tödlicher waren als alle anderen?

Das goldene Funkeln der Sanduhr tauchte vor ihnen auf. May schwankte zwischen dem Drang, so leise wie möglich zu sein oder einfach nach Reeder zu schreien. Sie wischten die Blätter beiseite und im nächsten Moment standen sie vor dem großen Stundenglas. Sofort wanderte Mays Blick auf den Fleck am Boden, an dem Veridian gestern noch gelegen hatte. Er war verschwunden.

„Reeder ist nicht da", stellte Aiden überflüssigerweise fest.

„Wieso ist Veridians Leiche dann nicht mehr hier?", gab sie zurück.

Sie versuchte die aufkommende Furcht zu verdrängen. Es gab sicher eine plausible Erklärung, weshalb Veridian nicht mehr hier lag.

Wer wusste schon, was mit dem Körper eines Wächters geschah, wenn er starb, dachte May. Ja, es gab sicher eine Erklärung, dass weder Veridian, noch Reeder hier waren.

Doch je öfter May versuchte, sich das einzureden, umso beunruhigter wurde sie.

„Wir sollten zurück zur Aurora gehen. Vielleicht hat Reeder ihn auch schon begraben und ist wieder gegangen", schlug Aiden halbherzig vor.

Auch er wirkte nervös und nestelte an seinem Hemd herum. Der Schrobbling Keith surrte um Mays Kopf und ließ sich dann auf Aidens Schulter nieder. May umkreiste das Stundenglas dreimal, bis sie sich eingestehen musste, dass Aiden tatsächlich recht hatte. Es machte keinen Sinn weiterhin hier zu bleiben. Doch dann fiel ihr Blick auf den Sockel, der die Sanduhr trug, und sie hielt mitten in der Bewegung inne. Gestern war sie nicht dazu gekommen, den Namen ihrer Mutter zu finden.

„Was machst du da?", stieß Aiden irritiert aus, als sie sich vor den Sockel hockte und die Namen nacheinander durchging.

Sie gab keine Antwort. Nicholas Thompson, Evelyn Chona, Lizzy Kagornua...

„May?"

Steven Jefferson, Billy Boddrough, Kendrick Voller.

„May, wir sollten von hier verschwinden", drängte Aiden, doch seine Stimme klang weit entfernt.

Veridian Randough, Darmor Tolander, Emma Stacks.

May starrte den Namen ihrer Mutter an und alle Gefühle kehrten schlagartig zurück. Ein schwerer Kloß bildete sich in ihrem Hals und machte ihr das Schlucken schwer.

„Reeder hatte recht. Meine Mutter war eine Wächterin", flüsterte sie.

162

„War sie das, ja?"

May wirbelte herum und erstarrte. Bhatars Augen funkelten triumphierend und seine Lippen kräuselten sich zu einem harten Lächeln. Aiden versuchte sich verzweifelt aus Benjamins Griff zu winden, doch der hielt ihm ein Messer an die Kehle.

Als Bhatar einen Schritt auf sie zumachte, wich May reflexartig einen zurück, sodass sie mit den Füßen gegen den Sockel stieß.

„Wo ist Veridian?" schnarrte Bhatar.

„Keine Ahnung", entgegnete May hastig.

Bhatar schüttelte den Kopf, als wäre sie eine seiner Schülerinnen, die ihn schwer enttäuscht hatten.

„Ich weiß, dass ihr ihn versteckt habt. Wo ist Veridian?", wiederholte er mit fester Stimme.

„Er ist tot", sagte May bemüht ruhig.

Bhatar hob die Augenbrauen und als er ein kaltes, schallendes Lachen ausstieß, zuckten nicht nur May und Aiden zusammen, sondern auch Benjamin.

„Das weiß ich, dummes Mädchen. Ich war es, der ihn umgebracht hat", lachte er kalt.

Mays Augen weiteten sich entsetzt. Ihr wurde schlecht. Verzweifelt suchte sie Aidens Blick, der ebenso schockiert aussah wie sie. Für einen Moment vergaß er sogar, sich gegen Benjamins Griff zu wehren.

Bhatar trat wieder näher und da sie nicht weiter zurückweichen konnte, versuchte sie sich möglichst groß zu machen. Ein kläglicher Versuch; Bhatar war mindestens zwei Köpfe größer als sie, selbst wenn sie sich auf Zehenspitzen stellen würde.

„Ich frage dich noch einmal. Wo ist Veridians Leiche?"

Als May keine Antwort gab, verengte er seine Augen zu Schlitzen, sodass nur noch das Weiß zu sehen war.

„Du willst doch nicht Schuld am Tod deines Freundes hier sein, oder?", sagte er.

May erbleichte.

„Ich weiß nicht, wo er ist! Ich schwöre es!", rief sie hysterisch.

Bhatar gab Benjamin ein Zeichen und er setzte die Klinge an Aidens Hals an. May sah die Furcht in seinen Augen, die er mit größter Mühe zu verbergen versuchte. Ganz still stand er da, hatte jegliche Gegenwehr aufgegeben. Als sie sah, wie die Klinge gegen seine Haut drückte, trat sie verzweifelt vor.

„Nein, wartet! Ich...ich habe den Spiegel bei mir!"

Benjamin blinzelte überrascht, Aiden starrte sie aus einer Mischung aus Angst und Unglaube an und das kalte Grinsen aus Bhatars Gesicht erlosch.

„Was hast du gesagt?", zischte er leise.

„Ich habe den Spiegel, den ihr sucht", sagte sie zittrig.

„Beweis es!", donnerte Bhatar befehlshaberisch.

Mays Blick huschte zu Aiden, der kaum merklich den Kopf schüttelte und sich auf die Zunge biss.

„Ihm wird nichts geschehen", sagte sie und nickte in Richtung Aidens.

Bhatar zögerte, dann nickte er. Benjamin nahm die Klinge zurück und Aiden stieß ein Seufzen der Erleichterung aus. Langsam öffnete May ihre Tasche und ließ sich Zeit, den Spiegel zu finden. Selbst als sie das kühle Glas unter ihren Fingern spürte, zog sie ihn nicht heraus.

Sie dürfen ihn nicht bekommen, lass dir was einfallen, sie dürfen den Spiegel nicht bekommen. Wie ein Mantra wiederholten sich die Worte in Mays Kopf.

„Was ist?", rief Bhatar ungeduldig.

May zog den Spiegel hervor und sofort weiteten sich seine Augen voller Erstaunen. Seine schwarzen Pupillen wurden riesig und er trat einen Schritt auf May zu. Als er die Hand nach dem Spiegel ausstreckte, drückte May ihn rasch an sich. Blanker Zorn loderte in Sekundenschnelle in seinen Augen auf.

„Gib mir den Spiegel und niemandem wird etwas passieren", sagte er.

Es fiel ihm sichtlich schwer, seine Wut und die Gier nach dem Spiegel zu unterdrücken.

„Nein!", schrie May verzweifelt.

Sie suchte nach einer Lösung, einem Ausweg, irgendetwas, das sie aus dieser misslichen Lage befreien konnte.

„Dieser Spiegel ist nicht dein verfluchtes Eigentum, dummes Mädchen!", brüllte Bhatar und packte May unsanft am Handgelenk, sodass sie erschrocken aufschrie.

„Fass sie nicht an!", rief Aiden zornig, der sich mit aller Kraft gegen Benjamin stemmte.

Bhatar streckte seine Hand nach dem Spiegel aus.

„Nein!", schrie May und mit aller Kraft, die sie aufbringen konnte, trat sie ihm gegen das Schienbein.

Er heulte auf und für den Bruchteil einer Sekunde lockerte sich sein Griff um ihr Handgelenk. Sie presste den Spiegel an ihre Brust und duckte sich unter Bhatar hinweg. Voller Wut drehte er sich um und packte sie an den Haaren. Als er ihr ein Büschel davon ausriss, schrie sie und trat um sich.

„GIB MIR DEN SPIEGEL!", brüllte er.

May wand sich unter seinem schmerzhaften Griff. Er zog so fest an ihren Haaren, dass ihr Tränen in die Augen schossen. Lichter explodierten vor ihren Augen und sie hatte das Gefühl, ihr ganzer Kopf würde in Flammen stehen.

„Wieso nehmen wir nicht einfach das Mädchen mit, Bhatar?", rief Benjamin so unerwartet, dass Bhatar aufhörte, sie an den Haaren festzuhalten.

„Das Mädchen?", wiederholte er langsam.

„Hat sie nicht gesagt, ihre Mutter sei eine Wächterin gewesen? Sie weiß bestimmt, wo die Blumen sind", erklärte Benjamin rasch.

Anscheinend war er es nicht gewohnt, so viel Aufmerksamkeit von Bhatar zu bekommen. Aiden knurrte, als Bhatar nachdenklich nickte und sich sein Griff um Mays Handgelenk wieder festigte.

„Schön, schön. Dann werden wir sie mitnehmen", sagte er leise.

Ein ohrenbetäubender Knall ertönte, die Welt schien zu erbeben und von einer mächtigen Druckwelle erfasst, schleuderte es May von den Füßen. Bhatars Hand rutschte von ihrem Arm und von irgendwoher konnte sie Schreie hören.

Sie war neben dem Sockel gelandet; ihr Kopf pochte und rote Striemen hatten sich auf ihrem Handgelenk gebildet, wo Bhatar sie festgehalten hatte. Ein dunkelgrüner Nebel lag auf dem Platz, so dicht, dass May nicht einmal die Hand vor Augen sehen konnte. Irgendwo zu ihrer Linken hörte sie einen Schrei und rasch richtete sie sich auf. Sie verstaute den Spiegel in ihrer Tasche und hastete durch den Nebel, beide Hände tastend von sich gestreckt.

„May? MAY!?"

„Aiden! Aiden, ich bin hier!", schrie sie zurück.

Sie stolperte über eine Wurzel und lief weiter.

„Aiden?"

Keine Antwort. Plötzlich tauchte eine Gestalt vor ihr auf, durch den Nebel verschwommen und unklar. May blieb wie angewurzelt stehen.

War es Bhatar?

Doch bevor sie sich entscheiden konnte, wegzulaufen oder einfach stehen zu bleiben, kam die Gestalt näher und die Umrisse wurden zunehmend schärfer.

„Mr. Reeder!", entfuhr es May und vor Erleichterung hätte sie am liebsten geweint.

„Geht zurück zum Schiff, los! Sagt Captain Wincelton, er soll sofort ablegen und euch zurück nach Patridinem bringen", befahl Reeder.

„Was ist mit Ihnen?", rief May.

„Ich komme nach."

„Wir können nicht ohne Sie hier weg", widersprach May ängstlich.

„Ihr müsst. Sie wissen jetzt, dass du den Spiegel hast und dass deine Mutter wusste, wo die Lebensblumen zu finden sind. Sie werden hinter dir her sein, May, genau wie sie hinter den Blumen her sind", sagte Reeder.

„Was ist mit Veridian?", sagte sie rasch.

„Glaubt ihr wirklich, ich hätte seinen Körper gestern ohne jegliche Schutzvorrichtung hier gelassen? Ich habe ihn drüben bei den Trümmern abgelegt. Er ist mit einem Tarnzauber versteckt."

Seine Worte durchfuhren May wie ein Blitz. Natürlich hätte Reeder ihn niemals so hier liegen gelassen. Wieso war sie so naiv gewesen? Wieso hatte sie nicht für eine Sekunde darüber nachgedacht, was sie taten? Ein Schrei drang durch den Nebel.

„Geht! Los!", drängte Reeder.

Er nahm Mays Hand in seine und strich ihr einmal über die geöffnete Handinnenfläche. Wie aus dem Nichts erschien dort eine gelbliche Flamme, die es ihr möglich machte, durch den Nebel etwas erkennen zu können. Er drückte Mays Schulter und hastete dann an ihr vorbei, bis er in den dichten Nebelschwaden verschwand.

Sie starrte ihm nach, ihr Herz hämmerte wie wild in ihrer Brust. Dann wandte sie sich um und rannte durch den Nebel. Sie wich den Bäumen und Sträuchern aus und war erleichtert, als sie Aiden nur wenige Schritte von sich entfernt durch den Nebel irren sah.

„Aiden!", rief sie und packte ihn am Arm, worauf er erschrocken zusammenzuckte.

Als er sie erkannte, weiteten sich seine Augen und er fasste sie an den Schultern.

„May, was ist...wie..."

Sein Blick fiel auf die Flamme in ihrer Hand.

„Reeder wird sich um sie kümmern. Wir müssen gehen, wir müssen zurück zum Schiff", sagte May und warf einen schnellen Blick über die Schulter.

Aiden schluckte, dann nickte er und folgte May durch den Nebel bis zum Eisentor. Der Nebel lichtete sich und als sie durch das Tor liefen, strahlte ihnen die Sonne entgegen.

May hatte das Gefühl, in eine andere Welt gestürzt zu sein, als gäbe es auf der anderen Seite des Eisentores keine Schattenspäher, keine Wut, keine Schmerzen. Aiden berührte sie vorsichtig an der Schulter und sie fuhr aus den Gedanken.

„Bist du okay?", fragte er leise.

Sie nickte und fuhr sich reflexartig über ihr Handgelenk.

„Und du?", sagte sie.

Auch er nickte und warf einen Blick zurück auf den Nebel.

„Das war ganz schön knapp. Wenn Reeder nicht aufgetaucht wäre...", murmelte er.

May wollte gar nicht daran denken. Sie beeilten sich, zurück zur Aurora zu laufen und May verheddarte sich aus lauter Eile gleich mehrmals in der Strickleiter, die an Bord führte. Eigentlich hatte sie befürchtet, es würde lange dauern, auf diesem Schiff die Hütte des Captains zu finden. Deswegen stieß sie ein Stöhnen voller Erleichterung aus, als sie ihn mit Brooks und Dhalia an Deck fand. Er lehnte mit verschränkten Armen gegen zwei aufeinander gestapelte Fässer.

„Captain Wincelton!", rief May und stürmte auf ihn zu.

Verblüfft sah er auf, dann stieß er sich von den Fässern ab und kam ihnen entgegen. Als er die Aufregung in ihren Gesichtern sah, runzelte er die Stirn.

„Wo ist Moran?", fragte er misstrauisch.

„Die Schattenspäher haben uns überrascht", keuchte Aiden außer Atem.

Dhalia ließ einen spitzen Schrei hören und erhob sich in die Lüfte, wo sie ihre zierlichen Fäuste schwang.

„Wo sind sie? Ich warte schon so lange darauf, ihnen mal gehörig -"

Captain Wincelton unterbrach sie.

„Ruhe! Erzählt mir, was passiert ist", sagte er an May und Aiden gewandt.

Rasch berichteten sie, wie sie Bhatar und Benjamin belauscht hatten, aus Sorge um Reeder zurück zum Stundenglas gelaufen waren und wie Reeder sie schließlich vor den Schattenspähern gerettet hatte.

„Er sagte, wir sollen sofort aufbrechen", drängte May.

Aiden stieß einen Laut der Empörung aus.

„Wir können ihn nicht zurücklassen", meinte er entsetzt.

„Er wird nachkommen", sagte May halbherzig.

Auch ihr wäre es lieber, sie würden warten, bis er mit ihnen zurück nach Patridinem kam. Alle Augen richteten sich jetzt auf Captain Wincelton, der sich nachdenklich übers Kinn fuhr. Sein Blick war in die Ferne gerichtet.

„Moran weiß, was er tut. Das ist etwas, auf das man sich stets verlassen kann", sagte er schließlich entschlossen.

Aiden starrte ihn fassungslos an, doch Captain Wincelton ignorierte ihn.

„Brooks, sag den anderen Bescheid. Wir brechen auf nach Patridinem, sofort!"

Kapitel 16: Das Mädchen aus der Zeichnung

Die ganze Fahrt über verkrochen sich May und Aiden in Mays Kajüte und sprachen darüber, was sie erfahren hatten. Aber wie sie es auch drehten und wendeten, ihre Gespräche drehten sich im Kreis. Veridian war tot, ermordet von den Schattenspähern. Er würde ihnen nicht beantworten können, ob May nun die neue, zweite Wächterin war oder nicht. Er konnte ihnen auch nichts über Mays Mutter, die Lebensblumen oder den Schattenmeister erzählen. Aiden gestand, dass er gehofft hatte, Veridian würde etwas über die Macht wissen, die demjenigen zuteil wurde, der alle sechs Lebensblumen zerstörte. Doch auch das blieb ungewiss.

„Er hat uns nur diesen Stock hinterlassen", murmelte May missmutig, während sie und Aiden Skara halfen, die Kleidung der Mannschaft zu waschen.

„Vielleicht war das irgendein Hinweis", sagte Aiden schulterzuckend und tauchte eines der winzigen Hemden von Grachlas in die Waschwanne.

„Hör mir auf mit Hinweisen. Wir interpretieren in die ganze Geschichte viel zu viel rein", entgegnete May stöhnend.

„Wie meinst du das?", fragte Aiden.

„Naja, sieh mal. Wir wären gar nicht nach Novitera gesegelt, wenn dieser blöde Spiegel nicht wäre. Die ganze Zeit denken wir darüber nach, was er jetzt zu bedeuten hat und warum meine Mum ihn mir damals geschenkt hat. Aber das ist doch Unsinn. Ich kann dir sagen, wieso sie ihn mir gegeben hat."

Aiden hob die Augenbrauen und stützte sich auf dem Rand der Wanne auf.

„Schieß los", sagte er.

„Sie dachte, es wäre eine nette Geste, ein schönes Geschenk für ihre Tochter zum Geburtstag."

„Welches Kind freut sich bitte über einen Spiegel?", sagte Aiden ungläubig.

„Ich! Und es gibt bestimmt viele andere Kinder, die sich darüber freuen würden", keifte May und warf ihm einen bösen Blick zu.

Sie tauchte die Hose von Robert so schwungvoll ins Wasser, dass es überall hin spritzte und Aiden in Deckung gehen musste.

„Aber hast du schon mal darüber nachgedacht, dass Veridian nicht der Einzige war, der vielleicht etwas über das Ganze gewusst hat?", sagte er behutsam, als er wieder hinter seiner Waschwanne auftauchte.

May seufzte und fuhr sich durchs Haar.

„Ja, habe ich. Aber der dritte Wächter ist verschwunden, das habe ich dir doch erzählt. Veridian hat das gesagt, kurz bevor er...du weißt schon", seufzte sie.

„Was hat er denn genau gesagt?", hakte Aiden nach.

„Dass es keine Hoffnung mehr gibt, weil Darmor verschwunden ist. Und bevor du fragst, ja, ich bin mir sicher, dass er der dritte Wächter ist. Veridian sagte das und außerdem stand sein Name auch auf dem Sockel der Sanduhr."

„Dann war sein Stock vielleicht doch ein Hinweis", rief Aiden.

Als May ihn nicht gerade überzeugt ansah, fuhr er rasch fort.

„Ich meine, vielleicht ist es ein Hinweis, wo sich Darmor aufhält. Der Stock könnte doch zum Beispiel aus einem Ast eines ganz bestimmten Baumes sein, der nur an einem bestimmten Ort wächst. Und wo der Baum ist, dort finden wir auch Darmor!"

„Aiden, hör auf. Wir werden keinen Baum finden und wir werden auch nicht nach Darmor suchen", sagte May entschieden.

Aiden warf die Socken beiseite, die er gerade untertauchen wollte und kam um die Wanne herum auf sie zu.

„Wieso nicht? Wir können nicht einfach nichts tun und darauf warten, dass Reeder zurückkommt", entrüstete er sich.

„Doch, genau das werden wir tun. Jedenfalls werde ich das tun. Wenn du willst, kannst du ja nach diesem Baum suchen, tu dir keinen Zwang an. Ich werde auf Reeder warten und wenn er wieder da ist, bin ich weg", erwiderte May.

Aiden klappte der Mund auf.

„Wie...wie meinst du das?", sagte er leise.

May seufzte und senkte den Kopf. Sie starrte auf die Wasseroberfläche in der Wanne vor ihr und konnte die tiefe Falte zwischen den Augen ihres Spiegelbildes sehen. Ja, wie meinte sie das? Sie wusste es doch selbst nicht genau. Eigentlich hatte sie nicht einmal vorgehabt, diesen Satz auszusprechen, doch jetzt konnte sie ihn nicht mehr zurücknehmen, das wusste sie.

Langsam sah sie auf und stellte überrascht fest, dass Aiden sie keine Sekunde aus den Augen gelassen hatte.

„Was soll ich noch länger in Patridinem, Aiden? Reeder wollte, dass ich ihn nach Novitera begleite und ich wollte das auch. Alle erwarten, dass ich irgendwie nützlich sein kann, weil ich die Tochter einer Wächterin bin und diesen Spiegel mit den Blumen besitze, aber das stimmt nicht. Das kann ich nicht. Ich habe keine Ahnung von all diesen Dingen. Bis vor ein paar Tagen wusste ich nicht mal, dass es diese Lebensblumen überhaupt gibt", sagte sie. Als Aiden nichts sagte, nahm sie das nächste Hemd und tauchte es unter Wasser.

„Wenn Reeder wieder da ist, werde ich das tun, was ich schon lange hätte tun sollen", sagte sie leise.

„Ach ja und was soll das sein?", sagte Aiden scharf.

Verwundert blickte May auf. Wut loderte in seinem Blick, mit dem er sie anstarrte.

„Das ist also dein Plan? Du verschwindet einfach wieder nach Apunima und lässt uns im Stich?", fauchte er.

„Ich habe gar keinen Plan, Aiden. Genau das ist es ja! Wie soll ich euch bei dieser ganzen Sache helfen? Ich weiß nicht, wo die anderen Lebensblumen sind. Ich war bis jetzt noch nicht einmal in der Hälfte der Länder, wo die Blumen sind."

„Du hast den Spiegel", sagte er.

„Na und? Vergiss endlich diesen dummen Spiegel, der kann uns bei rein gar nichts helfen", erwiderte sie harsch.

„Durch ihn wissen wir wenigstens, wie die Blumen aussehen. Das ist ein großer Vorteil gegenüber den Schattenspähern", meinte Aiden.

„Aber das sagt uns immer noch nicht, wo wir sie finden und wie wir sie vorm Schattenmeister beschützen können", sagte May niedergeschlagen.

„Du kannst nicht einfach so aufgeben, Maybelle", sagte Aiden ärgerlich.

„Und du kannst mich nicht einfach so umstimmen, indem du mich mit meinem vollen Namen ansprichst", entgegnete sie.

Daraufhin wusste Aiden nichts mehr zu sagen und selbst wenn, bekam er nicht die Chance dazu. In dem Moment wuselte Skara um die Ecke mit einem neuen Haufen Klamotten, der dringend gewaschen werden musste.

Spät am Abend, als alle anstehenden Arbeiten erledigt waren und sich die Mannschaft wieder an Deck versammelte, um zu Abend zu essen und dabei zu singen und zu tanzen, verzog sich May in eine ruhige Ecke und setzte sich auf ein großes Fass, das nahe der Reling stand. Ihre nackten Füße baumelte über der Reling und sie konnte gelegentlich das kühle Wasser an ihren Knöcheln spüren.

Sie wünschte, ihre Gedanken würden für nur ein paar Minuten still sein.

Doch es ging nicht. Sie konnte an nichts anderes denken als an Reeder, den

Spiegel, ihre Mutter, den Bezwinger des Schattens und Veridian.

Jedes Mal, wenn sie auch nur an seinen Namen dachte, spürte sie ein unangenehm schweres Gefühl in ihrer Magengegend, als hätte sie etwas Faules gegessen. Im Stillen fragte sie sich, ob er ihr wirklich etwas über den Spiegel hätte erzählen können. Oder über ihre Mutter. Eine Welle streifte ihre Füße, doch sie zuckte nicht einmal zusammen.

Er hat etwas über meine Mum gewusst, dachte sie. Er hat sie gekannt. Sonst hätte er niemals meine Ähnlichkeit mit ihr erwähnt.

Ein plötzlicher Gedanke ließ sie die Stirn runzeln. Was wäre, wenn der Brief, den ihre Mutter kurz vor Mays fünftem Geburtstag bekommen hatte, von Veridian gewesen war? Sie ballte ihre Hände zu Fäusten. Sie war so kurz davor gewesen. So kurz davor, endlich zu erfahren, wieso ihre Mutter aufbrach und nie wieder nach Hause kam. Wieso sie in den Tod segelte.

Gelächter und Geigenmusik wehten zu ihr herüber, doch sie nahm es kaum wahr. Sie starrte auf das dunkle Wasser, in dem die Sterne und der Mond schimmerten und fragte sich, ob ihr Vater in Silver-Myers bereits von den Schattenspähern erfahren hatte.

Am nächsten Morgen war May schon früh auf den Beinen und wie sich herausstellte, galt das auch für alle anderen an Bord. Als sie ihre Tasche schulterte, die Haare zu einem Pferdeschwanz band und an Deck trat, stellte sie überrascht fest, dass die Umrisse der ersten Bergspitzen von Patridinem bereits zu sehen waren. Aiden stand neben Robert und Brooks an der Reling. Selbst von weitem konnte May die Erleichterung in seinem Blick sehen, wenn er nur in die Richtung von Patridinem sah.

„Guten Morgen, May" rief Robert grinsend und winkte ihr zu, als sie näher trat.

Zögerlich sah sie Aiden an, doch er nickte nur kurz und starrte dann wieder aufs Wasser. Sie seufzte und nahm dankend den Becher mit dem Wasser des Lignotus-Baumes entgegen, den Brooks ihr reichte.

Die Berge nahmen Gestalt an, formten sich zu ganzen Bergketten und bald schon kam der Hafen in Sicht. Möwen kreischten und zogen ihre Kreise um die riesigen Masten der Aurora.

„Was werdet ihr jetzt machen?", fragte May Robert, als sie anlegten.

Er fuhr sich durchs schneeweiße Haar und legte grinsend den Kopf schief.

„Dorthin segeln, wo der Wind uns hintreibt und die Strömung uns leitet", sagte er.

Dann wurde er ernst.

„Und ihr? Was habt ihr jetzt vor?"

May warf Aiden einen kurzen Seitenblick zu, doch er tat angestrengt so, als würde er die Möwen beobachten. Sie straffte die Schultern und umklammerte den Riemen ihrer Tasche.

„Wir werden auf Reeder warten. Er wird sicher wissen, was zu tun ist", sagte sie überzeugt.

„Pass auf dich auf, May."

„Werde ich. Und du auch auf dich, Robert", erwiderte sie lächelnd.

Nach Robert wurde sie in eine feste Umarmung von Skara gezogen, Ofrael klopfte ihr aufs Knie, denn höher kam er nicht und Brooks schenkte ihr ein beruhigendes Lächeln. Grachlas und Dhalia standen daneben und wirkten geradezu desinteressiert. Zum Schluss reichte Captain Wincelton ihnen die Hand und zu Mays Erstaunen versicherte er ihnen, dass die Aurora stets für eine neue Fahrt ins Blaue bereit wäre, wenn sie sie bräuchten.

May und Aiden schwiegen sich an, als sie Abadan und Nero von Mr. Buttoncrop, dem Stallwirt vom Hafen Patridinems, abholten und auch als sie aufstiegen und das Meer und das laute Treiben am Hafen langsam hinter sich ließen, sprachen sie kein Wort. May warf einen Blick zurück, nur um zu sehen, wie die Hütten und Brücken und Wendeltreppen der Aurora bereits wieder in der Ferne verschwanden.

Trotz allem, was May durch den Kopf schoss, tat es gut, wieder in Patridinem zu sein. Auch, wenn sie es nicht laut zugeben würde, sie hatte ein Stück weit das Gefühl, nach Hause zu kommen. Ein feines Lächeln breitete sich auf ihren Lippen aus, als sie an Custol Hill und Shaun und die Wawigglers dachte. Abadan schien richtig begeistert, endlich wieder geritten zu werden; immer wieder musste May ihn sanft ermahnen, nicht einfach davon zu stürmen.

Es war deutlich kälter, als an ihrem Tag der Abreise. Die Sonne schaffte es nicht mehr, sich durch die dichten Wolken am grauen Himmel zu kämpfen und der Boden war überseht mit feinen Eiskristallen. Als sie den Berg überquert hatten und der Weg wieder ebener verlief, zog sich May ihren wärmsten Pullover über.

Als die ersten Häuserdächer von Lofall am Horizont auftauchten, hingen längst schwere, dunkle Wolken über ihnen und die Luft war noch kühler geworden. Es roch nach Regen.

„Wie wäre es, wenn wir einen kleinen Abstecher zu Ray machen?", schlug May hoffnungsvoll vor.

Aiden sah nicht gerade angetan von diesem Vorschlag aus, doch da auch er keine große Lust hatte, in ein Gewitter zu geraten, sagte er zu und sie schlugen den Weg Richtung Stadt ein. Sie hatten gerade die Eingangstore Lofalls passiert, da tropfte der erste Regen auf sie herab und in der Ferne ertönte der grollende Donner.

May wurde ganz warm, wenn sie an Rays Saloon dachte; sie würden etwas essen, trinken, wären in guter Gesellschaft und hätten endlich ein Dach über dem Kopf. Doch als der Saloon in Sicht kam, verpuffte Mays Freude auf einen Schlag und Entsetzen überkam sie.

Vom Saloon war nicht mehr viel übrig. Ein paar Stützpfosten standen noch da, wirkten kläglich und einsam so ganz ohne Dach. Die halbe Wand lag in Kleinteilen am Boden, der übersät war mit Splittern, Steinen und Scherben. Die Tische waren zerlegt worden und der schmale Rest des Daches, der noch übrig geblieben war, war schwarz und verkohlt.

„Mein Gott", japste Aiden neben ihr fassungslos und sprang aus Neros Sattel, bevor dieser überhaupt zum Stehen kam.

Sie banden ihre Pferde hastig an einem der Pfosten an und sprangen über die Häuserreste hinweg zum Tresen, der wie ein Wunder überlebt hatte. May entdeckte Horace Gibbson zuerst. Der kleine, rundliche Mann stieg umständlich über einen zertrümmerten Stuhl hinweg und suchte in den Trümmern nach Überbleibsel, das noch zu retten war.

„Horace!", rief May, worauf er überrascht aufsah.

Als er May und Aiden erkannte, weiteten sich seine Augen und aufgeregt hüpfte er ihnen entgegen.

„Miss May! Und Aiden Joseph ist auch dabei! Was für ein Glück, euch zu sehen, jawohl", schluchzte er und schüttelte überschwänglich ihre Hände.

„Horace, was ist hier passiert? Geht es dir gut? Wo ist Ray?"

„Lass ihn erst mal zu Atem kommen, May", murmelte Aiden.

„Ach, es ist furchtbar. Sie kamen gestern in der Nacht und haben alles in Stücke gehauen. Dann haben sie das Dach angezündet, aber wir konnten es gerade noch so löschen, bevor es auf die anderen Häuser übergesprungen wäre", erzählte Horace mit weinerlicher Stimme.

„Wer war es? Wer hat das hier getan?", fragte Aiden.

„Fällt dir da wirklich niemand ein?"

Die drei drehten sich um. Vor ihnen stand Ray, in der Hand etwas Weißes, das wie eine herausgebrochene Taste eines Klaviers aussah. May schlug sich bei seinem Anblick eine Hand vor den Mund. Sein Gesicht war von tiefen Schnittwunden gezeichnet und sein linkes Auge war geschwollen und hatte eine hässlich violette Farbe angenommen. Langsam trat May auf ihn zu, schüttelte immer wieder ungläubig den Kopf.

„Die Schattenboten?", flüsterte sie atemlos.

Ray nickte grimmig, drehte die Klaviertaste in den Händen, bevor er sie zurück in die anderen Trümmer warf.

„Sie kamen und haben uns über irgendwelche Blumen und einen Spiegel ausgefragt. Und sie waren ganz scharf darauf, zu erfahren, wo ihr steckt", sagte Horace und nickte mit dem Kinn in Richtung May und Aiden.

May hatte das Gefühl, sich jeden Augenblick übergeben zu müssen. Es war ihre Schuld, dass Ray seinen Saloon verloren hatte und jetzt so zugerichtet war. Ihr Gesicht verzog sich zu einer schmerzvollen Grimasse. Sie wollte Ray sagen, wie leid es ihr tat, dass sie das niemals gewollt hätte, doch kein Ton wollte ihr über die Lippen kommen.

„Wieso sind sie ausgerechnet hierher gekommen?", fragte Aiden nachdenklich.

Ray zuckte mit den Schultern und fuhr mit dem Finger vorsichtig über sein Veilchen.

„Wenn ich das wüsste. Sie waren jedenfalls davon überzeugt, dass wir wüssten, was ihr vorhabt", sagte er.

„Dann müssen sie gewusst haben, dass wir Kontakt zu euch hatten. Aber... wie?", murmelte Aiden und runzelte die Stirn.

„Ganz ehrlich, es ist mir egal, wieso sie es getan haben. Ich kann vergessen, in den nächsten Monaten auch nur ein Glas Whiskey auszuschenken", sagte Ray und sah sich resigniert in den Trümmern um.

„Wir werden dir helfen, ihn wieder aufzubauen", versprach May hastig.

Ray sah sie erstaunt an, während Aiden ihr einen entgeisterten Blick zuwarf.

„Werden wir?", sagte er verstimmt.

„Natürlich. Er hat uns nicht an den Schattenmeister verraten, das ist das Mindeste, was wir tun können", entrüstete sich May sofort.

„Bist du sicher, dass er nichts gesagt hat?", sagte Aiden mit gesenkter Stimme.

„Sieh dich doch mal um, Joseph! Hätte ich ihnen was gesagt, dann hätten die wohl kaum meinen Laden in Schutt und Asche zerlegt, oder?", sagte Ray kühl.

„Außerdem habe ich nicht die leisteste Ahnung, wo ihr gewesen seid oder über welche Blumen sie gesprochen haben", fügte er hinzu.

„Aber du kennst den Schattenmeister? Und die Schattenboten?", sagte Aiden.

„Wer heutzutage nicht von ihnen gehört hat, läuft mit blinden Augen und tauben Ohren durch die Welt", entgegnete Ray.

Ein lautes Donnergrollen ließ sie alle zusammenzucken und mit dem nächsten Atemzug prasselte der Regen erbarmungslos auf sie herab. Ray stieß einen Fluch aus und warf die Arme in die Luft, um seinem Groll Ausdruck zu verleihen.

May sah Aiden an. Er presste die Zähne fest aufeinander und schüttelte kaum erkennbar den Kopf. May legte flehend den Kopf schief und wischte sich eine nasse Haarsträhne aus der Stirn. Aiden verdrehte die Augen, bevor er sich an Ray wandte.

„Wir brechen jetzt auf. Meinetwegen könnt ihr uns begleiten", grummelte er leise.

Horace strahlte und nickte, während Ray sich nicht von der Stelle rührte. Er starrte Aiden mürrisch an. Als dieser seinen Blick auffing, verzogen sich seine Lippen zu einem höhnischen Grinsen.

„Wenn Winnington sich allerdings zu fein dafür ist und es vorzieht, nicht mit den Ausgestoßenen gesehen zu werden, kann er liebend gerne auch hier bleiben."

„Aiden", zischte May vorwurfsvoll.

„Gut. Wir kommen mit euch", sagte Ray schließlich leise.

Da Nero das stärkere Pferd war, kletterte Horace hinter May in den Sattel, während Ray zu Aiden auf Neros Rücken stieg. May war nass bis auf die Knochen, sie schlotterte vor Kälte und ihre Kleidung klebte an ihr wie eine zweite Haut. Dennoch konnte sie sich nur schwer ein Grinsen und ein Augenrollen verkneifen, als sie sah, wie penibel die beiden darauf achteten, sich nicht zu sehr zu berühren. Aiden ließ Nero so abrupt loslaufen, dass Ray fast runtergefallen wäre und sich nur noch in letzter Sekunde an ihm festhalten konnte.

Regen und Wind peitschten ihnen entgegen, am wolkenverhangenen Himmel zuckten die Blitze und das Donnern wurde zu ihrem ständigen Begleiter. May stieß ein Seufzen aus, als sie unter den großen Blättern der ersten Custolen Schutz fanden. Der Wind pfiff nicht mehr so laut und auch der Regen schien deutlich leiser geworden zu sein.

May zitterte und war heilfroh, als sie endlich die Lichtung erreichten und die Hütten in Sicht kamen. Reflexartig warf sie einen Blick zum Baumhaus und ein beklemmendes Gefühl überkam sie, als sie die dunklen Fenster sah.

„Vorzüglich, ein sehr hübsches Stück Land, jawohl", stieß Horace vergnügt aus, als er hinter May aus dem Sattel rutschte.

Auch Ray schien beeindruckt, während er seinen Blick über die Hütten und Custolen gleiten ließ, sagte jedoch nichts. May rieb die Hände aneinander, um sich zu wärmen.

„Wir sollten rein gehen, bevor wir uns alle noch den Tod hier draußen holen", sagte sie bibbernd und Aiden führte sie in seine Hütte.

May war noch nie in seiner Hütte gewesen und konnte nicht leugnen, neugierig zu sein. Als sie hinter Horace eintrat, stutzte sie überrascht. Es war ganz anders, als sie erwartet hatte. An der Wand gegenüber seines Bettes stand ein riesiges Regal, das fast die Hälfte des Raumes einnahm. Bücher über Bücher reihten sich aneinander, kleine Körbe voller Kreide, Stifte, Federkiele, Tintenfässchen, Pergament und Kohlestifte waren in die Lücken zwischen den Büchern gezwängt worden und dort, wo noch Platz war, standen kleine Gläser mit Glühwürmchen.

Auf dem Boden lag ein ausgefranster, roter Teppich und vor dem mit cremefarbenen Vorhänden behangenen Fenster befand sich ein Holzschreibtisch, auf der eine Kerze stand, die schon zur Hälfte abgebrannt war und ein paar leere Zigarettenschachteln.

Aidens Wangen nahmen einen zarten Rosaton an, als die anderen sich neugierig in seiner Hütte umsahen. May schüttelte sich den Regen aus den Haaren und hockte sich im Schneidersitz auf den Teppich. Aiden machte es sich auf seinem Bett gemütlich, während Horace sich neben May auf den Boden setzte und Ray den Stuhl in Beschlag nahm. Eine Weile lauschten sie dem trommelndem Regen und sahen den Blitzen zu, die im Minutentakt die Lichtung draußen beleuchteten.

„Wir sollten Shaun sagen, dass wir wieder da sind", sagte May schließlich leise.

Aiden sah sie an und sie wusste, dass er dasselbe dachte, wie sie. Auch sie hatte bei ihrer Ankunft bemerkt, dass Fanny nicht bei den anderen Pferden auf der Koppel gestanden hatte.

„Also ich will nicht so tun, als wäre ich jemand, der Ahnung von Kunst hat, aber das sieht mir doch eindeutig nach unserer Miss May aus", gluckste Horace.

Verwirrt sah May ihn an. Er hatte eines der Bücher aus Aidens Schrank gezogen und betrachtete nun eine Kohlestift-Zeichnung, die zwei ganze Seiten einnahmen. Ihr Atem stockte und ihr Herz schlug auf einmal ganz schnell in ihrer Brust.

Die Zeichnung war wie ein Spiegelbild, wie eine Fotografie. Die Zeichnung zeigte sie selbst, wie sie ausgestreckt im Gras lag, den Blick in die Ferne gerichtet und ein feines Lächeln auf den Lippen.

May musste nicht lange überlegen, von welchem Moment die Zeichnung stammte. Es war der Tag gewesen, an dem sie mit Aiden zu der großen Schaukel am Kirschblütenhügel geritten war. Es schien schon so lange her, so weit weg...

Klapp!

May zuckte zusammen, als Aiden aufsprang und das Buch hastig zuschlug, als er es Horace aus den Händen riss. Seine Wangen glühten scharlachrot und er vermied jeden Blick in Mays Richtung. Ray hatte eine Augenbraue hochgezogen und war sich anscheinend nicht sicher, ob er jetzt amüsiert oder verwirrt drein blicken sollte.

Doch May starrte immer noch auf das Buch, das Aiden jetzt so fest umklammerte, dass seine Fingerknöchel weiß hervortraten. Sie konnte ihren eigenen Herzschlag in den Ohren hören, konnte fühlen, wie schnell es schlug.

Er hat mich gezeichnet.

„Ich glaube, es beruhigt sich da draußen allmählich", sagte Horace, der sich peinlich berührt räusperte.

May riss sich nur mit Mühe von Aidens Anblick los und warf einen prüfenden Blick aus dem Fenster. Horace hatte recht; das Gewitter war weitergezogen und die ersten Sonnenstrahlen drangen durch die Wolken. Der Starkregen hatte sich in feinen Nieselregen verwandelt und im goldenen Schein der Sonne sah es so aus, als würden Bindfäden vom Himmel fallen.

„Meine Güte, diese Sonne, diese Aussicht...das muss ich mir genauer anschauen, jawohl", rief Horace und hüpfte aus der Hütte.

Ray stand auch auf, blieb aber zögernd stehen. Er sah mit gerunzelter Stirn zwischen Aiden und May hin und her. Aiden starrte zu Boden, das Buch noch immer in den Händen und in der herein scheinenden Sonne wirkte sein Gesicht noch dunkler.

Schließlich wandte sich Ray ab und folgte Horace aus der Hütte. Die Tür fiel hinter ihm ins Schloss und eine Stille legte sich über den Raum, als hätte jemand eine unsichtbare, dicke Decke über sie ausgebreitet. In Mays Kopf herrschte ein Chaos, von dem sie sich sicher war, es niemals wieder ordnen zu können.

„Ich wusste nicht, dass du zeichnest", sagte sie leise.

Und dass du mich gezeichnet hast, wusste ich auch nicht, flüsterte eine Stimme in ihrem Kopf.

Aiden antwortete nicht. Er hob auch nicht den Blick.

„Das ist wirklich gut geworden. Du hast echt Talent", fuhr sie fort.

Meine Haare, mein Kinn, meine Augen, meine Nase, sogar meine Haltung hast du perfekt getroffen.

„Ich kann verstehen, wenn du nicht wolltest, dass ich es sehe oder dass Horace und -"

„Es ist mir egal, wer es sieht. Ich habe dich nur gezeichnet, weil ich es satt hatte, das Zeichnen ständig an Daniel oder Shaun zu üben", sagte Aiden scharf.

Er sah sie immer noch nicht an und hatte das Buch immer noch fest an sich gedrückt. Mays Wangen brannten, als hätte er ihr soeben eine Ohrfeige verpasst. Sie wusste nicht, warum, aber auf einmal brannten auch ihre Augen und sie taumelte einen Schritt zurück. Langsam nickte sie und sah zu Boden, der plötzlich vor ihren Augen verschwamm.

„Verstehe, natürlich", flüsterte sie heiser.

„Hier. Nimm es, ich brauch es sowieso nicht mehr. Außerdem gehört es eh dir."

May fuhr sich übers Gesicht und sah auf. Aiden streckte ihr das Buch entgegen, ohne sie wirklich anzusehen. Es schien, als würde er geradewegs durch sie hindurchsehen.

Und erst da erkannte sie es. Es war nicht irgendein Buch. Es war das kleine Notizbuch, das sie bei ihrer Anreise in Patridinem verloren hatte. Aiden hatte es aufgehoben und eingesteckt.

Sie biss sich auf die Zunge und wich noch einen Schritt zurück, bis sie die Tür in ihrem Rücken spüren konnte.

„Behalte es", sagte sie mit bemüht klarer Stimme.

Jetzt sah er sie doch an. Für einen Moment flackerte Verwirrung in seinem Blick auf. Mays Finger fanden endlich den Türgriff.

„Dann hast du eine Erinnerung an das naive, engstirnige Mädchen aus Apunima, wenn ich weg bin."

Und bevor er auch nur irgendetwas sagen oder tun konnte, drehte sie sich um, öffnete die Tür und stürmte aus der Hütte.

Kapitel 17: Entscheidung

Enttäuschung.

Das war es, was May empfand. Vielleicht war da auch ein wenig Trauer, ein wenig Wut, ein wenig Schmerz, aber vor allem Enttäuschung. Und das Schlimmste war, dass sie nicht einmal wusste, wieso sie diese Enttäuschung fühlte.

Das nasse Gras war rutschig unter ihren Stiefeln, als sie über die Lichtung lief, mit gesenktem Blick und keinem wirklichen Ziel. Sie war wütend auf sich selbst, weil sie enttäuscht war. Enttäuscht wovon? May stieß ein bitteres, leises Lachen aus. Sie konnte sich die Frage selbst nicht beantworten. Vielleicht weil noch nie jemand zuvor eine so detailgetreue Zeichnung von ihr angefertigt hatte. Vielleicht weil noch nie jemand zuvor sie so gesehen hat, wie Aiden. So, wie seine Zeichnung es bewies.

Vielleicht aber auch, weil sie zum ersten Mal in ihrem Leben das wundersame Gefühl hatte, sich mit jemandem verbunden zu fühlen. Und für einen winzigen Moment lang, als Aiden das Buch an sich gerissen hatte, hatte sie das Gefühl gehabt, er würde ebenso denken.

Sie schnaubte und trat einen heruntergefallen Zweig vor sich her. Auf einmal fühlte sie sich furchtbar müde und erschöpft und dennoch wollte sie nicht in ihr Zelt gehen. War es überhaupt noch ihr Zelt? Immerhin war sie nur noch mal zurück nach Custol Hill gekommen, um auf Reeder zu warten. Sie schluckte und blieb langsam stehen.

Reeder...

Sie versuchte sich vorzustellen, was wohl passiert war, nachdem Aiden und sie das Tor zum Stundenglas von Terquasol hinter sich gelassen hatten. War es Reeder gelungen, die Schattenspäher zu überwältigen? War er bereits auf dem Weg zurück nach Patridinem? Und wenn nicht, würden sie es überhaupt erfahren, dass ihm etwas zugestoßen war? May seufzte und ging hinüber zu Abadan, der sofort den Kopf hob, als sie sich näherte. Er stupste sie mit der Schnauze an und sie strich ihm sanft über die Nüstern und durch die weiche Mähne.

Links neben ihrem Ohr ertönte ein leises Flattern und als sie aufsah, erkannte sie Keith, den Schrobbling. Sie lächelte und streckte die Hand aus, damit er auf ihr landen konnte. Aus seinen winzigen Äuglein sah er sie an, als versuche er herauszufinden, was sie bedrückte. Ihr Lächeln verrutschte etwas und sie zuckte stumm mit den Schultern.

„Ich weiß es doch auch nicht", murmelte sie leise.

Keith erhob sich in die Luft und umkreiste sie und danach Abadan, der seinen Kopf zurückwarf und versuchte, nach der Libelle zu schnappen, doch sie war zu flink. May lachte leise und dann fiel ihr Blick auf Ray.

Er stand mit dem Rücken zu ihr auf dem Hügel hinter der Lichtung und starrte in die späte Nachmittagssonne. Ihre Beine setzten sich von ganz alleine in Bewegung; Keith folgte ihr und ließ sich auf ihrer Schulter nieder, wie er es schon bei Aiden getan hatte. Ray sah auf, als sie näher kam. Er runzelte die Stirn, als er den Schrobbling auf ihrer Schulter entdeckte und hob eine Augenbraue.

„Eine Kupfer-Libelle?", fragte er.

„Sein Name ist Keith. Ich habe ihn vom Markt aus Novitera", sagte May und wie auf Kommando erhob sich Keith wieder in die Luft und schwirrte ein paar Meter vor ihnen in der Luft.

Eine Weile schwiegen sie und beobachteten die kleine Libelle. Keith schien ganz außer sich vor Freude, dass er ein paar Zuschauer hatte und drehte gleich mehrere Purzelbäume in der Luft.

„Früher hat man sie bloß aus Holz hergestellt. Und das war wirklich ein Desaster. Die Flügel waren zu unförmig und zogen sie immer zu Boden. Es ist schön zu sehen, dass sie an der Technik gefeilt haben. Es wäre zu schade gewesen, hätten sie dieses Projekt einfach in den Wind geschossen", sagte Ray leise.

May sah ihn überrascht an.

„Woher weißt du das alles?", sagte sie erstaunt.

Er streckte die Hand aus und Keith landete sofort auf ihr. Vorsichtig strich Ray ihm über die Flügel, worauf er ein entzücktes Quieken von sich gab.

„Ein paar Freunde von mir und ich haben die Schrobblinge erfunden", sagte er.

Mays Augen weiteten sich.

„Was? Ernsthaft?"

„Ja. Damals waren wir gerade mal sechzehn oder siebzehn, glaube ich", überlegte Ray und ließ Keith wieder los flattern.

„Dann kommst du aus Novitera?", sagte May neugierig.

Ray nickte und sah sie an.

„Als ich ungefähr neunzehn war, bin ich nach Patridinem gegangen. Und wie man sieht, bin ich dort auch geblieben", schmunzelte er.

„Wieso bist du gegangen?", fragte May zaghaft.

Ray zuckte mit den Schultern und beobachtete Keith, der einen Salto nach dem anderen schlug und dabei immer wieder vergnügte Geräusche ausstieß.

„Ich kam nicht so gut mit meinem Vater aus. Noch nie. Also hielt ich es für das Beste, wenn sich unsere Wege trennen und ich denke, auch er war ganz froh darüber, dass ich wegging."

„Sag das nicht!", stieß May aus.

Ray sah sie überrascht an. Verlegen richtete sie ihren Blick wieder auf Keith.

„Kein Elternteil ist froh darüber, sich vom eigenen Kind zu trennen. Jedenfalls sollte es so sein", murmelte sie.

Dann sah sie ihn an und etwas Flehentliches lag in ihrem Blick.

„Ich wollte nicht, dass du wegen uns deine Arbeit verlierst. Oder dass sie dir wehtun."

May war sich nicht sicher, doch glaubte sie unter dem dunklen Bart ein schmales Schmunzeln erkennen zu können.

„Das ist in Ordnung", sagte er abwinkend.

„Ist es nicht", entgegnete May.

„Du weißt, dass ich euch nicht verraten hätte, oder? Ich meine, selbst wenn ich gewusst hätte, wo ihr seid. Ich hätte es ihnen nicht erzählt", sagte Ray.

Jähe Dankbarkeit wallte in May auf und langsam nickte sie. Dann nahm sie kurz Rays Hand in ihre und drückte sie, worauf das Schmunzeln unter seinem Bart zu einem Lächeln wurde. Doch schnell wurde er wieder ernst. Seine Augen huschten zu Aidens Hütte hinüber.

„Ich weiß, dass Joseph denkt, es würde mir etwas ausmachen, dass er und die anderen abseits der Städte leben, hier in diesem Wald, wo niemand sie findet. Er denkt, ich würde ihn deswegen verurteilen", sagte er leise.

Sofort schüttelte May den Kopf.

„Nein, das stimmt nicht", rief sie rasch, auch wenn eine Stimme in ihrem Kopf flüsterte, dass er vielleicht recht hatte.

Ray schenkte ihr ein kurzes Lächeln, bevor er wieder ernst wurde.

„Es ist rührend, dass du ihn in Schutz nimmst, aber glaub mir, ich kenne Aiden Joseph jetzt schon eine ganze Weile. Oft genug kam er in meinen Saloon, um mit Horace sein Gold zu verzocken. Ich kenne auch die Beschimpfungen, mit denen er und dieser Moran Reeder und die anderen tagtäglich konfrontiert werden. Aber nicht einmal habe ich so etwas in den Mund genommen. Das schwöre ich", sagte er.

May nickte, ohne zu zögern.

„Ich weiß. Das habe ich auch nie geglaubt", sagte sie und spürte, dass sie es auch genauso meinte.

Ray nickte, schob seine Hände in seine Hosentasche und sah dann wieder Keith zu, der nun einen Sturzflug nach dem anderen vortäuschte. Es tat erstaunlich gut, einfach nur dazustehen, die Libelle und die goldene Sonne zu beobachten, die die Bäume und den Bach glitzern ließ und zu schweigen. Alle Gedanken, die May vor wenigen Minuten noch durch den Kopf geschossen waren, waren wie weggeblasen. Sie spürte die Wärme auf ihrem Gesicht, den kühlen Wind in den Haaren, roch den vertrauten Geruch von Holz und Regen und konnte in der Ferne den Schrei eines Kauzes hören.

Für einen Moment beneidete sie Aiden, dass er das alles hier jeden Tag haben konnte. Er musste sich keine Gedanken darüber machen, ob er die frechen Wawigglers jemals wiedersehen würde, wenn er auf das nächste Schiff nach Apunima stieg.

Ray bewegte sich neben ihr.

„Sag mal, hörst du das auch?", sagte er mit gerunzelter Stirn.

„Was meinst du?"

Doch im selben Moment beantwortete sich ihre Frage von selbst. Das Geräusch von donnernden Hufen, die sich im Galopp näherten, schreckte die Vögel in den Baumwipfeln auf und unter schrillem Gekreische stoben sie auseinander. Keith war dadurch so abgelenkt, dass er diesmal tatsächlich einen Sturzflug hinlegte. Im nächsten Atemzug teilten sich die Büsche und May stieß einen Freudenschrei aus.

„Shaun!"

Shaun Gosnell zog an den Zügeln seiner Stute Fanny, die schnaufend vor Ray und ihr zum Stehen kam. May strahlte. Sie hatte gar nicht bemerkt, wie sehr sie Shaun vermisst hatte, seine Witze und seine großväterliche Art, dass die Freude, ihn jetzt zu sehen, umso größer war. Shaun glitt aus dem Sattel und sah sie an. Das war der Moment, in dem ihr Lachen erstarb.

Ein dunkler Schatten lag über seinem Gesicht und sein Blick war ernster, als May es von ihm kannte.

„Ich hatte gehofft, dass ihr schon zurück seid", sagte er leise.

May trat vor und sofort kam er ihr entgegen und nahm ihre Hände in seine.

„Du hast bestimmt einiges durchmachen müssen auf deiner Reise und kannst es gar nicht abwarten, es zu erzählen. Aber das muss vorerst warten. Wo ist Moran?"

„Er ist noch nicht zurück", sagte May nervös.

Shauns Gesichtszüge entgleisten ihm. Fassungslos starrte er sie an, als hätte er die Hoffnung, sie würde es als einen harmlosen Scherz abtun. May wünschte, dass sie es könnte. Sie wünschte es so sehr.

„Er ist noch nicht zurück?", wiederholte Shaun langsam.

„Er wurde aufgehalten. Er hat Aiden und mir zur Flucht verholfen, nachdem die Schattenspäher uns angegriffen haben", erzählte sie hastig.

„Ihr wurdet angegriffen?", sagten Shaun und Ray wie aus einem Munde.

May nickte.

„Wo ist Aiden?", fragte Shaun und ließ seinen Blick rasch über die Lichtung wandern.

„In seiner Hütte, wieso? Was ist eigentlich los, Shaun?", fragte May drängend.

„Ich war auf der Suche nach Daniel und dann bin ich -"

„Auf der Suche nach Daniel? Wo ist er denn?", unterbrach May ihn verwirrt.

„Wenn ich das wüsste. Aber das ist jetzt halb so wild, hoffe ich zumindest. Ich habe die Schattenspäher auf meiner Suche getroffen und es ist mir gelungen, sie zu belauschen. Sie wollen die Farm der Browns angreifen, weil sie denken, dort ist die Lebensblume von Patridinem."

Während May seine Worte erst einmal einordnen musste, trat Ray überrascht einen Schritt vor.

„Den Hof der Browns? Der von dem Ehepaar, das schon seit Jahren belächelt wird, weil sie Ponyreiten für Kinder anbieten?", sagte er.

„Genau."

May fühlte sich auf einmal wie taub. Das Rauschen in ihren Ohren wurde lauter und lauter und plötzlich war da eine Stimme, eine piepsige Mädchenstimme.

„Können wir dann auch wieder auf die Ponyfarm, Mami? Ich möchte noch mal auf den Ponys reiten!"

„Oh mein Gott", stieß sie atemlos aus.

Sie machte noch einen Schritt auf Shaun zu und packte ihn am Arm, da sie das Gefühl hatte, die Welt würde sich viel zu schnell drehen.

„Wir müssen sofort dahin. Sofort", sagte sie.

Flehend sah sie Shaun an.

„Bitte, Shaun. Martha Avens macht dort Ferien mit ihrer kleinen Tochter Suri, sie haben mich bei meiner Anreise mitgenommen. Sie haben keine Ahnung, was ihnen bevorsteht, wenn sie da bleiben."

„Ich hatte gehofft, dass Moran auch da ist, dann hättest du hier bleiben können, aber ohne ihn fürchte ich, werden wir jede zusätzliche Frau und jeden zusätzlichen Mann brauchen können", seufzte Shaun.

Sein Blick traf Rays.

„Ich werde helfen", sagte er ohne zu zögern und wieder verspürte May einen jähen Anflug von Dankbarkeit für diesen Mann.

„Gut...sehr gut. Ich werde Aiden holen gehen", sagte Shaun zerstreut und lief Richtung Lichtung davon.

May und Ray hasteten zu den Pferden zurück; Abadan schien zu spüren, das etwas nicht stimmte. Er kam ihnen entgegen und schabte schnaubend mit dem Huf im Schlamm. Beruhigend strich May ihm über den Hals.

Krampfhaft versuchte sie die Bilder von Martha und Suri zurückzudrängen, die sich immer wieder in ihre Gedanken schummelten. Ray legte ihr eine Hand auf die Schulter, doch sie nahm es gar nicht mehr richtig war. Die Angst um Martha und Suri hatte sie eingenommen und machte ihr jegliches Denken schwer.

Es dauerte nicht lange und Aiden und Shaun kamen auf sie zu, Horace stolperte ihnen hastig hinterher. Dennoch war es May wie eine Ewigkeit vorgekommen und als sie die Koppel erreichten, saß sie schon längst im Sattel.

„Ist es wahr, Ray? Werden die Browns jetzt ihren Hof verlieren?", stieß Horace bedrückt aus, als Ray in den Sattel eines besonders großen Wallachs stieg.

„Noch ist nichts verloren, mein Freund", sagte er und strich sich die Haare aus der Stirn.

Horace erbleichte, nickte dann aber und kletterte tapfer hinter May in den Sattel. Shaun reichte May einen Revolver, den sie irritiert anstarrte.

„Nimm ihn. Ich bete, dass du ihn nicht benutzen brauchst, aber ich fühle mich doch deutlich wohler, wenn du eine Waffe bei dir trägst", raunte er ihr zu.

Als May den Revolver entgegen nahm, fühlte er sich schwer und kalt und unerwartet fremd in ihren Händen an. Rasch verstaute sie ihn in ihrer Tasche und versuchte nicht daran zu denken, wie viele Leben er schon genommen hatte.

Es war schwer, sich im Galopp auf ein Gespräch zu konzentrieren, geschweige denn eines zu führen, doch May konnte nicht warten. Sie trieb Abadan an, sodass er das Pferd von Ray überholte, um neben Shaun zu reiten. Ein loderndes Feuer lag in dessen Augen, das May ihm nie zugetraut hätte.

„Wo ist Daniel?", rief sie über den Lärm der Pferdehufe hinweg.

„Er ist verschwunden. Hat nicht mal gesagt, wo er hin will. Wir wollten heute zusammen fischen gehen, doch er war nicht in seiner Hütte und ich konnte ihn auch sonst nirgendwo finden", sagte Shaun.

Das Gefühl, das May nun überkam, erinnerte sie an einen Eisblock, der langsam in ihr zu schmelzen begann und das eisige Wasser in ihrem ganzen Körper verteilte. So etwas hatte sie schon einmal erlebt. Damals war sie auf der Aurora gewesen und hatte von Daniel geträumt, der sich ausgeschlossen fühlte und deswegen zornig geworden war. Sie versuchte, das Gefühl zu vertreiben, doch es lag ihr schwer wie ein Stein im Magen.

Bäume, Sträucher und Felsen flogen an ihnen vorbei, als sie einen schlammigen Pfad einschlugen, der sie durch eine besonders steinige Gegend führte. Der Regen hatte den Boden aufgeweicht und ganze Schlammlawinen kamen ihnen entgegen, als sie eine Hügelkette überquerten. Immer wieder rutschten die Pferde auf dem nassen Matsch aus.

Gerade als Abadan die Spitze des Hügels erklommen hatte, ertönte hinter ihr ein verzweifelter Schrei. Sie drehte sich im Sattel um, gerade rechtzeitig, um mit anzusehen, wie Rays Pferd zu straucheln begann und in wilder Panik den Kopf hin und her warf.

„Ganz ruhig, mein Großer, ruhig", rief Ray bemüht sanft.

Er musste seine Beine kräftig in die Flanken des ängstlichen Tieres stemmen, damit es nicht das Gleichgewicht auf dem nassen Boden verlor. Als der Hengst sich wieder beruhigt hatte und zu den anderen aufschloss, glänzte der Schweiß auf Rays Stirn. Er fing Mays Blick auf und nickte ihr beschwichtigend zu.

„Kommt, weiter. Wir können uns keine Verzögerung mehr leisten", sagte Aiden.

Sie ließen die Hügelkette hinter sich und Shaun führte sie auf eine breite Straße aus Sand, die geradewegs auf eine einsame Farm zusteuerte. Mays Herzschlag beschleunigte sich. In den letzten Tage hatte sie genug Gewalt erlebt, dass es ihr für ein ganzes Leben reichte.

Sie wusste nicht, wie sie reagieren sollte, wie sie reagieren würde, wenn

Martha oder Suri etwas zugestoßen war.

Auf der Weide neben der Farm grasten drei Ponys, das weite Hemd einer Vogelscheuche wehte im Wind und der Wetterhahn auf dem Dach quietschte leise vor sich hin. May Beine zitterten, als sie aus dem Sattel stieg und noch vor den anderen auf die Veranda zulief. Sie hatte gerade die Eingangstür erreicht, da ließ sie ein drohender Ruf zusammenzucken.

„Wer ist da?"

Irgendetwas an der Stimme kam ihr bekannt vor. Als sie sich umdrehte und den Mann sah, der ihr mit grimmigem Blick und einer Schrotflinte in den Händen entgegen kam, wusste sie auch, wieso.

„Mr. Turner!", rief sie, unendlich erleichtert ihn zu sehen.

Überrascht, dass sie seinen Namen kannte, blieb er stehen und ließ die Schrotflinte langsam sinken. Mit gerunzelter Stirn musterte sie.

„Sie haben mich vor ein paar Tagen vom Hafen mit nach Lofall genommen, als sie Martha und ihre Tochter hierher gebracht haben, erinnern Sie sich?", sagte May rasch.

Da hellte sich sein Gesicht auf.

„Natürlich, ‚türlich...was führt euch alle hierher?", fragte er skeptisch, als Aiden, Shaun, Ray und Horace näher kamen.

„Ihr müsst von hier verschwinden, ihr alle. Martha und Suri und die Besitzer des Hofes", drängte May.

Immer wieder warf sie einen nervösen Blick an Thomas Turner vorbei, doch da waren keine Pferde, die sich näherten, kein Aufblitzen eines Messers und keine Schattenspäher. Es war sogar erstaunlich still, wenn man bedachte, dass die Schattenspäher eigentlich schon längst in der Nähe sein sollten. Auch Shaun ließ seinen Blick über die Umgebung schweifen.

„Noch mal langsam, bitte. Was sollen wir tun?", sagte Turner mit einer beschwichtigenden Handbewegung.

Aiden trat vor und begann ihm von den Schattenspähern und ihrem Gespräch zu erzählen, das Shaun belauscht hatte. May fiel es jedoch schwer, sich darauf zu konzentrieren. Sie starrte hinüber zur Hügelkette, die sie vorhin passiert hatten. Shaun trat neben sie und sprach aus, was ihr die ganze Zeit durch den Kopf schoss.

„Irgendetwas stimmt hier nicht."

May musste ihn nicht fragen, wie er darauf kam. Der schwere Stein in ihrem Magen, das beklemmende Gefühl, die Nervosität, alles schrie danach, dass etwas nicht in Ordnung war.

„Die Schattenspäher sollten längst hier sein. Sie hätten lange vor uns hier an-kommen müssen", murmelte May beklommen.

„Allerdings. Und je länger wir hier auf sie warten, umso stärker beschleicht mich die Befürchtung, dass wir gerade wo anders sein sollten", sagte Shaun grimmig.

May sah ihn erschrocken an.

„Du meinst, sie könnten jetzt gerade...?"

Sie brachte es nicht über sich, den Satz zu beenden. Allein die Vorstellung bereitete ihr eine Gänsehaut. Und doch überraschte es sie nicht im Gering-sten, dass Shaun daran dachte, die Schattenspäher würden jetzt, in diesem Moment, versuchen, durch den Wasserfall in die Höhle zu gelangen.

„Was sollen wir jetzt machen? Wenn wir hier bleiben und warten, könnte es längst zu spät sein. Aber wenn wir gehen, dann besteht immer noch die Möglichkeit, dass sie den Hof doch noch angreifen", sagte May verzweifelt.

„Wir werden uns aufteilen müssen", entschied Shaun.

May schüttelte entsetzt den Kopf.

„Dann wären wir bestimmt in der Unterzahl", protestierte sie.

„May, wir haben keine andere Wahl. Mit jeder Sekunde, die wie hier stehen und nichts tun, könnten sie der Lebensblume ein Stück näher kommen. Du weißt, was passiert, wenn sie sie bekommen sollten", erwiderte Shaun be-stimmt.

May öffnete den Mund, um etwas zu sagen, doch Aiden kam ihr zuvor. Un-bemerkt von den anderen hatte er sich zu ihnen gestellt und ihre Unterhal-tung verfolgt.

„Shaun hat recht. Uns läuft die Zeit davon", sagte er.

May biss sich auf die Lippe. Sie wusste, dass er recht hatte. Sie wollte es nur nicht wahrhaben. Sie konnte es nicht wahrhaben.

„May, du bleibst mit Horace und Raymond hier. Ich werde mit Shaun zur Höhle reiten und dann treffen wir uns am besten wieder hier, wenn alles vorbei ist", sagte Aiden.

„Wenn alles vorbei ist?", wisperte May.

Zum ersten Mal seit ihrer Auseinandersetzung in seiner Hütte, sahen sich May und Aiden an. Etwas Dunkles lag in seinem Blick und doch erkannte sie eindeutig die Furcht vor dem, was sie erwarten würde. May öffnete den Mund, um etwas zu sagen, doch ihr Hals war wie ausgetrocknet und so kam kein Laut über ihre Lippen.

„Viel Glück. Passt auf euch auf, seid wachsam und stets vorsichtig", sagte Shaun, als er in den Sattel seiner Fanny stieg.

Aiden tat es ihm gleich und mit dem nächsten Wimpernschlag ritten sie den Pfad zurück, den sie gekommen waren. Erst, als sie schon fast die Hügelkette erreicht hatten, kam wieder Leben in May. Sie machte einen Satz vorwärts, ihr Herz hämmerte schmerzhaft in ihrer Brust und ihr Atem ging ganz flach.

„Aiden!", stieß sie aus.

Doch Aiden hörte sie nicht mehr. Er und Shaun überquerten den ersten Hügel und verschwanden dann hinter dem nächsten, größeren. Mays Schultern sackten in sich zusammen. Sie fühlte sich, als wäre sie auf einmal wieder fünf Jahre alt und würde mit ihrem Vater am Hafen stehen und dem Schiff hinterherschauen, mit dem ihre Mutter fort gesegelt war.

„Sei bitte vorsichtig."

Ihr Flüstern verlor sich im Wind und sie wusste, dass ihre Worte Aiden niemals erreichen würden. Langsam drehte sie sich zu den anderem um. Nur am Rande nahm sie wahr, wie sich die Tür des Farmhauses öffnete und Martha Avens herauskam. Sie bekam nicht mit, wie Martha verwirrt auf Thomas zuging und ihn fragte, was hier los sei. Sie bekam auch nicht mit, wie Ray sie die ganze Zeit aus den Augenwinkeln beobachtete und sich seine Stirn in Falten legte. Erst, als sie mit einem Bein schon in Abadans Sattel saß, kam er auf sie zu und fasste Abadan an den Zügeln.

Schweigend sahen sie sich an. Schließlich senkte Ray den Blick und seine Finger entließen Abadans Zügel, sodass May sie in die Hand nehmen konnte. Sie zögerte und als Ray endlich wieder aufsah, nickte er kaum merklich. Er streckte ihr die Hand entgegen, May ergriff sie und hielt sie kurz ganz fest.

„Sei vorsichtig", sagte sie leise.

„Komm zu uns zurück", brummte er.

Dann ließ er ihre Hand los und trat ein paar Schritte zurück. May schnalzte mit der Zunge, zog an den Zügeln und richtete ihren Blick entschlossen auf die Hügel in der Ferne.

Wenn ihre Mutter in ihr eine Wächterin der Lebensblumen gesehen hatte, dann würde sie alles daran setzen, sie nicht zu enttäuschen.

Kapitel 18: In der Höhle

„Papa, Papa, sieh mal, was ich gefunden habe!"

Timothy Stacks beugte sich zu seiner Tochter Maybelle herunter und warf sich die Angel über die Schulter. Er lächelte, als sie ihm mit vor Aufregung geröteten Wangen eine wunderschöne, gelbliche Feder entgegen streckte.

„Die ist wirklich sehr hübsch. Wo hast du die denn gefunden, mein Schatz?", fragte er und strich ihr übers Haar.

Dafür, dass sie gerade einmal vier Jahre alt war, war es schon besonders lang. Und vor allem widerspenstig. Manchmal versuchte ihre Mutter ihr Haar zu zwei Zöpfen zu flechten, doch dafür brauchte sie fast eine halbe Stunde und schließlich hatte sie es aufgegeben.

„Da drüben bei den Steinen", rief May und deutete auf die Felsen am Ufer des großen Sees.

„Mama wird ganz begeistert davon sein. Sie kann es kaum mehr erwarten, endlich einen neuen Traumfänger zu basteln und diese Feder eignet sich ausgezeichnet dafür", schmunzelte er.

May lachte und hüpfte ein paar Mal im Kreis, während sie die Feder hochhielt. Auf einmal bekam sie leuchtende Augen.

„Hätte ich auch Federn, dann könnte ich auch fliegen. Dann könnte ich überall hin, wohin ich will", lachte sie fröhlich.

Sie sah nicht, wie Timothys Lächeln verrutschte. Sie sah nicht, wie sein Blick sich verdüsterte und wie er einen gar traurigen Blick Richtung Meer warf. Als May aufhörte, im Kreis zu springen, blinzelte er und die Traurigkeit war verschwunden.

„Lauf doch schon mal vor und zeig Mama deinen tollen Fund, ja?", sagte er sanft.

„Ja, das mache ich!"

Und schon hatte sie sich umgedreht und rannte mit wehendem Kleid und fliegendem Haar den Weg hinauf zu ihrem Haus. Es war ein warmer Julitag, so warm, dass May gleich nach dem Frühstück ihre Schuhe ausgezogen hatte und barfuß aus dem Haus gelaufen war. Zwei Schmetterlinge kreuzten nun ihren Weg. May wusste, dass es zwei Tagpfauenaugen waren, da sie erst neulich ein Bilderbuch über Insekten bekommen hatte.

Als das Zauntor ihres Hauses in Sicht kam, verfiel sie in ein Hüpfen und lachend kletterte sie über den Zaun. Ihre Mutter kniete zwischen den Holundersträuchern und Scharfgarben und wischte sich den Schweiß von der Stirn. „Wozu haben wir eigentlich ein Tor, wenn du es nie benutzt?", lachte sie, als May ihr entgegen lief.

„Guck mal, Mama, was ich gefunden habe", rief sie und fiel ihrer Mutter um den Hals.

Sanft nahm sie May die gelbe Feder aus der Hand und musterte sie. Ein zärtliches Funkeln lag in ihrem Blick.

„Die ist bestimmt von einer Goldschnatterente", überlegte sie.

„Können wir daraus einen neuen Traumfänger machen? Bitte?", sagte May und machte ganz große Augen.

Emma Stacks lachte und kniff ihr liebevoll in die Wange, worauf May kicherte und sich aus ihrer Umarmung wand.

„Natürlich", schmunzelte sie.

„Jetzt gleich?", fragte May hoffnungsvoll.

„Ich möchte nur noch die Blumen zu Ende gießen, dann komme ich rein, ja?"

May nickte begeistert, nahm die Feder und lief ins Haus. Sie liebte es mit ihrer Mutter zu basteln. Oder zusammen zu lesen oder sich ein Bilderbuch anzuschauen. Letzte Woche hatten sie fast drei Stunden damit verbracht, einen Teller mit wunderschönen Muscheln zu besetzen und festzukleben.

May legte die Feder auf dem Küchentisch ab, stellte sich auf den kleinen Hocker, der nur für sie in der Küche stand und öffnete den obersten Wandschrank. Dort bewahrten sie alle Sachen auf, die sie zum Basteln verwendeten.

Perlen, Federn Muscheln, getrocknete Kleeblätter, kleine Zweige, alte Ohrringe und Armbänder, bunten Garn und eine Tube voller Kleber, den Pierce ihnen einmal aus Maribiles mitgebracht hatte. Laut dem alten Zauberer, von dem er sie gekauft hatte, war der Kleber verzaubert und sollte deswegen extra lange halten.

May schaufelte alles, was sie für den Traumfänger brauchen würden, in ihre Arme und sprang dann vom Hocker, um die Sachen auf den Küchentisch zu legen. Dabei fiel ihr eine Perle herunter und kullerte bis zur angelehnten Haustür. Rasch lief sie hinüber und bückte sich, um sie aufzuheben.

„Es wird nicht immer so bleiben. Das weißt du, genauso gut wie ich."

May hielt inne, als sie die Stimme ihres Vaters vernahm. Er klang ganz anders. So besorgt, so ernst.

„Das wissen wir nicht, Timothy", entgegnete Emma beschwichtigend.

„Eines Tages wird er hinter das Geheimnis gekommen und dann wird niemand von uns mehr sicher sein. Vor allem Maybelle nicht", sagte Timothy hitzig.

May konnte das Rascheln von Kleidung hören und wusste, dass ihre Mutter aufgestanden war.

„Ich wüsste nicht, wieso er es jemals herausfinden sollte. Wir haben alles getan, was in unserer Macht steht. Timothy, sieh dich nur um. Wir führen ein fantastisches Leben in Frieden, was können wir uns mehr wünschen?", sagte Emma.

Timothy seufzte und eine Weile war es ganz still. Als er dann wieder sprach, war es fast nur ein Flüstern.

„Und du bist dir sicher, dass du die Einzige bist, die weiß, wo sie zu finden sind?"

„Natürlich. Sonst würde ich jetzt nicht hier mit einer Gießkanne im Blumenbeet sitzen, oder?", sagte Emma und obwohl May sie nicht sehen konnte, wusste sie, dass sie lächelte.

Timothy antwortete nicht und als May die Tür vorsichtig einen Spalt breit aufschob, lagen sich ihre Eltern in den Armen.

May wusste nicht, wieso sie sich ausgerechnet jetzt an diesen Tag erinnerte. Während Abadan über den steinigen Sand stürmte, hallten die Worte ihrer Eltern in ihrem Kopf nach. Damals hatte sie das Gespräch als recht langweilig empfunden. Natürlich, sie war noch sehr jung gewesen und hatte eigentlich nur ungeduldig darauf gewartet, dass ihre Mutter endlich den Traumfänger mit ihr bastelte.

Doch jetzt, als sie Wort für Wort in ihrem Kopf wiederholte, erschien es ihr wie ein Stück des Puzzles, an dem sie so verbissen arbeitete.

Sie hatten es also beide gewusst. Sowohl ihre Mutter, als auch ihr Vater hatten von den Lebensblumen gewusst. Wahrscheinlich hatte sie ihm davon erzählt. Sie mussten auch vom Schattenmeister gewusst haben, davon war May überzeugt. Wieso nur hatte ihr niemand je davon erzählt? Wieso hatte man sie all die Jahre unwissend gelassen?

May wurde jäh aus den Gedanken gerissen, als das Rauschen des Wasserfalls immer lauter wurde. Abadan schien ihre wachsende Aufregung zu spüren, denn er verfiel in einen letzten, scharfen Galopp, ohne dass sie etwas tun musste. Nero und Fanny standen abseits der Klippe, von Aiden und Shaun war keine Spur zu sehen. May sprang von Abadans Rücken und klopfte ihm den Hals.

„Warte hier", raunte sie ihm zu.

Die Stufen, die an der Felswand zum Wasserfall führten, waren genauso glitschig, wie May sie in Erinnerung hatte. Zweimal wäre sie in ihrer Hast fast ausgerutscht und in den Abgrund gestürzt. Kurz vor dem tosenden Wasserfall blieb sie stehen und lauschte. Doch das Wasser war so laut, dass es jegliche Geräusche aus der Höhle übertönte. May warf einen letzten Blick zurück über die Schulter, bevor sie die Augen schloss und durch den Wasserfall trat. Kaum war sie hindurch, huschte sie hinter ein paar Felsen und kauerte sich auf den Boden. Im Stillen zählte sie die Sekunden, bis sie einen Blick in die Höhle riskierte.

Die Blase mitsamt Lebensblume war genau dort, wo sie auch gewesen war, als Reeder sie hergeführt hatte. Aiden und Shaun standen davor, mit gezückten Revolvern und suchendem Blick.

May atmete erleichtert auf. Sie hatte gar nicht gemerkt, dass sie vor lauter Nervosität die Luft angehalten hatte. Sie hatten sich getäuscht. Die Schattenspäher waren nicht hier und die Lebensblume war auch nicht gestohlen worden. Zu diesem Schluss war anscheinend auch Shaun gekommen. Er drehte sich zu Aiden um und steckte die Waffe zurück an seinen Gürtel.

„Sie sind nicht hier. Wir haben uns geirrt", sagte er und seine Stimme hallte an den Steinwänden wider.

Aiden runzelte die Stirn; im Gegensatz zu Shaun behielt er den Revolver in der Hand.

„Was ist, wenn es eine Falle ist?", sagte er langsam.

„Was für ein schlauer Junge du doch bist. Du warst schon immer der Hellere von uns beiden, nicht wahr?"

May zuckte so kräftig zusammen, dass sie mit dem Arm gegen einen scharfen Felsen stieß und ihn sich aufriss. Sie musste sich auf die Zunge beißen, um nicht zu stöhnen. So leise wie möglich robbte sie tiefer in den Schatten und warf einen Blick zum Wasserfall hinüber. Ihre Augen weiteten sich entsetzt und diesmal konnte sie ein erschrockenes Keuchen nicht zurückhalten.

Daniel richtete seinen Revolver direkt auf Aiden, der bewegungslos dastand und ihn anstarrte. Im Gegensatz zu den anderen tropfte das Wasser von seinen Haaren und Kleidern.

Daniels Lippen kräuselten sich zu einem kalten Grinsen und all seine Freundlichkeit verschwand. May hatte das Gefühl, einen völlig anderen Menschen zu sehen.

„Das hat dir wohl die Sprache verschlagen, was?", rief er und machte einen Schritt auf sie zu.

„Daniel, was soll das?", sagte Shaun leise.

In seinem Gesicht stand der blanke Unglaube.

„Ihr wart so blind, ihr alle. Habt alles so schön und direkt vor meiner Nase geplant und nicht einmal auch nur einen Gedanken daran verschwendet, misstrauisch zu werden", sagte Daniel kühl.

„Daniel...", setzte Shaun erneut an, doch brach ab.

„Selbst den großen Moran Reeder konnte ich täuschen. Hat mich für einfältig und naiv gehalten. Deswegen hat er mich wohl auch so selten mit auf irgendwelche Ausflüge genommen. Dabei wart ihr die Naiven, die Blinden. Die, die man so einfach an der Nase herumführen konnte. Bis auf das kleine Miststück, das seit Tagen im Lager herumstreunt...ich glaube, sie war die Einzige, die vielleicht etwas geahnt hat", fuhr Daniel unbekümmert fort, als würde er von seinem letzten Frühstück erzählen.

„May?", stieß Aiden aus und seine Stimme klang hohl und fremd.

Daniel nickte und vollführte einen lässigen Schwenker mit seinem Revolver.

„Wo ist sie eigentlich? Sie muss auch hier sein, ihr Pferd steht draußen."

May zuckte zusammen und presste sich eine Hand auf den Mund. Wenn Daniel sie entdeckte, wäre alles vorbei. Niemand könnte die anderen warnen, niemand könnte Hilfe holen, sie würden hier drinnen sterben und keiner würde es erfahren.

Ray weiß es, schoss es May durch den Kopf. Er würde kommen und uns finden. Nur wann?

Sie sah, wie Aiden und Shaun einen beunruhigten Blick austauschten.

„Also, wo ist sie?", schnarrte Daniel und sah sich herausfordernd in der Höhle um.

Aiden trat einen wütenden Schritt auf ihn zu, doch Shaun packte ihn am Arm und schüttelte rasch den Kopf.

„Sie ist nicht hier, das erkennt dein verblendetes Gehirn doch wohl, oder nicht?", schleuderte Aiden Daniel an den Kopf.

Daniel zog die Augenbrauen hoch und sah ihn wieder an.

„Warum so bissig, Aiden? So kenne ich dich ja gar nicht", grinste er.

„Daniel, was ist hier los? Was soll das alles hier? Ich dachte -"

Doch Daniel ließ Shaun nicht ausreden. Er warf den Kopf in den Nacken und stieß ein gurgelndes Geräusch aus, schrill und kalt. Es hallte an den Wänden wider, sodass May eine Gänsehaut bekam. Plötzlich spürte sie eine leise Genugtuung, dass Daniel durch das eiskalte Wasser an seinem ganzen Körper zitterte.

Er ist wahnsinnig, dachte sie verzweifelt. Er ist wahnsinnig und zielt mit einer Waffe auf Aiden.

„Du dachtest, ich wäre der brave Daniel Randall, der ohne groß zu murren die Drecksarbeit für euch erledigt? Pferdemist schaufeln von früh bis spät, die Pferde pflegen, Wasser holen, Wäsche waschen -"

„Wir haben uns immer die Aufgaben geteilt und das weißt du ganz genau!", schrie Aiden wutentbrannt.

„Denkst du, das hätte mir gereicht? Mein Leben lang im Wald zu sitzen? Ich bin nicht so wie du, Aiden", entgegnete Daniel leise.

„Ja, das merke ich jetzt auch", sagte Aiden.

Dann nickte er zu Daniels Revolver.

„Und du denkst, bei ihnen würdest du mehr Vertrauen bekommen? Bei ihnen wirst du wahrscheinlich geschätzt und respektiert, so sehr, dass sie dir nicht einmal ein eigenes Messer geben", spottete er.

Daniel knirschte gefährlich mit den Zähnen und May hielt die Luft an, als sein Finger sich Richtung Abzug bewegte.

„Ihr wisst, was passiert, wenn alle sechs Lebensblumen zerstört werden?", hauchte er.

„Dann wird Terquasol untergehen und alles, was wir kennen und lieben, wird es nicht mehr geben", sagte Shaun leise.

„Dann wird eine Macht entfesselt, eine Macht, von der niemand zuvor auch nur gewagt hat, zu träumen", wisperte Daniel, als hätte er Shaun nicht gehört.

Ein irres Funkeln lag nun in seinen Augen und es schien, als würde er für einen Moment vergessen, wo er war. Dann fing er sich wieder und sein Blick richtete sich auf die Lebensblume.

„Wenn ich dem Meister diese Blume bringe, werde ich reich belohnt", sagte er. „Ein eigenes Messer, dessen Klinge benetzt ist mit dem Blut der Flussnixen. Es wird mich unantastbar machen."

„Wieso tust du das, Daniel? Für ein Messer?", rief Aiden.

„Hast du nicht zugehört, Joseph? Ich werde eine Macht besitzen, die es zuvor noch nie gegeben hat!", rief Daniel aufgebracht und stieß abermals ein schrilles Lachen aus.

„Du glaubst doch nicht allen Ernstes, der Bezwinger des Schattens würde diese Macht mit irgendjemandem teilen?", sagte Aiden ungläubig.

Doch Daniel hörte ihm schon gar nicht mehr zu. Er trat einen weiteren Schritt auf Aiden und Shaun zu, den Revolver wieder erhoben und direkt auf Aidens Stirn gerichtet.

„Dann hatte May recht. Du warst der Mann, der den Schattenspähern von der Höhle erzählt hat", sagte Aiden hastig.

May wusste, dass er verzweifelt versuchte, Zeit zu schinden. Sie hatte Angst, jetzt einzugreifen, wo eine geladene Waffe auf Aiden gerichtet war. Daniel könnte Panik bekommen und schießen.

„Natürlich war ich es, der ihnen davon erzählt hat", lachte Daniel barsch.

„Wann?", sagte Shaun.

„Es war ganz schön knapp, um ehrlich zu sein. Kurz befürchtete ich, ihr würdet wegen dieses dummen Fehlers dahinter kommen. Schließlich wart ausgerechnet ihr es, die mich fanden, nachdem ich bei ihnen gewesen war", sagte Daniel.

Mays Augen weiteten sich im selben Moment wie Shauns.

„Der Schlangenbiss. Du warst unten in der Totenschädel-Schlucht, weil die Schattenspäher sich dort versteckt hatten und wurdest dann von einer Schlange gebissen. Und wir haben dich kurz danach gefunden und mit zurück ins Lager gebracht", sagte er atemlos.

Daniel nickte zufrieden, als hätte sein Schüler soeben eine schwierige Frage beantwortet.

„Und du warst es auch, der Ray und Horace verraten hat! Die Schattenspäher wussten, dass wir mit ihnen in Kontakt standen und du hast es ihnen verraten. Deswegen haben sie seinen Saloon zerstört!", entrüstete sich Aiden.

„Sehr gut, ja. Ihr habt mir zwar nicht gesagt, was ihr vorhabt. Aber das hieß noch lange nicht, dass es Ray und Horace genauso erging. Wie sich herausstellte, waren sie ebenso wenig ins Vertrauen gezogen worden wie ich. Bedauerlicherweise", sagte Daniel schulterzuckend.

„Bedauerlicherweise?", zischte Aiden, der sich nur noch schwer beherrschen konnte.

„Genug! Genug...", rief Daniel schneidend und trat einen weiteren Schritt auf die beiden zu.

May hatte das Gefühl, so laut zu atmen, dass die anderen es auf jeden Fall hören mussten. Ihre Finger bebten, als sie so vorsichtig wie möglich den Verschluss ihrer Tasche öffnete. Sie spürte das glatte Holz des Spiegels, tastete weiter, stieß auf einen Pullover und schließlich fand sie, wonach sie gesucht hatte. Als ihre Hand gegen das kalte Stahl des Revolvers stieß, hielt sie inne.

„Geht mir aus dem Weg und ich schwöre, ich werde euch nicht anrühren." Daniels Stimme hallte durch die Höhle.

„Ich fürchte, dir bleibt keine andere Wahl, Daniel", sagte Shaun ruhig.

„Geht beiseite!", donnerte Daniel zornig.

Noch immer war der Lauf seines Revolvers auf Aiden gerichtet, der seinen eigenen zwar fest umklammerte, ihn jedoch nicht hob. Langsam zog May die Waffe aus der Tasche und spannte den Hahn.

„Du musst das nicht tun", sagte Shaun mit gesenkter Stimme.

„GEHT BEISEITE!"

May bewegte sich ein Stück hinter dem Felsen, um Daniel besser sehen zu können, erst dann hob sie den Revolver. Noch immer fühlte er sich schrecklich fremd in ihren Händen an. Ihr Herz pochte unangenehm, jede Faser ihres Körpers war bis aufs Äußerste gespannt, ihre Finger zitterten, sodass sie nicht richtig zielen konnte.

Schieß schon...schieß, bevor er es tut.

Daniel machte einen weiteren Schritt auf Aiden und Shaun zu.

Schieß, na los!

„Ich habe euch gewarnt", flüsterte Daniel.

Ein ohrenbetäubender Knall zerriss die Luft, übertönte das Rausches des Wasserfalls, ließ die Wände und die Decke der Höhle dröhnen und beben. In Mays Ohren hallte der Schuss schrill und kreischend wider und am liebsten würde sie sich die Hände auf die Ohren pressen. Durch den Rückstoß war sie gegen die Wand hinter ihr geprallt und hatte sich erneut den Arm am Stein aufgeschlitzt. Als sie vorsichtig daran lang tastete, fühlten sich ihre Finger warm und klebrig an.

Plötzlich waren da grobe Hände an ihren Schultern, die sie packten und auf die Beine zogen. Heißer Atem streifte ihr Ohr.

„Wen haben wir denn hier?", wisperte eine Frauenstimme.

May wollte sich losreißen, doch der Griff, mit dem man sie festhielt, war viel zu stark. Sie wandte ihren Kopf und erschrak.

Corvuna bleckte die Zähne und zog sie mit sich hinter den Felsen hervor. Erst jetzt sah May, was seit ihrem Schuss geschehen war. Daniel hockte am Boden, mit schmerzverzerrtem Gesicht, während er seine Hände auf die Wunde an seinem Kopf presste, an dem der Stalaktit ihn getroffen hatte. May schluckte. Genau das, was sie vorhergesehen hatte, war eingetroffen. Sie hatte nicht auf Daniel, aber auf die von der Decke hängenden Tropfsteine geschossen und als einer von ihnen heruntergestürzt war, hatte er Daniel getroffen und ihn am Schießen gehindert.

„May?!"

Aidens Ruf hallte an den Wänden wider. May sah von Daniel zu ihm. Wie erstarrt standen Shaun und er da, als würden sie nicht begreifen, was in den letzten Sekunden geschehen war.

„Ja, Daniel hatte schon erwähnt, dass du kleines Biest nichts als Ärger machen wirst", raunte Corvuna.

Ihre Fingernägel bohrten sich schmerzhaft in Mays Schulter. Marius McMilton trottete neben ihr her und mied jeglichen Blick in ihre Richtung. Er schien sich mehr als unwohl in seiner Haut zu fühlen und May fiel auf, dass er als einziger der drei trocken geblieben war. Doch Corvuna schenkte ihm keinerlei Beachtung. Ihre Augen lagen nun auf der Lebensblume hinter Aiden und Shaun.

„Wir haben es geschafft", hauchte sie ehrfürchtig.

May wand sich unter ihrem Griff und ballte die Hände zu Fäusten. Und dann geschah alles so schnell.

Aiden und Shaun zogen gleichzeitig ihre Revolver, richteten sie auf Corvuna, die hämisch lachte und May von sich stieß. May verlor das Gleichgewicht, versuchte sich zu fangen, spürte Shauns Arme, die sie auffingen und Stimmen, die durcheinander schrien. Dann sah sie nur noch, wie Corvuna und Marius ihre Messer hoch über die Köpfe hoben und sie tief in den Boden trieben. Die Klingen durchstießen den Stein, als wäre er Butter und eine plötzliche Druckwelle schleuderte May, Aiden und Shaun von den Füßen.

Ächzend stützte sich May auf den Ellbogen auf; alles drehte sich und sie hatte den eisernen Geschmack von Blut im Mund. Irgendwo neben ihr stöhnte Aiden.

„Ihr seid machtlos gegen die Kraft und Stärke des Schattenmeisters!", kreischte Corvuna.

Sie, Marius und Daniel standen hinter einer bläulich schimmernden Wand, die von den Messers auszugehen schien. Mit vor Entsetzen verzerrtem Gesicht sah May mit an, wie Corvuna die Lippen zu einer stummen Beschwörung bewegte und die Hände Richtung Decke streckte. Ein zischelndes Geräusch ertönte und aus der schimmernden Wand löste sich eine Gestalt, als würde sie sich aus einer viel zu engen Öffnung winden. Sie schien seltsam blass und schimmerte in demselben bläulichen Ton wie die Wand.

May wich zurück, als sie die dunklen, toten Augen der Gestalt sah. Hände, dünn und lang wie Spinnenbeine, langten in ihre Richtung und der Mund war zu einem stummen Schrei weit aufgerissen. Dann löste sich die blasse Gestalt aus der Wand und schwebte ein paar Zentimeter über dem Boden.

„Steh uns bei, ein Dunkeldämon", stieß Shaun atemlos aus.

May hatte keine Ahnung, was er damit meinte, doch spürte sie dieselbe Furcht.

Wieder rief Corvuna etwas in einer Sprache, die May nicht verstand und plötzlich schoss der Dämon auf sie zu, die Klauen von sich gestreckt.

May rollte zur Seite, sie konnte den Luftzug hinter sich fühlen und rappelte sich rasch hoch. Im nächsten Moment wurde sie in die Luft gehoben und gegen die Höhlenwand gedrückt. Tote Augen starrten sie an, kalte Finger legten sich um ihren Hals und als sie schreien wollte, kam kein Ton über ihre Lippen.

Sie trat um sich, doch ihre Beine schlugen einfach durch den Dämon hindurch. May bekam keine Luft mehr, in ihrer Verzweiflung schlug sie wie wild um sich und versuchte die Hände von ihrem Hals zu lösen, doch nichts davon zeigte Wirkung. Unter ihr war Daniel an den anderen vorbeigelaufen, direkt auf die Blase der Lebensblume zu und Aiden hechtete ihm hinterher.

Schwarze Ränder tauchten in Mays Sichtfeld auf, ihre Lunge stand in Flammen und plötzlich fragte sie sich, ob ihre Mutter dasselbe gefühlt hatte, als sie ertrunken war.

„UMBRA EVANESCENT!"

Ein Schrei hallte durch die Höhle und plötzlich konnte May wieder atmen. Die Hände zogen sich zurück, May fiel zu Boden, ihre Tasche riss auf und der Inhalt verteilte sich in der Höhle. Nur langsam verschwanden die dunklen Punkte vor ihren Augen und beinahe blind tastete sie nach ihrem Spiegel, den sie rasch unter ihrer Jacke verstaute.

Eine Hand tauchte in ihrem Blickfeld auf und benommen blinzelnd sah sie auf. Mit einem Schlag verschwand all ihre Anspannung, ihre Furcht, ihre Verzweiflung. Sie stieß eine Mischung aus Lachen und Weinen aus und ließ sich von Moran Reeder aufhelfen.

„Reeder!", schrie Corvuna wutentbrannt.

Die schimmernde Wand und der Dunkeldämon waren verschwunden, anscheinend war es Reeder wirklich gelungen, sie mit einem einzigen Zauberspruch zu durchbrechen.

„Du hast keine Ahnung, wie lange ich mich schon auf diesen Augenblick freue", schnarrte Corvuna mit einem wahnsinnigen Funkeln in den Augen.

Sie hob ihr Messer, doch Reeder vollführte einen Schlenker mit seiner Hand und Corvuna ließ es schreiend fallen, als hätte sie sich daran verbrannt.

„Messer sind äußerst primitive Waffen. Um jemandem damit Schaden zuzufügen, muss man so dicht an den Menschen heran, dass man das Weiß in ihren Augen sehen kann", sagte Reeder.

Corvuna stieß einen Schrei des Zornes aus.

„Und wieder einmal irrst du dich, Moran Reeder!", schrie sie.

Mit einem Satz hatte sie das Messer vom Boden aufgehoben, hob es über den Kopf und schleuderte es ihnen entgegen.

May hielt die Luft an, als sie die blitzende Klinge sah. Sie hatte das Gefühl, die Zeit würde auf einmal ganz langsam verstreichen. Irgendwer schrie, jemand heulte triumphierend.

Dann war da nur noch die scharfe Klinge, die sich in Sekundenschnelle durch den Stoff ihrer Jacke bohrte.

Kapitel 19: Eine wichtige Erinnerung

Die Zeit stand still. Sie alle schienen den Atem anzuhalten. Nicht einmal Corvuna sagte etwas; sie stand da, mit weit aufgerissenen Augen, wildem Haar und die Hand noch immer erhoben, mit der sie das Messer geworfen hatte.

May sah an sich hinunter und obwohl sie die Klinge sah, die sich tief in ihre Brust gebohrt hatte, spürte sie keinen Schmerz. Wenn sich so Sterben anfühlte, dann musste ihre Mutter nicht lange gelitten haben...

„AHHH!"

Aiden rannte mit hasserfülltem Gesicht auf Corvuna zu, sein Revolver lag vergessen am Boden und im nächsten Moment stürzte er sich auf sie und riss sie mit sich zu Boden. Ihre Schreie hallten an den Wänden wider und ein hässliches Knacken ertönte. Aiden hatte Corvuna die Nase gebrochen. Marius und Shaun stürzten herbei, um Aiden und Corvuna zu helfen.

„Maybelle. Sieh mich an."

Reeders Gesicht tauchte vor ihr auf, seine starken Hände hielten sie und seine Augen musterten sie überaus besorgt. Zeitgleich ließen sie ihre Blicke zur Klinge in ihrer Brust wandern. Noch immer fühlte May nichts. Keinen Schmerz, kein Brennen, sie hatte nicht das Gefühl zu ersticken oder zu verbluten. Langsam hob sie die Hand und öffnete die Knöpfe ihrer Jacke.

Erst als Reeder ein leises Seufzen ausstieß, wagte sie es, ebenfalls hinunter zu sehen. Ihre Augen weiteten sich und auf einmal machte alles wieder Sinn. Die Zeit lief weiter, die Welt stand nicht länger still. Das Messer hatte sich in das Holz des Handspiegels gebohrt, den sie vor wenigen Minuten noch unter ihre Jacke geschoben hatte. Zittrig ausatmend legte sie die Hand um den Griff des Messers und zog es mit einem Ruck heraus.

„Daniel!"

May wirbelte herum und stieß einen erschütterten Schrei aus. Da stand er, das Messer von Marius in der einen Hand, die schützende Blase der Blume zerstört und die Lebensblume von Patridinem in der anderen Hand. Für einen kurzen Moment schien er selbst überwältigt von dem Gefühl der Pflanze, dann sprang er an den noch immer Kämpfenden vorbei und huschte durch den Wasserfall.

Mays Magen machte einen Satz, sie hatte das dumpfe Gefühl, ihr Magen würde protestieren und fassungslos starrte sie auf die Stelle, an der Daniel soeben noch gestanden hatte.

Erst als Reeder ihr irgendetwas nachrief, merkte sie, dass sie angefangen hatte, zu rennen. Immer schneller trugen sie ihre Beine, durch den Wasserfall und die rutschigen Stufen hinauf. Sie ließ die Höhle zurück und stürmte zu den Pferden. Das Herz sank ihr, als nur noch Abadan und Nero dastanden; Daniel musste sich Fanny geschnappt haben und war mit ihr geflohen.

„Schnell, Abadan, ich brauche deine Hilfe!", rief May fiebrig, als sie in seinen Sattel kletterte.

Als hätte er ihre Worte verstanden, jagte er so abrupt los, dass May sich gerade noch an seiner Mähne festhalten konnte. Bäume waren nur noch eine verschwommene Mischung aus Grün und Braun, Wasser spritzte nach allen Seiten, als Abadan über den mit Pfützen und Schlammkuhlen übersäten Waldboden preschte und selbst die Vögel schienen den Atem angehalten zu haben, so still war es.

„Schneller, Abadan, schneller", wisperte May ihm ins Ohr.

Seine Hufe donnerten im Einklang mit ihrem Herzen. Und dann sah sie ihn!

„Daniel, bleib stehen!", schrie sie.

Doch Daniel blieb nicht stehen. Er warf einen hastigen Blick über die Schulter, erkannte May, stieß einen wilden Fluch aus und rammte seine Fersen in Fannys Seiten. Die Stute schnaubte und wieherte, aber Daniel zerrte an den Zügeln und trieb sie immer weiter an.

Schweiß rann May an den Schläfen herunter und sie wusste, hätte sie jetzt einen Blick in den Spiegel geworfen, ihr Gesicht wäre knallrot gewesen. Der Knoten in ihrem Haar löste sich, während sie mit einer Hand die Zügel hielt, mit der anderen den Spiegel fest an ihre Brust presste. Abadan lief immer schneller und bald schon stellte May erleichtert fest, dass Fanny ihnen immer näher kam. Daniel drehte sich panisch im Sattel zu ihr um und hob drohend die Faust, mit der er das Messer von Marius hielt.

„Bleib weg!", brüllte er.

„Nicht, solange du die Blume hast! Gib sie zurück, Daniel!", erwiderte May, die jetzt genau neben Daniel ritt.

„Nur über meine Leiche!", gab er dröhnend zurück.

Er drehte sich um und May sah ihre Chance. Vielleicht die einzige Chance, ihn noch zu erwischen.

Sie ließ Abadans Zügel los und stemmte sich vorsichtig auf seinem Rücken hoch. Ihre Beine zitterten und sie konnte nur mit größter Mühe Halt auf dem Sattel finden. In dem Moment, in dem sich Daniel wieder zu ihr umdrehte, holte sie tief Luft und stieß sich so stark ab, wie es ihre Kräfte noch zuließen.

Für einen Moment segelte sie durch die Luft, dann stieß sie gegen Daniel, mit solch einer Wucht, dass sie beide von Fannys Rücken stürzten.

May kam unsanft auf ihrem sowieso schon verletzten Arm auf, helle Lichter explodierten vor ihren Augen und sie wusste nicht mehr, wo oben und unten war. Von irgendwoher vernahm sie ein qualvolles Ächzen und zwang sich, bei Bewusstsein zu bleiben.

Mit schmerzenden Knochen rappelte sie sich auf und kroch hinüber zu Daniel, der auf dem Rücken am Boden lag, das Messer fest umklammert. Keuchend blickte er ihr entgegen, als sie näher kam. Er versuchte sich aufzustemmen, doch sackte sofort wieder mit einem erstickten Schrei zu Boden.

„Es ist vorbei, Daniel. Es gibt keinen Weg hier raus", sagte May außer Atem. Aus hasserfüllten Augen funkelte er sie an.

„Wärst du nicht aufgetaucht, wäre das alles nicht passiert", spuckte er ihr entgegen.

Entgeistert starrte May ihn an.

„Denkst du, wenn ich Apunima nicht verlassen hätte, dann hätten die Schattenspäher einfach aufgehört, nach den Lebensblumen zu suchen? Denkst du, das hätte irgendwas geändert? Nur, weil ich den Spiegel der zweiten Wächterin besitze, unterscheidet mich das nicht von den anderen. Wir alle hätten gemeinsam gegen den Schattenmeister vorgehen können. Wir alle gemeinsam, auch du, Daniel Randall", sagte sie.

Daniel sah sie an und für den Bruchteil einer Sekunde flackerte Unsicherheit in seinem Blick auf. Dann verwandelte sie sich in puren Zorn und er schüttelte den Kopf.

„Reeder vertraut dir mehr als mir, obwohl er dich nicht mal kennt. Ich war nichts weiter als eine Bürde für Custol Hill", stieß er aus.

„Das ist nicht wahr, Daniel. Du hattest deine eigene Hütte, während Reeder mir das Zelt gab, und das auch nur höchst widerwillig. Shaun und Aiden haben jeden Tag und jede Nacht an deinem Bett gegessen, als du von der Schlange gebissen wurdest. Du warst nie eine Bürde für sie, aber du hast diese falschen Gedanken zu einer Bürde für dich selber gemacht", sagte May mit fester Stimme.

Daniel schwieg, doch seine Augen huschten unruhig hin und her. May beugte sich zu ihm hinunter und streckte ihm die Hand entgegen.

„Vielleicht ist es noch nicht vorbei. Du kannst die Blume immer noch zurückbringen. Du kannst das wieder gutmachen", meinte sie leise.

Daniels Blick huschte zwischen ihrem Gesicht und ihrer Hand hin und her. Langsam, ganz zögerlich, als hätte er Angst, sie zu verscheuchen, hob er seine Hand. May lächelte ihm aufmunternd zu und kurz zuckten auch Daniels Mundwinkel.

Dann flammte der zornige Schmerz in Mays Hand auf und erschrocken wich sie zurück, stolperte über eine Wurzel und fiel hin. Tränen schossen ihr in die Augen und verschwammen ihre Sicht, als sie wie betäubt auf ihre Handfläche starrte, an der ein langer, tiefer Schnitt klaffte.

„Ich habe mich wohl doch in dir geirrt, Stacks. Du bist noch leichtgläubiger als Shaun", säuselte Daniel kalt.

Er stand vor ihr, ein spöttisches Grinsen im Gesicht und das Messer von Marius in der Hand.

„Genieß diese Atemzüge. Es werden deine letzten sein, das Blut der Flussnixen ist das tödlichste Gift für den Menschen. Glück für dich, dass es auch am schnellsten wirksam ist, sonst würdest du dich noch Stunden quälen."

Mays Atem ging jetzt nur noch stoßweise und plötzlich waren da überall schwarze Punkte. Daniels Gestalt wurde immer verschwommener und verschwommener.

Sie hatte das Gefühl, ihr ganzer Körper stünde in Flammen.

Dumpfe Geräusche ließen den Boden beben, doch May störte es nicht. Daniel machte eine hastige Bewegung und verschwand plötzlich aus ihrem Sichtfeld. Die Geräusche kamen näher...donnerte es etwa schon wieder? War das Gewitter nicht erst vorüber gezogen?

Mays Augen fielen zu und sie rutschte zur Seite und kam auf dem Waldboden auf. Stimmen wehten zu ihr herüber...oder war das bloß der Wind? Es war ihr egal...nicht wichtig...nicht von Bedeutung...schlafen...tief schlafen...

„Ich verstehe nicht, wieso das nicht warten kann, Emma."

„Wenn es stimmt, was Darmor in seinem Brief geschrieben hat, dann zählt jede Sekunde. Ich muss aufbrechen, sofort."

„Sofort?", nuschelte eine piepsige Stimme.

Emma und Timothy Stacks erstarrten und drehten sich zu ihrer Tochter May um, die noch ganz verschlafen im knielangen Nachthemd am Treppenende stand. Ihre Haare waren zerzaust und sie hatte einen Abdruck ihres Stoffesels, mit dem sie jeden Abend kuschelte, im Gesicht. Emma warf ihrem Mann einen beunruhigten Blick zu, bevor sie rasch zu May lief und sie an sich zog. „Mein Liebling, was bist du denn schon so früh wach, hm?", murmelte sie sanft.

„Ich konnte nicht mehr schlafen. Die Möwen haben mich geweckt", sagte May und befreite sich aus der Umarmung ihrer Mutter.

Aus großen, hoffnungsvollen Augen sah sie sie an.

„Das war doch nur ein Scherz, oder, Mama? Du bleibst doch hier, richtig?", nuschelte sie.

Emmas Lächeln verrutschte und ein trauriger Schatten huschte über ihr Gesicht. Sie strich May eine Strähne aus der Stirn und streichelte ihre Wange.

„Das geht leider nicht, mein Schatz", sagte sie langsam.

Mays Augen füllten sich mit Tränen, obwohl sie ein Kind war, das nur sehr selten weinte. Verzweifelt griff sie nach den Händen ihrer Mutter.

„Aber ich habe doch morgen Geburtstag. Du kannst nicht gehen, Mama", rief sie.

„Deine Mutter wird so schnell es geht wieder bei uns sein, May", sagte Timothy.

Dabei warf er Emma einen halb fragenden, halb nervösen Blick zu. Sie versuchte sich an einem zustimmenden Lächeln und drückte May einen Kuss aufs Haar, bevor sie aufstand.

„Natürlich. Und ich werde dir das beste Geburtstagsgeschenk der Welt von da mitbringen, wo ich hingehen werde", strahlte sie.

„Aber ich will, dass du hier bleibst. Morgen wollte doch Pierce kommen und wir wollten doch noch Kuchen backen", jammerte May weinerlich.

Es war ihr vollkommen egal, wohin ihre Mutter ging. Sie wollte auch nicht das beste Geschenk bekommen, selbst wenn es ein riesengroßer Traumfänger aus Muscheln war. Die mochte sie nämlich am liebsten. Sie wollte nur, dass ihre Mutter bei ihnen blieb.

„Ich verspreche dir, das werden wir alles nachholen, sobald ich wieder da bin, Schätzchen. Großes Ehrenwort", sagte Emma ernst und hielt zwei Finger in die Luft.

May verschränkte schmollend die Arme vor der Brust. Man konnte einen

Geburtstag nicht einfach so verschieben, aber das sagte sie nicht. Ihre Mutter seufzte und sah dann Timothy an, der eine kritische Falte auf der Stirn hatte. Die bekam er immer, wenn er nervös oder besorgt war.

„Lässt du uns kurz alleine?", bat Emma leise.

Er sah sie überrascht an, nickte dann aber und machte die Schlafzimmertür hinter sich zu.

„Hier. Ich habe was für dich, May", hauchte sie.

Neugierig stellte sich May auf die Zehenspitzen, als Emma in die Tasche ihres Mantels griff und darin herum wühlte. Dann zog sie einen wunderschönen Handspiegel hervor. Er war aus feinstem Mahagoniholz geschnitzt, das Glas war so sauber, dass nicht ein Staubkorn zu sehen war und auf der Rückseite waren sechs Blumen eingraviert. Sie alle sahen verschieden aus, eine hatte ovalförmige Blütenblätter, die andere war sehr klein und wieder eine andere hatte die Form einer geschwungenen Spirale.

May strich fasziniert über das Holz und die Blumen.

„Gefällt er dir?", fragte Emma, die ihre Tochter lächelnd beobachtete.

„Er ist wunderbar, Mama!", stieß May aus.

Ihre Augen leuchteten und sie war so hingerissen von diesem schönen Spiegel, dass sie nicht sah, wie das Lächeln ihrer Mutter verblasste und sie May nun voller Sorge musterte.

„Er soll dir gehören", sagte sie schließlich sehr leise.

May sah ungläubig auf.

„Aber ich habe doch noch gar nicht Geburtsgag", sagte sie verblüfft.

„Ich möchte ihn dir trotzdem geben. Er soll dich immer daran erinnern, dass wir diese wunderbaren Dinge der Erde, wie die kühlen Flüsse im Sommer, den blauen Himmel am Morgen oder den frischen Fisch auf dem Tisch niemals als selbstverständlich ansehen sollen. Oder eine Familie zu besitzen, die einen liebt und für einen da ist, egal was passiert", sagte Emma.

May nickte und presste den Spiegel an sich.

„Danke, Mama", flüsterte sie.

Emma antwortete nicht. Sie schlang ihre Arme um May und zog sie an sich. May vergrub ihr Gesicht an ihrem Hals und sah deshalb nicht, wie eine einzelne Träne über die Wange ihrer Mutter floss.

Warme Sonnenstrahlen kitzelten May an der Nase, doch sie wollte die Augen nicht öffnen. Noch nicht. Sie hatte so schön geschlafen, so fest, wie schon lange nicht mehr. Sie konnte sich allerdings an einen merkwürdigen Traum erinnern. Ihre Mutter war darin vorgekommen und sie hatte etwas von einem Brief erzählt. Einem Brief von Darmor...

Mit einem Schlag war May hellwach und abrupt setzte sie sich auf.

„Der Brief war von Darmor!", stieß sie erstaunt aus.

Ihre Stimme hallte im leeren Zimmer wider und erst jetzt wurde May bewusst, dass sie in einem weichen Bett in einem vertrauten Raum lag. Sie war in der Hütte von Daniel. Jetzt war sie wohl seine ehemalige Hütte...

Tief in Gedanken versunken strich sich May durch ihr zerzaustes Haar. Ganz wirr stand es in alle Richtungen ab. Nach und nach kehrten die Erinnerungen zu ihr zurück. Wie die Schattenspäher sie in der Höhle überrascht hatten, wie Daniel die Lebensblume gestohlen hatte und sie ihm schließlich hinterher geritten war. Und dann der Schnitt mit dem Messer.

Vorsichtig schüttelte May den Ärmel des viel zu großen, schwarzen Pullovers zurück, den sie trug. Sie zog verwundert die Stirn in Falten und sah an sich herab. Noch nie hatte sie diesen Pullover gesehen und sie war sich ganz sicher, dass er nicht ihr gehörte.

Als sie ihre Hand genauer betrachtete, klappte ihr der Mund vor lauter Erstaunen auf. Der Schnitt war kaum mehr zu erkennen, eine feine, schmale Narbe war zurückgeblieben und als sie mit dem Finger darüber strich, zuckte sie erschrocken zusammen. Ein kurzes Brennen, wie eine Stichflamme, war von der Stelle aus durch ihren ganzen Körper geschossen, doch als sie den Finger zurückzog, verschwand es so schnell, wie es gekommen war. Sie atmete tief durch und berührte den Schnitt noch einmal, vorsichtiger diesmal. Sofort kehrte der flammende Schmerz zurück und zischend holte sie Luft.

„Der Schmerz wird nicht vergehen. Die Narbe an deiner Hand wird auf ewig überaus empfindlich auf Berührungen mit anderen menschlichen Hautflächen reagieren."

May zuckte so stark zusammen, dass sie beinahe aus dem Bett fiel.

Moran Reeder lehnte im Türrahmen, die Tür hinter ihm war geschlossen und May hatte ihn nicht kommen hören. Sie beschlich das Gefühl, Reeder hatte die Tür nicht einmal öffnen müssen, um die Hütte zu betreten.

Er schenkte ihr eines seiner seltenen, warmen Lächeln und trat dann auf sie zu. Vor ihrem Bett blieb er stehen und bedachte sie mit einem aufmerksamen, geduldigen Blick.

„Ich stehe tief in Ihrer Schuld, Miss Stacks", sagte er schmunzelnd.

„In meiner Schuld? Ich denke, da verwechseln Sie etwas, Mr. Reeder. Wegen mir ist Daniel mit der Lebensblume von Patridinem entkommen", murmelte May niedergeschlagen.

„Falsch", sagte er.

„Falsch?", wiederholte May tonlos und starrte ihn verblüfft an.

Er sah kurz zu Boden, lächelte und ließ sich dann neben sie auf dem Bett nieder.

„Ich denke, es wird Zeit, dich über die Geschehnisse der letzten Tage zu unterrichten. Seitdem du, Aiden und Shaun den Schattenspähern in der Höhle begegnet seid, sind vier Tage vergangen."

Mays Augen wurden groß und ihr Herz setzte einen Moment aus.

„Ich habe vier Tage geschlafen?", hauchte sie fassungslos.

„Nicht ganz. Du hast vier Tage gegen das Gift in deinem Körper angekämpft und zweimal hatte ich schon die Befürchtung, es würde am Ende doch noch siegen. Aiden war an diesem Tag nicht ansprechbar, er hat den Platz an deinem Bett nicht eine Sekunde verlassen und ein ganzes Buch mit Zeichnungen gefüllt. Raymond Winnington und Horace Gibbson waren gestern hier und haben dich besucht. Bei dieser Gelegenheit hielt ich es für das beste, sie nun ebenfalls in die Geschichte des Schattenmeisters und den Lebensblumen einzuweihen. Sie sind loyaler, als ich zuerst angenommen hatte. Wir mussten Horace aufhalten, weil er alles stehen und liegen lassen hat und sich sofort auf den Weg zur Totenschädel-Schlucht machen wollte, um nach weiteren Schattenspähern zu suchen."

May wurde ganz warm ums Herz. Ja, das sah Horace ähnlich. Sie sah sein vor Aufregung gerötetes Gesicht vor sich, wie er wilde Beschimpfungen ausstieß und immer wieder mit seinem kleinen Fuß aufstampfte. Unwillkürlich musste sie lächeln. Doch schnell wurde sie wieder ernst.

„Was ist mit Aiden und Shaun? Geht es ihnen gut?"

„Ja, sie sind beide wohlauf, nur krank vor Sorge um dich", beschwichtigte Reeder so sogleich.

Erleichtert atmete May aus.

„Was ist mit Corvuna und Marius passiert?", wollte sie wissen.

Ein dunkler Schatten huschte über Reeders Gesicht.

„Sie sind geflohen, als wir uns um dich kümmerten. Wir mussten uns entscheiden zwischen dir und ihnen. Hätten wir sie verfolgt, wärst du an den

Folgen des Flussnixenblutes gestorben", sagte er.

Brennende Schuld machte sich in May breit, wie ein heißer Lavastrom. Beschämt ließ sie den Kopf hängen und bohrte ihre Finger in den weichen Stoff ihrer Decke.

„Es tut mir leid", flüsterte sie.

„Sieh mich an, Maybelle", sagte Reeder so streng, dass sie augenblicklich gehorchte.

Der dunkle Schatten war aus seinem Blick verschwunden, doch voller Strenge sah er sie an.

„Ich verbiete dir, dich auch nur noch ein einziges Mal dafür zu entschuldigen, dass du noch am Leben bist. Niemand von uns hätte anders gehandelt und niemand von uns hat auch nur eine Sekunde daran gedacht, anders zu handeln. Weder Shaun, noch ich. Dass Aiden sich nicht anders entschieden hätte, muss ich nicht erst erwähnen, schätze ich."

May schluckte und starrte wieder auf die Bettdecke. Diesmal jedoch, um die Tränen in ihren Augen zu verbergen. Hastig fuhr sie sich mit dem großen Ärmel übers Gesicht.

„Aber Daniel hat die Lebensblume. Seit vier Tagen. Was ist, wenn er sie bereits dem Schattenmeister gebracht hat?", sagte sie leise.

„Hat er nicht. Er ist ohne Blume geflohen. Ich bin mir nicht sicher, wann er bemerkte, dass sie nicht mehr da war, aber inzwischen sollte es ihm doch aufgefallen sein", erwiderte Reeder mit einem schmalen Schmunzeln.

Perplex starrte May ihn an.

„Aber wie...?", stammelte sie verwirrt.

Ein leises Summen ertönte neben ihrem Kopf und verwundert blickte sie Keith, ihrer Libelle aus Kupfer entgegen. Aufgeregt flatterte er vor ihr auf und ab, umkreiste sie ein paar Mal und ließ sich dann pfeifend und quietschend auf ihrem Knie nieder. Sanft fuhr May ihm mit dem kleinen Finger über die Flügel, worauf er genießerisch die winzigen Äuglein schloss.

„Du warst bewusstlos, als wir dich auf Aidens Pferd hoben. Der kleine Freund hier ist aus deiner Jackentasche gekrochen und hatte die Lebensblume zwischen den Flügeln. Er muss es geschafft haben, sie Daniel irgendwie abzunehmen, während du ihn verfolgt hast", erzählte Reeder.

May stieß ein ungläubiges Lachen aus, während sie Keith immer wieder über die Flügel strich.

„Er muss es getan haben, als ich Daniel von Fanny gestoßen habe", murmelte sie mehr zu sich selbst, als zu Reeder.

Reeder griff in seine Manteltasche und hielt die sechsblütrige, marineblaue Blume hoch. Mays Augen weiteten sich und sie vergaß, Keith über die Flügel zu stricheln. Mit bedächtigem Blick nahm sie sie entgegen. Ihr Stiel war ganz weich und warm und sofort breitete sich ein Gefühl der Vollkommenheit in May aus.

„Wir hielten es für das Sicherste, sie nicht länger in der Höhle hinter dem Wasserfall aufzubewahren", sagte Reeder.

Dann zögerte er und zum ersten Mal sah sie so etwas wie Unsicherheit in seinem Blick aufblitzen. Es war jedoch so schnell wieder verschwunden, dass May glaubte, es sich bloß eingebildet zu haben.

„Wir haben nach langer Beratung schließlich einstimmig beschlossen, dass es das Beste ist, wenn wir die Blume nicht mehr an einem Ort aufbewahren. Das Risiko ist zu hoch, dass sie auch dort gefunden wird und niemand in der Nähe ist, um sie zu beschützen", fuhr er langsam fort.

May sah ihn stumm an. Sie wusste, was er dachte. Er musste es nicht erst aussprechen. Langsam begann sie, Keith weiter über die Flügel zu streichen, was er mit einem erfreuten Pfeifen quittierte.

Reeder hob seine Hand und machte einen eleganten Schlenker durch die Luft und wie aus dem Nichts erschien eine feine, silberne Kette mit einer kleinen Glaskugel daran. Geschickt griff er sie aus der Luft. May hielt den Atem an, als er ihr die Kette entgegen streckte.

„Wir haben darüber beraten, wer die Lebensblume aufbewahrt. Shaun und Aiden haben mich vorgeschlagen und wahrscheinlich hätte ich diesem Vorschlag irgendwann nachgegeben. Aber es fühlt sich nicht richtig an und die beiden sind derselben Meinung wie ich. Wenn jemand diese Blume tragen sollte, bist du diese Person, May", sagte er.

May sah ungläubig zwischen ihm und der Blume in ihrer Hand hin und her.

„Aber Sie kennen all diese starken Zaubersprüche und Flüche und Schutzzauber. Die Blume wäre bei Ihnen am Sichersten", ereiferte sie sich.

„Am Sichersten wäre sie bei einem der drei Wächter von Terquasol. Veridian ist tot und Darmor ist verschwunden", sagte Reeder.

„Und meine Mum ist auch tot", murmelte sie leise. „Es gibt also keinen Wächter mehr, der auf die Blumen aufpassen kann."

„Veridian hat dir seinen Stock anvertraut, kurz bevor er gestorben ist."

Überrascht hob May den Blick.

„Ja. Und?"

„Ich kannte Veridian, er hat sich nie von seinem Stock getrennt und er hätte ihn mit in sein Grab genommen. Dass er ihn dir gegeben hat, zeigt, dass er dir vertraut. Und ich habe Veridian vertraut. Wenn er etwas in dir gesehen hat, was für das bloße Auge unsichtbar ist, dann vertraue ich ihm auch damit", meinte Reeder entschieden.

„Ich bin nicht die Wächterin von Terquasol", sagte May sehr leise.

„Nein. Aber du bist Maybelle Stacks, die junge Frau, die sich ganz alleine auf eine Reise begab, die sich als viel mehr als nur einen kurzen Ausflug entpuppte. Du hast in den letzten Wochen Tapferkeit und Treue und Stärke bewiesen, mehr als ich jemals von einer Fremden hätte erwarten können, die so unerwartet in unser Leben tritt. Als Aiden dich damals mit hierher brachte, war ich wütend. Ich habe Custol Hill für und mit meinen engsten Vertrauten errichtet. Ich war der Meinung, du würdest in diese Vertrautheit eindringen, du würdest genau wie alle anderen über uns urteilen, bevor du auch nur mit einem von uns gesprochen hast. Aber ich habe mich geirrt. Wie es scheint, bist du uns ähnlicher, als ich angenommen habe."

Daraufhin schwiegen sie eine Weile. May strich gedankenverloren über Keiths Flügel und Reeder sah aus dem runden Fenster, auf dessen Scheibe der Staub glänzte.

„Aiden glaubt, Veridians Stock könnte uns zu Darmor führen", sagte May schließlich.

„Falls das wahr ist, habe ich nicht die leiseste Ahnung, wie wir das anstellen sollen. Aber das soll vorerst auch nicht deine Sorge sein. Du bist gerade nur knapp dem Tod entronnen und hast dir eine Pause mehr als verdient", sagte Reeder.

„Haben Sie den Schnitt an meiner Hand geheilt?", fragte May.

„Es war eine äußerst komplizierte Wunde und fast dachte ich schon, mein Wissen in der Heilkunde würde dafür nicht ausreichen. Wie sich herausstellte, habe ich mich auch dabei geirrt", antwortete Reeder lächelnd.

May nickte langsam. Sie drehte gedankenverloren die Blume in den Händen. Ihre Gedanken kreisten um den Traum von ihrer Mutter und dem Brief.

Sollte ich Reeder davon erzählen?, dachte sie. Ging es ihn überhaupt etwas an? Schließlich hätte nicht einmal sie von Darmors Brief erfahren sollen. Ein schwerer Kloß bildetet sich in ihrem Hals, als sie aus dem Staub verhangenen Fenster blickte.

Ihr Vater hatte also all die Jahre gewusst, wieso ihre Mutter auf diesem Schiff gewesen ist. Er wusste, wieso sie starb.

„Ich werde es machen", sagte sie so plötzlich, dass Reeder sie überrascht ansah.

„Ich werde die Lebensblume von Patridinem tragen", sagte sie mit fester Stimme.

Zu ihrem eigenen Erstaunen stellte sie fest, dass es sich tatsächlich gut anfühlte, diese Worte auszusprechen. Es fühlte sich richtig an, als würde alles andere keinen Sinn machen.

Reeder lächelte überrascht, dann nahm er ihr die Blume ab und faltete seine Hände mitsamt Blume und Kette zusammen. Ein goldener Funkenschauer breitete sich über seinen Händen aus und Keith schwirrte vor Aufregung bis an die Zimmerdecke. Dann erloschen die Funken und als Reeder die Hände wieder öffnete, lag die Blume in der kleinen Glaskugel an der Kette. Verblüfft starrte May die Kette an.

„Ein einfacher Verkleinerungszauber. Die erste Form von Magie, die ich erlernt habe", sagte Reeder.

May drehte sich auf dem Bett um und strich sich die Haare aus dem Nacken. Dann hörte sie das leise Klicken, als Reeder den Verschluss der Kette öffnete und sie ihr umlegte. Als er fertig war, reichte er ihr ihren Spiegel und mit einem Anflug von Stolz betrachtete sie die Lebensblume in der Glaskugel, die jetzt um ihren Hals baumelte.

Noch nie hatte sie Emma Stacks, der zweiten Wächterin von Terquasol, ähnlicher gesehen.

Kapitel 20: Weihnachten

Shaun und Aiden standen gerade auf der Pferdekoppel, als May die Hütte verließ. Überrascht blieb sie auf der kleinen Veranda stehen. Die Lichtung sah aus, als wäre sie mit einer feinen Schicht Puderzucker berieselt worden, an den Dächern der Hütten hingen lange Eiszapfen und dicke Schneeflocken fielen lautlos vom Himmel. Mehr und mehr graue Wolken schoben sich vor die wärmende Sonne und May schlang sich den dicken Pullover enger um den Körper.

Ihre Schritte knirschten im steifen Gras, als sie hinüber zu den Pferden schlenderte. Keith flatterte fröhlich vor ihr her und drehte munter einen Looping nach dem anderen. Shaun entdeckte May zuerst. Seine Augen weiteten sich und er ließ die Bürste fallen, mit der er Abadans Mähne entknotet hatte.

„Gütiger Himmel, May!", rief er.

Und ehe sie sich versah, hatte er beide Arme fest um sie geschlungen, hob sie hoch und drehte sie zweimal lachend im Kreis. May konnte nicht anders. Sein ausgelassenes Lachen steckte an und auch nachdem er sie wieder abgesetzt hatte, konnte sie nicht aufhören zu grinsen. Er fasste sie an den Schultern und hielt sie eine Armlänge von sich, um sie gründlich zu mustern. Wieder musste May kichern. Alles fühlte sich auf einmal so leicht an und sie war so glücklich wie schon lange nicht mehr.

„Mir geht es gut, Shaun, ehrlich", schmunzelte sie.

Er seufzte und trat einen Schritt zurück, ließ es sich aber nicht nehmen, ihr fürsorglich eine Haarsträhne aus der Stirn zu streichen. Diese vertraute Geste erinnerte sie so sehr an ihre Mutter, dass sie kurz einen leichten Stich verspürte. Neben Shaun erschien Aiden. Er umarmte sie nicht, er hob sie nicht hoch und er lachte auch nicht.

Doch in seinem Blick lag eine Erleichterung, so gewaltig und aufrichtig, dass May Tränen in die Augen schossen. Aiden deutete auf die Kette um ihren Hals und räusperte sich, bevor er sprach. Dennoch klang seine Stimme sehr heiser, als hätte er sie tagelang nicht genutzt.

„Du behältst die Lebensblume?"

May nickte und ihre Finger strichen zaghaft über die feine Kette.

„Meine Mutter hätte es so gewollt", sagte sie.

Dann zupfte sie an dem weichen Stoff des Pullovers, den sie trug.

Aidens Wangen färbten sich rosa und obwohl May die Antwort auf ihre Frage bereits kannte, stellte sie sie trotzdem.

„Ist das deiner?"

Aiden vergrub seine Hände tief in den Taschen der Jacke, die er trug.

„Du hattest keinen mehr für den Ersatz dabei und weil es doch so kalt geworden ist, hielt ich es für das Schlauste, dir einen von mir zu borgen", murmelte er verlegen.

May lächelte, trat auf ihn zu und nahm seine Hand in ihre. Ein peitschender Schmerz schoss durch ihren Arm und mit einem Seufzen ließ sie seine Hand rasch wieder los. Mitfühlend griff Aiden sanft nach ihrem Handgelenk und betrachtete die Narbe an ihrer Hand. Auch Shaun beugte sich vor.

„Da hat Moran wirklich hervorragende Arbeit geleistet", stellte er beeindruckt fest.

„Tut sie weh?", sagte Aiden so leise, dass nur May es verstehen konnte.

Sie schüttelte den Kopf.

„Nur, wenn ich sie berühre. Oder jemand anders. Ansonsten spüre ich sie gar nicht", sagte sie beschwichtigend.

Ein fröhliches Wiehern ließ sie sich umdrehen. May musste sich das Lachen verkneifen, als sie Abadan und Fanny sah, die den dicken Schneeflocken nachjagten. Keith schloss sich ihnen begeistert an, flatterte um sie herum, pfiff und quietschte und drehte Purzelbäume in der Luft. Als ihn eine besonders dicke Flocke traf, segelte er zu Boden und blieb mit einer winzigen Schneehaube auf dem Kopf liegen.

Shaun brach in Gelächter aus und selbst Aiden konnte sich ein Grinsen nicht verkneifen. In Mays Brust schwoll ein Ballon an, ein Ballon, der gefüllt war mit Glück und Zuversicht und sie stimmte in Shauns Lachen mit ein.

So standen sie noch eine ganze Weile auf der Weide, sahen den Pferden zu, wie sie sich dicht aneinander drängten, um sich warm zu halten und erst als die letzten Spitzen der höchsten Grashalme unter einer weißen Schneeschicht begraben lagen, machten sie sich auf den Weg zurück zu den Hütten.

Da das nächste Schiff nach Apunima erst in ein paar Tagen ablegen würde, entschied Reeder, May so lange Daniels alte Hütte zu überlassen.

May war erleichtert, nicht mehr im Zelt schlafen zu müssen. Natürlich war es auch dort stets gemütlich gewesen und genug Platz hatte sie auch gehabt, aber mittlerweile war es in den Nächten so kalt, dass sie eine warme Hütte doch vorzog. Von den anderen erfuhr sie, dass Daniel mit Marius und Corvuna geflohen war, nachdem er May mit seinem Messer verwundet hatte. Wohin, wussten sie nicht, doch da sie Richtung Hafen gelaufen waren, reimten sie sich zusammen, dass die Schattenspäher Patridinem längst verlassen hatten.

Danach mieden sie das Thema Daniel und als hätten sie einen stummen Eid geschlossen, erwähnten sie von da an nicht einmal mehr seinen Namen. Doch mehr als einmal erwischte May Aiden dabei, wie er einen langen, nachdenklichen Blick auf seine alte Hütte warf. Als er deswegen einmal selbst über seine Füße stolperte und das frische Heu für die Pferde auf dem Schnee verteilte, fasste May einen Entschluss.

„Du willst was?", brummte Aiden sprachlos, als sie ihm ihre Idee mitteilte. Es war später Abend, sie saß in seiner Hütte auf dem Teppich, dessen Löcher sie für ihn inzwischen geflickt hatte, lehnte mit dem Rücken gegen das Bücherregal und war in ein neues Buch vertieft, das sie in Lofall gekauft hatte.

„Ich würde gerne die Hütte umgestalten, in der ich wohne", wiederholte sie, ohne von ihrem Buch aufzusehen.

Aiden legte seinen Kohlestift beiseite, mit dem er an einer neuen Zeichnung arbeitete und drehte sich auf dem Stuhl zu ihr um.

„Ach ja, und wie kommst du zu dieser verrückten Idee?"

„Wieso verrückt? Ich finde, es ist ein wenig trostlos da drinnen, meinst du nicht auch?", erwiderte sie und blätterte eine Seite um.

Aiden antwortete nicht. Er starrte sie an und erwischte sich dabei, wie er tatsächlich schon jetzt überlegte, ob sich blaue oder braune Vorhänge besser vor ihren Fenstern machen würden.

„Na schön. Morgen können wir die ersten Besorgungen holen", sagte er schließlich.

May sah von ihrem Buch auf und konnte ihre Überraschung nicht ganz verbergen. Sie hätte nicht erwartet, Aiden so schnell von ihrer Idee überzeugen zu können.

„Ehrlich?"

Aidens Mundwinkel zuckten und rasch wandte er sich wieder seiner Zeichnung zu.

„Ja, ehrlich."

„Aber erst helfen wir Ray, versprochen?", wandte sie ein.

Obwohl er mit dem Rücken zu ihr saß, sah May, wie Aiden die Augen verdrehte.

„Versprochen", murmelte er.

May wandte sich wieder ihrem Buch zu und strich sich eine Haarsträhne hinters Ohr.

„Das habe ich gesehen", sagte sie leise.

Aiden antwortete nicht, aber als sie ihm einen verstohlenen Blick zuwarf, sah sie, dass er lächelte.

Seit drei Tagen ritten sie jeden Morgen nach Lofall und halfen Ray, seinen Saloon wieder aufzubauen. Mal begleitete sie Shaun und fast immer trafen sie dort auch Horace, der zwar häufiger witzige Geschichten erzählte und wilde Lieder schmetterte, als ihnen zu helfen, aber ihnen auch jeden Morgen neues Werkzeug und Bretter mitbrachte. Er hatte zwar noch keine neue Kutsche, doch erzählte, jedem, der es hören wollte, dass seine nächste Kutsche die schnellste in ganz Terquasol sein würde.

Gemeinsam schafften sie es recht schnell, die Fassade und auch das Dach zu reparieren. Aiden erwies sich als erstaunlich talentiert im Schnitzen, als er aus den Brettern von Horace neue Stühle und Tische schreinerte. May strich sie mit weißer Farbe an, da sie der Meinung war, das dunkle Braun würde doch nur Raufbolde und Ganoven anlocken.

„Hätte irgendjemand anderes diesen Vorschlag gehabt, der wäre jetzt schon einen Kopf kürzer. Nur unsere Miss May darf das, jawohl", raunte Horace.

Dafür bekam er einen Schlag auf den Hinterkopf von Ray, dessen Wangen jedoch erstaunlich rot glühten. Als Dank für ihre tatkräftige Hilfe spendierte Ray ihnen die neuen Vorhänge für Mays Hütte. Die nahm immer mehr und mehr Form an. May putzte die beiden Fenster, sodass auch der schmalste Sonnenstrahl wieder seinen Weg ins Zimmer fand, die Wände wurden in einem hellen Beigeton gestrichen und als Aiden eines Abends in ihre Hütte kam, fielen ihm fast die Augen aus dem Kopf.

„Wow", stieß er fasziniert aus.

May grinste ihm entgegen, einen Pinsel in der Hand und über und über befleckt mit Farbe.

„Und? Was meinst du, sieht doch ganz nett aus, oder?", sagte sie zufrieden.

Aiden schüttelte sprachlos den Kopf. Überall an den Wänden schlängelten sich grüne Blumenkranken aus Farbe entlang und weiße und rosafarben Blüten zierten nicht nur die Wände, sondern auch die Decke.

„Ich weiß, du hättest es sicher besser als ich hingekriegt, aber -"

Aiden schnitt ihr das Wort ab.

„Spinnst du? Das hier ist...das ist...einfach..."

Er gestikulierte wild mit den Armen, brach schließlich ab und schüttelte immer wieder den Kopf. May grinste und spürte förmlich, wie ein Stein von ihrem Herzen fiel. Irgendwie war es ihr besonders wichtig, dass Aiden ihre Malkünste gefielen. Er kam auf sie zu, nahm ihr den Pinsel aus der Hand, wobei er darauf achtete, ihre Narbe nicht zu berühren und tauchte ihn in den braunen Farbtopf.

„Augen zu", sagte er an sie gewandt.

May lachte und zog eine Augenbraue hoch.

„Was soll das werden, Aiden?"

„Augen zu und nicht schummeln", wiederholte er streng und May tat seufzend, was er von ihr verlangte.

Nach fast zehn Minuten verlor sie langsam die Geduld und öffnete doch ein Auge einen winzigen Spalt breit. Aiden jedoch wäre nicht Aiden, wenn es ihm nicht sofort aufgefallen wäre.

„He, du schummelst ja doch!", rief er empört.

„Bist du fertig?", sagte sie neugierig.

„Ja, zu deinem Glück. Sonst hätte ich dir jetzt einen schönen neuen Anstrich verpasst, du kleine Schummlerin", brummte er und legte den Pinsel beiseite. May öffnete beide Augen. Ihr Mund klappte auf. Nun war sie es, die keine Worte fand. Aiden grinste halb stolz, halb verlegen und kratzte sich im Nacken. An der größten Wand im Raum schwebte nun ein Falke, mit braunem Gefieder, weißem Bauch und schwarzen Knopfaugen. May war es, als könnte sie seinen Ruf hören und schluckte bewegt.

„Danke", brachte sie krächzend hervor.

In dem Moment öffnete sich die Tür und Reeder kam herein. Sein Blick wanderte verblüfft über die neuen Wände und er zog beide Augenbrauen hoch. Für einen Moment betrachtete er schweigend die neue Malerei, dann sah er May an.

„Ist es mir gestattet, auch noch eine Kleinigkeit hinzuzufügen?", fragte er.

May tauschte einen erstaunten Blick mit Aiden, dann nickte sie. Reeder legte zwei Finger an die Zähne und stieß einen schrillen Pfiff aus, der sogar bis zu den Custolen draußen zu hallen schien.

In den ersten Sekunden passierte überhaupt nichts. Dann begannen die Farbblumen sich zu bewegen, sachte und leise, als wären sie von einem feinen Windstoß erfasst und würden jetzt durch die Luft segeln. Die Blumenranken wiegten sanft auf und ab und der Falke von Aiden breitete die Flügel aus und zog lautlos seine Kreise über die Wände und die Decke. Für einen Augenblick verschwand er sogar ganz und keinen Wimpernschlag später erschien er wieder neben einem der Fenster und ließ sich direkt neben der Fensterbank nieder. Seine Knopfaugen blinkten, als würde er sie neugierig beobachten.

May kam aus dem Strahlen gar nicht mehr heraus. Rasch fuhr sie sich über die Augen, bevor sie sich an Reeder wandte.

„Es ist perfekt", hauchte sie. „Dankeschön."

Reeder winkte ab.

„Sieh es als ein frühzeitiges Weihnachtsgeschenk an", sagte er.

Bevor er die Hütte wieder verließ, drehte er sich noch einmal zu ihnen um.

„Ich soll euch von Raymond Winnington ausrichten, den Rest schafft er auch alleine. Er übermittelt beste Grüße und seinen ergebensten Dank."

Dann schloss er die Tür hinter sich. May sah Aiden überrascht an, der nur mit den Schultern zuckte.

„Ist doch gut für ihn. Und für uns. Ich spüre meine Arme schon gar nicht mehr vor lautem Geschufte", meinte er.

Doch May beschäftigte etwas anderes. Frühzeitiges Weihnachtsgeschenk...?

„Aiden? Welcher Tag ist heute?", sagte sie langsam.

„Das ist ein Scherz oder?", lachte er ungläubig.

Doch als er Mays ersten Blick sah, verstummte sein Lachen und ein seliges Lächeln breitete sich auf seinen Lippen aus.

„Übermorgen ist Weihnachten."

Weihnachten. Weihnachten hatte May immer mit ihrem Vater verbracht, ohne Ausnahme. Natürlich war in den ersten Jahren noch ihre Mutter dabei gewesen und ab und zu hatte auch mal Pierce Worthon, der Freund ihres Vaters vorbeigeschaut. Doch noch nie hatte May Weihnachten so weit entfernt von ihrer Heimat gefeiert, geschweige denn ohne ihren Vater. Während sie an ihn dachte, klebte sie kleine Steine an den Traumfänger, den sie am Morgen noch angefangen hatte zu basteln. Was er wohl gerade tat? Dachte er womöglich auch gerade an sie? Sie seufzte und legte den Stein beiseite, den sie gerade noch in der Hand gehalten hatte. Natürlich vermisste sie ihren Vater und Apunima und das kleine, friedliche Dörfchen Silver-Myers. Aber jedes Mal, wenn sie sich vorstellte, auf die Helianthus zu steigen und Shaun, Aiden, Reeder, Ray und Horace zum Abschied zu winken, wurde ihr Herz ganz schwer und sie verlor jegliche Lust an dem, was sie gerade tat. Gedankenverloren spielte sie mit der Kette um ihren Hals. Draußen vor ihrem Fenster zwängten sich drei Wawigglers durchs Gebüsch auf die Lichtung. Sie alle waren in dicke Mäntel gehüllt, die ihnen viel zu groß waren und auf dem Kopf trugen sie lange Zipfelmützen in einem leuchtenden Grün.

Während sie durch den Schnee stolperten, hinterließen sie winzige Fußabdrücke. May lehnte sich seufzend auf ihrem Stuhl zurück und stieß dabei gegen die Dose mit den Steinen, die sie dort aufbewahrte. Klappernd fielen sie zu Boden und May erhob sich nur widerwillig von ihrem Stuhl, um sie wieder einzusammeln. Dabei blieb ihr Blick an Veridians Stock hängen, den sie neben die Tür zu ihrem kleinen Bad gelehnt hatte.

Ihr Herz begann aufgeregt zu klopfen und hämmerte gegen ihre Brust, als sie ihn vorsichtig in die Hände nahm. Veridians letzte Worte wiederholten sich in ihrem Kopf.

„Lies sie erst, wenn du dich bereit fühlst."

„Wenn ich mich bereit fühle", murmelte sie.

Sie strich über das Holz und untersuchte ihn auf jede Besonderheit, doch abgesehen von seiner unverwechselbaren Ähnlichkeit mit einer Wurzel, konnte sie nichts entdecken. Keine eingeritzten Symbole wie auf ihrem Spiegel, keine Namen oder Worte wie auf dem Sockel der Sanduhr und auch keine Einkerbungen oder Verfärbungen.

„Ich fühle mich bereit", sagte sie laut in den Raum hinein.

Nichts geschah. Der Stock blieb bloß ein Stock. May wendetet ihn, drehte ihn auf den Kopf, warf ihn in die Luft und fing ihn wieder auf, klopfte damit auf den Boden und an die Decke und versuchte ihn schließlich mit bloßen Händen entzwei zu brechen. Er ließ sich nicht einmal biegen und so gab sie frustriert auf.

„Was tue ich hier? Das ist doch alles Unsinn", murmelte sie und stellte den Gehstock zurück an die Wand.

Sollte Reeder doch denken, was er wollte. Sie glaubte jedenfalls nicht, dass Veridian ihr seinen Stock aus einem bestimmten Zweck hinterlassen hatte. Und noch weniger glaubte sie, dass er irgendeinen Hinweis verbarg, wo sich Darmor aufhielt.

Darmor...

May seufzte und ließ sich erschöpft auf ihr Bett fallen. Der dritte Wächter von Terquasol. Er hatte ihre Mutter gekannt und er war es auch gewesen, der ihr diesen Brief geschickt hatte, wegen dem sie so überstürzt aufgebrochen war. Zorn wallte in ihr auf und sie krallte ihre Finger in die Decke. Was würde sie nicht dafür geben, endlich zu erfahren, was in diesem verhängnisvollen Brief gestanden hatte.

Ein Klopfen an ihrer Tür ließ sie erschrocken zusammenfahren.

„Kann ich reinkommen?", rief Shaun von draußen.

May richtete sich auf dem Bett auf.

„Ja, komm rein!"

Shaun streckte den Kopf durch die Tür und schenkte ihr ein warmes Lächeln. May wusste nicht, wie er es anstellte, aber sobald er anfing zu lachen, ging die Sonne auf und alles war dann nicht mehr so düster und bedrückend. Außerdem trug er eine rote Wollmütze auf dem Kopf, die ihm etwas zu groß war und einen Schal in derselben Farbe. Damit machte er den Wawigglers wirklich Konkurrenz und die Gedanken um Darmor und Veridian verschwanden.

„Aiden wollte eigentlich, dass es eine Überraschung wird. Aber ich finde, zusammen macht es doch viel mehr Spaß", sagte er.

May runzelte die Stirn.

„Was macht Spaß?", fragte sie.

Kaum fünf Minuten später sollte sie es erfahren. Aiden und Reeder standen draußen im Schnee, der ihnen mittlerweile fast bis zu den Knien reichte. Sie hielten je eine Kiste voller Weihnachtsschmuck in den Armen. Mays Herz begann voller Vorfreude zu klopfen. Aiden hielt ihr grinsend eine große, gelbe Weihnachtskugel entgegen.

„Jetzt kommst du also doch noch in den Genuss des ganz persönlichen Weihnachtszaubers von Custol Hill", grinste er.

May lachte und Shaun legte ihr seinen Arm um die Schulter.

„Und der, meine Liebe, wird dir nirgendwo anders geboten, so viel kann ich versprechen", rief er amüsiert.

Den ganzen restlichen Tag verbrachten sie damit, Custol Hill zu schmücken. Reeder verzauberte die Weihnachtskugeln, sodass sie abends in den prächtigsten Farben leuchteten und in der Krone der Custole, in der sein Baumhaus lag, brachte er fast fünfzig goldene Glocken an. Shaun bekam zwar nicht sein lebensechtes Rentier, dafür aber erwischte er mit Mays Hilfe einen besonders kleinen, dicken Wawiggler und tauschte seine Zipfelmütze gegen eine Weihnachtsmütze aus, die ihm sofort über die Augen rutschte.

Die Abenddämmerung brach so unerwartet ein, dass sie alle ganz fasziniert dastanden, als die Kugeln zu schimmern begannen. May konnte sich gar nicht satt sehen an dem wundersamen Lichtspiel. In der Nähe schrie eine Eule und winzig feine Schneeflocken fielen vom Himmel. May wünschte sich, die Zeit anhalten zu können. Nur für diesen Augenblick.

„Das sollten wir immer machen. Zu Ostern könnten wir zum Beispiel überall Ostereier aufhängen und an Halloween Kürbisse schnitzen und aufstellen. Vielleicht würde das auch die Waldzwerge abschrecken", schlug May schmunzelnd vor.

Kaum hatte sie diese Worte ausgesprochen, konnte sie sehen, wie sich Aidens Miene verdunkelte. Er schien jegliche Freude an den Lichtern verloren zu haben und starrte angestrengt auf seine Schuhe. Eine drückende Stille hatte sich über die vier gelegt und May fragte sich, was sie Falsches gesagt hatte. Bis Reeder das Wort ergriff.

„Das ist eine wunderbare Idee, May. Wir werden sie sicher berücksichtigen, selbst, wenn du nicht dabei sein kannst."

Auf einen Schlag verpuffte Mays Hochstimmung. Natürlich. Wie hatte sie das vergessen können, wo sie doch jeden Abend vor dem Einschlafen an nichts anderes dachte? Ein dicker Kloß bildetet sich in ihrem Hals.

„Die Helianthus legt übermorgen im Hafen Patridinems an. Ihr nächstes Ziel ist Apunima", sagte Reeder leise.

May biss sich auf die Lippe. Das war er. Der Moment, vor dem sie sich so sehr gefürchtet hatte, ohne es wirklich zu merken. Jetzt, wo sie eine genaue Zeit, ein konkretes Datum kannte, an dem sie Patridinem verlassen würde, wurde der Gedanke nur noch unerträglicher. Sie würde alles zurücklassen. Die Glühwürmchen am Abend, die Wawigglers, Shauns Lachen, Abadan, die Custolen, Reeder, Horaces witzige Geschichten, Ray, Aiden...

„Aiden, wo willst du hin?"

Shauns Stimme riss sie aus den Gedanken und als sie aufblickte, sah sie nur noch, wie Aiden sich eine Zigarette anzündete und ohne ein weiteres Wort zwischen den Bäumen verschwand. May wollte ihm bereits nachgehen, da hielt Shaun sie am Ärmel zurück. Mit einer besorgten Falte zwischen den Augen sah er ihm nach.

„Er braucht jetzt ein bisschen Zeit für sich. Ich habe ihn schon lange nicht mehr so glücklich erlebt wie in den letzten Tagen. Dass du gehst, muss er erst einmal verdauen", sagte er.

May blickte Aiden mit einer Mischung aus Sorge und Verwunderung hinterher. Shaun ließ sie los und fuhr sich seufzend übers Gesicht.

„Und ich denke, dasselbe gilt für mich", murmelte er müde.

Am nächsten Morgen war May schon sehr früh wach. Sie versorgte die Pferde mit frischem Wasser und Futter und sah ihnen dann eine Weile beim Fressen zu. Am Anfang war sie noch besorgt gewesen, dass sie völlig ungeschützt vor dem kalten Schnee waren, doch Reeder hatte sie beruhigt.

„Sieh genau hin", hatte er gesagt und dann dreimal mit dem Zeigefinger gegen den Eimer mit dem Pferdefutter geklopft. Darauf hatte es in einem strahlenden Rot geleuchtet und May hatte fasziniert gefragt, was er damit gemacht habe. Reeder hatte gelächelt und ihr erklärt, dass die Pferde nicht frieren konnten, wenn sie das Futter fraßen, das mit einem speziellen Kälteresistent-Zauber belegt war.

Den ganzen Morgen über verbrachte May bei den Pferden, striegelte sie und nahm sich besonders viel Zeit für Abadan.

„Dich werde ich am meisten vermissen. Sag es aber nicht deinen Freunden, ja? Ich glaube, Nero würde das gar nicht gerne hören", flüsterte sie ihm ins Ohr.

Als hätte er sie verstanden, schnaubte er und sie musste lachen.

Reeder ließ sich den ganzen Tag nicht blicken; er hatte sich in sein Baumhaus zurückgezogen und zeigte sich nicht mal, als die Wawigglers ein paar der Weihnachtskugeln klauten und sich unter lautem Gekicher und Gekreische davonstehlen wollten. Wären Aiden und May nicht rechtzeitig dazwischen gegangen, hätte Custol Hill fünf Kugeln weniger gehabt.

Am Abend kamen Ray und Horace vorbei, zu Mays großer Überraschung und Freude. Sie lief ihnen entgegen und umarmte sie so stürmisch, dass es den kleinen Horace fast von den Füßen riss.

„Was macht ihr denn hier?", rief sie strahlend.

„Shaun hat uns eingeladen", meinte Ray schulterzuckend.

„Zum Weihnachtsschmaus!", rief Horace und hielt eine Tüte voller Zuckerstangen und Mandarinen in die Luft.

Dieses Weihnachten war definitiv anders, als May es gewohnt war. Sie versammelten sich alle in Shauns Hütte, der einen langen Tisch mit sechs Stühlen in die Mitte des Raumes gestellt hatte. Kerzen und Mistel zierten die

Tischplatte und als Shaun soeben die letzte Kerze angezündet hatte, stieß auch Reeder zu ihnen. Sie lachten, aßen, tranken, redeten und sangen so ausgelassen, als gebe es nirgendwo da draußen einen Mann, der sich selber den Bezwinger des Schattens nannte und alles daran setzte, die Welt, die sie kannten, zu zerstören. Irgendwann stand Horace auf und begann einen so kuriosen Stepptanz aufzuführen, dass May nicht anders konnte, als aufzustehen und sich ihm anzuschließen.

Shaun legte lachend eine neue Schallplatte auf und prostete ihnen zu. Mays Wangen waren schon ganz rot und die Hochsteckfrisur, die sie sich zum feierlichen Anlass gemacht hatte, löste sich langsam. Doch all das konnte ihre Freude nicht trügen. Sie lachte und griff nach Aidens Händen, der sie anstarrte, als wäre sie ein Geist.

Er öffnete den Mund, um etwas zu sagen, da zog May ihn schon auf die Beine und wirbelte mit ihm durch den Raum. Anfangs war Aiden eher zurückhalten, entschuldigte sich jedes Mal, wenn er May auf die Füße trat, doch als er in ihre schimmernden Augen blickte, vergaß er alles um sich herum und stimmte in ihr Lachen ein.

Horace tauchte unter ihnen hinweg, sie nahmen in die Mitte, wo er einen wilden Tanz auf nur einem Bein vorführte und Shaun klatschte im Takt. Ray hatte sich in seinem Stuhl zurückgelehnt und betrachtete sie mit einem nüchternen Blick, konnte sich jedoch ein schmales Lächeln nicht verkneifen. Als das Lied endete, ließen sich May und Aiden zurück auf ihre Stühle fallen, während Horace völlig in seiner Welt versunken tanzte und schief mit trällerte. Aiden beugte sich zu ihr und fasste sie sanft am Arm.

„Das mit deiner Hand tut mir leid. Es muss sicher weh getan habe, meine die ganze Zeit zu halten", sagte er mit gesenkter Stimme.

May schüttelte beschwichtigend den Kopf.

„Habe ich kaum gespürt", versicherte sie.

Als sie Aidens misstrauischen Ausdruck sah, lächelte sie.

„Ehrlich", setzte sie hinterher.

Wirklich überzeugt sah er zwar nicht aus, doch er nickte und stand auf. Fragend sah sie ihn an.

„Ich brauche mal frische Luft. Kommst du mit?"

May nickte und gemeinsam verließen sie Shauns Hütte. Sobald die Tür hinter ihnen zufiel, drang die Musik nur noch sehr leise zu ihnen nach draußen und der kühle Wind war eine willkommene Abwechslung zu der stickigen

Luft. Schweigend beobachteten sie die Schneeflocke, die vom Himmel fielen, lautlos und langsam, als würden sie gegen das schnelle Treiben der Welt protestieren wollen. Selbst als der Wawiggler mit der Weihnachtsmütze eine Zuckerstange vor ihren Augen vorbei trug, blieben Aiden und May stehen.

„Ich habe was für dich", durchbrach Aiden schließlich die friedliche Stille. Ungläubig sah sie ihn an.

„Wir hatten doch ausgemacht, dass wir uns nichts schenken", rief sie.

Und das stimmte sogar. Noch vor zwei Tagen waren sie zu dem Entschluss gekommen, dass nach all den Wochen und dem Schrecken, den sie zusammen erlebt hatten, das schönste Geschenk ihre Freundschaft war.

„Ich weiß. Ich möchte trotzdem, dass du es bekommst", meinte Aiden. Er nahm sie bei der unverletzten Hand und führte sie zu seiner Hütte.

„Warte kurz", sagte er und klang jetzt doch ein bisschen nervös.

Er kramte in seinem Regal herum, bis er schließlich eine Pergamentrolle hervor holte. Ohne May anzusehen, hielt er sie ihr entgegen. Mays Herz pochte laut in ihren Ohren, als sie das blaue Band mit zitternden Finger löste. Dann entrollte sie das Pergament und betrachtete die Kohlestift-Zeichnung.

Es war eine detailgetreue Zeichnung von ihr, wie sie mit wehendem Haar auf Abadans Rücken saß, die Kette mit der Lebensblume hing um ihren Hals und sie blickte breit lächelnd zum Seitenrand hinaus. Zum zweiten Mal in dieser Woche war May vollkommen sprachlos. Selbst Abadans Blesse hatte Aiden perfekt getroffen.

„Frohe Weihnachten, May", flüsterte Aiden.

May schluckte und sah ihn an. Es fiel ihr schwer, sich vom Anblick der Zeichnung zu lösen.

„Ich...ich..."

Sie brach ab. Wie sollte sie jemals ausdrücken, wie viel ihr dieses Geschenk bedeutete?

„Ich habe gar nichts für dich", sagte sie schließlich und schlug sich innerlich vor den Kopf.

Doch Aiden lächelte beruhigend und schüttelte den Kopf.

„Du brauchst mir nichts schenken", sagte er.

„Aber ich würde gerne. Gibt es nichts, das du dir wünscht?", entgegnete sie. Da wurde Aiden ganz ernst und er starrte aus dem Fenster, hinter dem die Schneeflocken durch die Dunkelheit fielen.

„Es gibt da etwas", sagte er schließlich langsam.

„Wirklich? Und was?"

„Dieser Wunsch wird immer nur ein Wunsch bleiben", sagte er leise.

May trat einen Schritt auf ihn zu, sodass er sie wieder ansah. Der traurige Ausdruck in seinem Blick versetzte ihr einen Stich.

„Was wünscht du dir, Aiden?", wisperte sie.

Aiden öffnete den Mund, klappte ihn wieder zu und öffnete ihn doch wieder. Er hob die Hand und strich ihr eine Haarsträhne aus der Stirn.

„Bleib."

Kapitel 21: Eine längst überfällige Erklärung

„Der ist wirklich schön geworden. Richtig gemütlich", sagte May.

Ray zog beide Augenbrauen hoch, während er sein Glas mit einem überraschend sauberen Lappen putzte und sich in seinem neuen Saloon umsah. Es waren mehr Gäste da als üblich und unter ihnen waren sogar ein paar ältere Damen, die sich an einen Tisch ans Fenster gesetzt hatten und jetzt ihre eh schon gepuderten Wangen mit einer Puderquaste bearbeiteten.

„Naja, ich weiß ja nicht. Zieht seltsame Leute an", grummelte Ray.

„Ach was. Deine alten Falschspieler sind doch auch wieder zurückgekommen. Siehst du?", erwiderte May und deutete verstohlen auf einen der Tische im Schatten, an denen vier ziemlich grimmig dreinschauende Männer Karten spielten. Über ihrem Tisch hatte sich bereits eine beachtliche Menge an Rauch gebildet und die Damen am Fenster warfen ihnen hin und wieder einen finsteren Blick zu.

„Ich musste jetzt auch Lignotus-Wasser einkaufen, weil letztens eine Frau danach verlangt hat. Kam nicht von hier, wies aussah. Ich tippe stark auf Maribiles, sicher bin ich mir aber nicht", erzählte Ray achselzuckend.

May erinnerte sich noch genau an den klaren, frischen Geschmack des Wassers aus den Blättern des Lignotus-Baumes, das sie auf der Aurora gekostet hatte. Sie dachte an Robert und Captain Wincelton und Skara und fragte sich im Stillen, wie sie wohl Weihnachten verbracht hatten.

„Wenn ich ehrlich bin, hätte ich nicht gedacht, dich ausgerechnet heute hier zu sehen", sagte Ray plötzlich.

May seufzte und kratzte mit dem Daumen an einem Fleck auf dem Tresen herum. Eigentlich hatte sie auch nicht vorgehabt, jetzt nach Lofall zu reiten. Aber sie hatte es in Custol Hill einfach nicht mehr ausgehalten. In ihrer neuen Hütte mit den Blumenwänden und dem malerischen Falken, den Schneemützen auf den Dächern, den bunten Weihnachtskugeln und der friedlichen Idylle. Als würde selbst das Wetter sie verspotten wollen, waren alle Wolken verschwunden und die Sonne ließ die dichten Schneemassen glänzen und funkeln.

Abermals seufzte May und verschränkte ihre Arme auf dem Tresen. Ray stellte das Glas beiseite und tat es ihr gleich.

„Wieso tust du das?", sagte er leise.

May sah ihn überrascht an.

„Was meinst du?", fragte sie irritiert.

Ray rollte mit den Augen und schnippte ihr sachte gegen die Stirn.

„Manchmal stellst du dich dümmer, als du bist, kann das sein?"

May wollte beleidigt sein, aber Ray lächelte sie versöhnlich an und der Groll war wie weggewischt.

„Ich bin nicht dumm, May. Ich weiß, dass die Helianthus in drei Stunden ablegt. Und trotzdem sitzt du hier und tust so, als würdest du dich für meine neue Kundschaft interessieren", raunte Ray.

„Ich interessiere mich auch dafür!", ereiferte sich May sogleich, wusste aber tief in ihrem Herzen, dass er recht hatte.

„Wieso gehst du, wenn du es gar nicht willst?", sagte Ray schließlich.

„Ich will ja. Ich kann meinen Vater nicht so lange alleine lassen, immerhin muss ich ihm doch helfen, die Fische zu fangen und die Wäsche zu waschen und den Garten zu pflegen. Wenn er etwas nämlich mal so gar nicht hat, dann ist das ein grüner Daumen."

„Okay, dann wäre das ja geklärt", meinte Ray, klatschte zufrieden in die Hände und machte sich wieder daran, seine Gläser zu putzen.

May beobachtete ihn skeptisch.

„Was wäre geklärt?", fragte sie.

„Na, du fährst wieder nach Hause und alle sind glücklich", sagte er.

May senkte den Blick und biss sich auf die Lippe. War es denn so? War sie glücklich?

„Mensch, Maybelle. Wieso machst du es dir selbst so schwer? Glaubst du nicht, dass dein Vater auch ganz gut alleine zurecht kommt?", sagte Ray mit gesenkter Stimme.

„Was erwartest du denn von deinem eigenen Leben? Was erwartest du von dir? Dass du für den Rest deines Lebens zu Hause hockst und stinkenden Fisch aus einem alten Netz ziehst? Ich kenne dich noch nicht lange, aber ich kenne dich gut genug, um sagen zu können, dass dir das niemals reichen würde. Du hast den Schattenspähern zweimal die Stirn geboten, du hast Aiden und Shaun das Leben gerettet und verhindert, dass der Schattenmeister eine der sechs Lebensblumen bekommt", sagte Ray.

„Ich habe Aiden und Shaun nicht das Leben gerettet. Ich war zu feige, auf Daniel zu schießen und habe deswegen auf den Stein über ihn gezielt. Hätte ich eher gehandelt, wäre sicher einiges anders gelaufen. Vielleicht hätte Daniel dann nie die Blume in die Finger gekriegt", erwiderte May bedrückt.

„Hättest du nicht geschossen, hätte es Daniel getan. Und ich bezweifle, dass er auch so nachsichtig wie du gewesen wäre und die beiden verschont hätte", sagte Ray bestimmt.

Auf Mays zweifelnden Blick hin, lehnte er sich zu ihr vor und senkte die Stimme.

„Und jetzt sag bloß nichts. Shaun hat mir alles erzählt, was in der Höhle passiert ist."

May verdrehte die Augen, musste aber lächeln. Ihre Schultern fühlten sich schon ein Stück leichter an, als wäre der unsichtbare Stein, den sie die ganze Zeit getragen hatte, auf wundersame Weise verschwunden. Sie stützte ihr Kinn auf ihrer Hand auf und sah aus dem Fenster. Kutschen rollten über die schneebedeckte Straße, ein Mann hielt einer jungen, kichernden Frau einen Arm hin, den sie sofort ergriff und ein Hund jagte bellend einer Katze nach, die flink über den nächsten Zaun sprang und verschwand. Gedankenverloren wanderten Mays Finger zu der Kette um ihren Hals und strichen über die kühle Glaskugel.

Ein älterer, dickbauchiger Mann trat an den Tresen und Ray ließ May für einen Moment alleine, um ihn zu bedienen. Immer wieder hallten seine Worte in ihrem Kopf nach. Was erwartete sie von ihrem Leben? Was erwartete sie von sich selbst? Schon oft hatte May nachts in ihrem Zimmer auf dem Dachboden gehockt, aus dem Fenster gestarrt und den Mond beobachtet. Doch nie hatte sie ernsthaft gewagt, sich ein anderes Leben vorzustellen, als das, was sie bereits kannte. Dabei war es genau das, was sie sich all die Jahre so sehnlichst gewünscht hatte. Ein anderes Leben als das, was sie bereits kannte. Ein Leben ohne das Fischen auf dem kleinen See. Ein Leben, das mehr zu bieten hatte, als das. Mit einem verträumten Lächeln schlossen sich Mays Finger um die Glaskugel mitsamt Lebensblume. Vielleicht war sie ihrer Mutter tatsächlich ähnlicher, als sie dachte.

„May!"

Rays Stimme riss sie aus den Gedanken. Er stand wieder vor ihr, doch sein Blick war gehetzt und seine Schultern angespannt. Verwirrt zog May die Stirn kraus.

„Ray, was ist denn los?"

„Die Abfahrtszeit der Helianthus wurde geändert", sagte er.

„Was? Wieso?", stammelte May und ihr Herz machte einen aufgeregten

Sprung.

„Ein schwerer Sturm soll diesen Nachmittag noch aufziehen und sie wollen ihn um jeden Preis umgehen", antwortete Ray rasch.

May wurde ganz schwindelig und sie musste sich an der Thekenkante festhalten.

„Und wann...wann legt das Schiff ab?"

Ray warf ihr einen mitfühlenden Blick zu.

„In fünfzig Minuten."

Mays Augen weiteten sich. Ihre Augen huschten unruhig umher, ohne etwas wahrzunehmen. Ihre Gedanken rasten und sie waren auf einmal so laut, dass sie nur mit größter Mühe Rays nächste Worte verstehen konnte.

„Hör auf das, was dein Herz dir sagt, May. Ich weiß, das ist eher etwas, was man von Shaun oder Reeder zu hören kriegen würde, aber irgendwie ist es ja doch wahr."

May sah ihn an und er erwiderte ihren Blick und nickte kaum merklich. Sie lächelte so erleichtert, als hätte sie soeben erfahren, dass die Schattenspäher alle freundlich und höflich geworden waren und streckte Ray die Hand entgegen. Er ergriff sie und May zog ihn so unerwartet zu sich, dass er einen überraschten Laut ausstieß. Dann drückte sie ihm einen kurzen Kuss auf die bärtige Wange, sprang von ihrem Stuhl, schulterte ihre Tasche und lief aus dem Saloon.

Kaum saß sie in Abadans Sattel, stürmte er los, als wüsste er ganz genau, wohin May wollte. Schnee wirbelte links und rechts von ihnen auf und May zog sich den Kragen ihres Mantels tiefer ins Gesicht. Heiße Wölkchen stoben aus ihrem Mund und glitzerten im Schein der Sonne. Eine ganze Schneehasenfamilie begleitete sie eine Weile, bis May sie vom grellen Weiß des Schnees nicht mehr unterscheiden konnte. Ihr Herz hämmerte wie wild in ihrer Brust, als sie auf den Pfad durch den Custolen-Wald abbogen und endlich die Hütten von Custol Hill in Sicht kamen.

„Aiden! Shaun! Mr. Reeder!", rief sie, noch bevor sie die Sträucher passiert hatte.

Doch auf der Lichtung regte sich nichts. Als Abadan neben dem Lagerfeuerplatz hielt, rutschte May rasch von seinem Rücken und lief hinüber zu Aidens Hütte. Voller Vorfreude klopfte sie an seine Tür. Nichts.

„Aiden, bist du da?", rief sie und als er nicht antwortete, öffnete sie zaghaft die Tür.

Die Hütte war verwaist. Verwundert zog May die Tür wieder hinter sich zu und lief zu Shauns Hütte. Doch auch er war nicht aufzufinden. May warf einen unsicheren Blick hinauf zum Baumhaus. Sie wollte nur ungern in die Privatsphäre Reeders eindringen.

„Mr. Reeder? Hallo, ist denn niemand hier?", rief sie und formte die Hände vor ihrem Mund zu einem Trichter, um ihre Worte zu verstärken.

Abadan kam zu ihr hinüber getrottet und stupste sie sanft mit der Schnauze an, sodass sie ein paar Schritt vor stolperte. Dabei fiel ihr Blick auf die Pferdekoppel. Wie versteinert stand sie da. Weder Nero, noch Fanny und Reeders cremefarbener Hengst waren da.

„Sie sind nicht hier", sagte May tonlos in die Stille hinein.

Sie hielt sich die Finger an den Kopf und massierte ihre Schläfen. Wo könnten sie sein?, überlegte sie krampfhaft.

Rasch warf sie einem Blick auf ihre Armbanduhr und stellte erschrocken fest, dass die Helianthus bereits in weniger als einer halben Stunde ablegen würde. Das war es! Das war die einzige Möglichkeit, die ihr sinnvoll erschien.

„Abadan!", rief sie aufgeregt und augenblicklich erschien er an ihrer Seite.

„Wir müssen zum Hafen, schnell!", rief sie und kaum hatte sie den Satz beendet, fegte Abadan auch sofort wieder los.

Noch nie war ihr der Weg zum Hafen von Patridinem so weit vorgekommen. Zu allem Übel musste sie auch noch einen kleinen Umweg nehmen, da am Wegesrand zwei Männer mit Gewehren in den Händen und schwarzen Tüchern vor den Gesichtern standen und angestrengt auf die Bäume starrten. May war sich sicher, dass sie zu den Roten Hyänen gehörten, der Bande, der sie ihre Entführung auf Horaces Kutsche zu verdanken hatte. Als sie endlich den Berg erreichte, hinter dem der Ponte Simul lag, warf sie einen flüchtigen Blick auf die Uhr. Nur noch zehn Minuten!

„Komm schon, Abadan. Du bekommst auch eine extra Portion Futter, versprochen", wisperte May ihm zu.

Und Abadan nahm sich ihre Worte zu Herzen. May hatte das Gefühl, über den Berg zu fliegen und als sie die Spitze erreichten, schnaubte Abadan erschöpft. May klopfte ihm beruhigend den Hals und schirmte ihre Augen mit einer Hand vor der Sonne ab, während sie ihren Blick über das Hafengelände schweifen ließ. Die Helianthus lag an dem Steg, an dem sie auch schon bei Mays Anreise angelegt hatte und die letzten Passagiere beeilten sich soeben, noch an Bord zu kommen.

„Ein letztes Mal noch", versicherte May Abadan und nahm die Zügel fester in die Hand.

Sie preschten den Weg hinunter, so schnell, dass eine ältere Dame, die mit ihrem schwarzen Pudel spazieren ging, schimpfend zur Seite sprang und dabei bis zu den Waden im Schnee landete.

„Tschuldigung!", rief May ihr noch über die Schulter zu, doch als Antwort bekam sie bloß eine wüste Geste mit dem Finger.

„Du wartest hier. Ruh dich schön aus", sagte May außer Atem, sprang von Abadans Rücken und rannte an den schaukelnden Fischerbooten und leeren Stegen vorbei. Möwen stoben kreischend auseinander, als May an ihnen vorbei sauste und die Leute im Hafen sahen ihr kopfschüttelnd nach.

Und dann entdeckte sie sie. Nicht weit von der Helianthus entfernt standen Aiden, Shaun und Reeder. Sie hatten ihr den Rücken zugewandt und bemerkten sie nicht; angestrengt starrten sie zum Schiff hinauf, als würden sie nach etwas suchen. Oder nach jemandem. Mays Magen machte einen freudigen Hüpfer und sie wollte sich gerade bemerkbar machen, als Aiden zu sprechen begann.

„Sie kommt nicht an die Reling."

Er klang enttäuscht und resigniert, doch blickte urverwandt zur Helianthus hinüber und stellte sich sogar einmal auf die Zehenspitzen, als zwei Matrosen eine große Kiste an ihnen vorbei trugen. Shaun legte ihm eine Hand auf die Schulter.

„Hab Geduld. Ich kann mir nicht vorstellen, dass sie einfach ohne ein Wort gehen würde. Das ist nicht ihre Art", meinte er zuversichtlich.

Reeder sagte gar nichts. Er stand daneben, hatte die Arme vor der Brust verschränkt und ließ seinen Blick aufmerksam über die anderen Menschen im Hafen gleiten lassen. Aiden gab ein mürrisches Geräusch von sich, zuckte mit den Schultern und wandte sich vom Schiff ab.

„Das hat doch keinen Sinn", murmelte er leise.

Dann traf sein Blick May und wie angewurzelt blieb er stehen. Er wurde erst blass, dann färbte sich sein Gesicht rosa und schließlich dunkelrot. May grinste und rempelte ihn sanft an der Schulter an.

„Du hast doch nicht wirklich geglaubt, ich würde mich nicht von euch verabschieden?", schmunzelte sie.

Aiden sagte noch immer nichts. Sprachlos stand er da und starrte sie an. Inzwischen hatten auch Shaun und Reeder bemerkt, dass May noch gar nicht an Bord war. Erschrocken sog Shaun die Luft ein.

„May, Liebes, was machst du denn noch hier unten?"

Er warf einen prüfenden Blick auf seine Uhr und verschluckte sich beinahe.

„Du hast nicht mal mehr zwei Minuten. Mach, dass du da rauf kommst oder muss ich dich erst da hoch schleppen?", sagte er empört, doch May kannte ihn mittlerweile gut genug, um zu wissen, dass er seine Trauer bloß überspielte.

„Ich brauche einen Stift. Und Papier", sagte May.

Die anderen sahen sie verständnislos an und hinter ihnen läutete einer der Matrosen bereits die Schiffsglocke.

„Bitte", drängte May.

Aiden langte in seine Jackentasche, zog einen Bleistift und sein Notizbuch hervor, riss eine Seite hinaus und reichte sie May.

„Was soll das werden, wenn's fertig ist?", fragte er, doch May hörte ihm gar nicht mehr zu.

Sie benutzte einen Pfahl neben ihnen als Unterlage und begann zu schreiben. Erneut läutete die Glocke und die letzten Passagiere, ein junges Ehepaar, die ganz aufgeregt schienen, gingen an Bord.

„May, was...?", begann Aiden, da wirbelte May herum, faltete das Papier, drückte dem verdutzten Aiden den Stift in die Hand und stürmte an ihnen vorbei auf die Helianthus zu.

Sie duckte sich unter einer Leiter hinweg, die von zwei Hafenmitarbeitern getragen wurde und rannte bis an den Steg, an dem derselbe Pfeife rauchende Mann stand, den sie schon auf der Hinreise nach Patridinem getroffen hatte. Soeben holte er mithilfe eines anderen Mannschaftsmitglied der Helianthus die Planke ein und die Glocke klingelte zum dritten und letzten Mal. May öffnete ihre Manteltasche und Keith kam sofort heraus geflattert.

„Ich habe einen Auftrag für dich. Er ist sehr wichtig, verstehst du?", sagte sie mit gesenkter Stimme.

Keith drehte einen Looping in der Luft und landete dann auf ihrer ausgestreckten Hand. Mit geschickten Fingern band sie der Kupferlibelle den Brief um den Körper, darauf achtend, die zierlichen Flügel nicht zu zerdrücken.

„Ich möchte, dass du den Brief zu meinem Vater bringst, ja? Unser Haus ist das Weiße mit dem Strohdach am Ende des Weges, der vom Hafen aus durch das Dorf Silver-Myers führt. Du wirst es gar nicht übersehen können. Kannst du das für mich machen, Keith?", sagte May.

Keith stieß ein pfeifendes Geräusch aus und zwinkerte mit seinen dunklen Äuglein. May lächelte und strich ihm noch einmal über die Flügel, dann erhob er sich in die Luft, flog zur Helianthus hinauf und ließ sich auf der Reling nieder. In diesem Moment legte das Schiff vom Hafen ab und es wurde immer schwerer, die kleine Libelle auf der Reling zu erkennen.

Ein dumpfes Gefühl machte sich in May breit, als sie dem Schiff hinterher sah, das am Horizont immer kleiner und kleiner wurde. Als die Helianthus fast nicht mehr zu sehen war, wandte sich May vom Wasser ab und fand sich Aiden, Shaun und Reeder gegenüber. Erst jetzt bemerkte May, wie leer das Gelände geworden war. Es war so still geworden, dass das gleichmäßige Wellenrauschen und das Geschrei der Möwen immer präsenter wurden und als May Shauns breites Lächeln sah und die Verwirrung in Aidens Augen, verpuffte das dumpfe Gefühl in ihr.

Langsam trat Aiden vor und musterte May von oben bis unten, als würde er sie zum ersten Mal sehen.

„Du bist noch hier", sagte er schließlich.

Mays Mundwinkel zuckten.

„Ja, ich bin noch hier", sagte sie grinsend.

„Und das Schiff ist weg", sagte Aiden.

Hinter seinem Rücken tauschten Shaun und Reeder einen amüsierten Blick. Mays Grinsen wurde sanfter und sie nickte.

„Ja", hauchte sie.

Aiden starrte sie für ein paar Sekunden ungläubig an, dann war er mit zwei großen Schritten bei ihr und riss sie in eine feste Umarmung. May holt erstaunt Luft, dann schlang auch sie ihre Arme um ihn und vergrub ihr Gesicht an seiner Schulter.

„Ein bisschen zu spät, ich weiß, aber...fröhliche Weihnachten, Aiden", flüsterte sie, sodass nur er es verstehen konnte.

Als er lachte, konnte sie es überall an ihrem Körper spüren und jeder noch so winzige Tropfen an Zweifel verschwand. Sie lösten sich wieder voneinander und verlegen hustend brachte Aiden wieder ein paar Schritte Abstand zwischen sie.

„Und ich hatte schon befürchtet, die ganze Arbeit und Mühe um die neue Hütte wären umsonst gewesen", witzelte Shaun.

May grinste, doch schnell wurde sie wieder ernst und sah Reeder an. Nervös spielte sie am Träger ihrer Tasche herum.

„Ich wollte euch nie meine Anwesenheit aufdrängen und das will ich auch jetzt nicht. Es ist für mich gar kein Problem, auch in Lofall oder Skinny Tree ein Zimmer zu finden", sagte sie hastig.

Aiden und Shaun machten schon den Mund auf, um lauthals zu protestieren, da hob Reeder die Hand und sofort klappten ihre Münder wieder zu. Er sah May ernst an und trat einen Schritt vor.

„Du bist jederzeit in Custol Hill willkommen, Maybelle Stacks. Wie ich bereits sagte, ich errichtete diesen Ort für meine engsten Vertrauten", sagte er.

Da breitete sich ein wohlig warmes Gefühl in May aus und sie neigte respektvoll und dankbar zugleich den Kopf. Shaun klatschte begeistert in die Hände und legte einen Arm um Mays Schulter, den anderen um Aidens.

„Wenn das nicht ein Grund zum Feiern ist", rief er aus.

Aiden stöhnte.

„Haben wir nicht fürs Erste genug Aufregung gehabt? Wie wäre es zur Abwechslung mit ein bisschen Ruhe?", brummte er.

„Und was ist mit den Blumen?", warf May ein.

Die anderen sahen sie an. Sie hielt ihre Kette in die Höhe.

„Es gibt da draußen immer noch fünf Lebensblumen, hinter denen der Schattenmeister her ist. Und wir wissen nicht, wo sie sind, noch wie sie geschützt werden", fuhr sie fort.

„Wir?", wiederholte Aiden.

„Natürlich. Oder denkst du etwa, ich würde einfach nach Apunima segeln und euch im Stich lassen?", erwiderte May augenzwinkernd.

Aiden schüttelte schmunzelnd den Kopf.

„Ja, es stimmt. Irgendwo da draußen ist der Bezwinger des Schattens, der vermutlich mit jedem Tag mehr und mehr Gefolgsleute um sich schart. Und er wird keine Ruhe geben, bis er hat, nach was er verlangt. Aber wir genauso wenig. Wir werden die Lebensblumen vor ihm finden. Wir werden nicht zulassen, dass Terquasol vernichtet wird", sagte Reeder.

„Genau", sagte Aiden leise.

„Gut gesprochen!", rief Shaun und reckte die Faust.

„Wir werden Terquasol beschützen und jeden Menschen, jedes Tier und jedes Geschöpf ebenso", sagte May entschlossen.

„Doch vorerst hat Aiden wohl recht. Ein bisschen Ruhe tut uns allen ganz gut. Außerdem habe ich in den letzten Tagen an einem neuen Plan gearbeitet, der immer mehr Form annimmt", meinte Reeder.

„Wirklich? Was für einen?", fragte Aiden neugierig.

„Das erkläre ich euch auf dem Rückweg", sagte Reeder.

Zu viert schlenderten sie über das fast verlassene Hafengelände, während die ersten Schneeflocken vom Himmel fielen. Als sie die Pferde erreichten, stieg May in Abadans Sattel, doch Aiden blieb neben ihr stehen und streichelte Abadan den Hals.

„Eine Frage hab ich allerdings noch", sagte er langsam.

„Ach ja und welche?", sagte May.

„Was war das für ein Brief, den du geschrieben hast?"

May lächelte und ließ ihren Blick über die sanften Wellen des Meeres schweifen.

„Eine längst überfällige Erklärung", sagte sie leise.

Lieber Papa,

Erst einmal Frohe Weihnachten! Schneit es in Apunima auch? Hier versinkt man fast schon bis zum Bauchnabel in den Schneemassen und wir müssen jetzt jeden Morgen früh aufstehen, um uns den Weg zu den Pferden freizuschaufeln.
Aber was rede ich hier? Papa, es tut mir leid. Ich kann es gar nicht oft genug sagen, wie leid es mir tut. Ich hätte nicht einfach so gehen dürfen. Doch ich weiß, du hättest mich niemals gehen lassen und inzwischen verstehe ich auch, warum. Ich tue es wirklich, Papa, schüttel ruhig den Kopf, ich weiß ganz genau, dass du das jetzt gerade tust. Du wolltest mich all die Jahre bloß beschützen. Vor der großen, weiten Welt und all ihren Gefahren. Doch sie ist deinem geliebten See gar nicht mal so unähnlich. Es gibt dort große und kleine Fische, bunte und graue, welche mit scharfen Zähnen und welche, die im Dunkeln leuchten und einen den Weg zeigen, wenn man sich verirrt hat.
Ich habe meinen Weg jetzt gefunden. Es ist ein holpriger Weg und noch kann ich sein Ende nicht erkennen, aber ich habe gute Freunde hier, die mir dabei helfen werden, das Ende unbeschadet zu erreichen.
Ich hoffe so sehr, dass du eines Tages verstehen wirst, wieso ich gehen musste und auch, wieso ich vorerst nicht zu dir zurückkommen kann. Doch ich trage dich immer bei mir, wohin ich auch gehe. So wie Mum.
Ich liebe dich, Papa.
Deine May

Von 2017 bis 2019 absolviert Josefine Kießling eine Ausbildung zur Gestaltungsstechnischen Assistentin und beginnt dann ein Fernstudium im Bereich „Kreatives Schreiben".

Im Alter von 19 Jahren beendet sie ihr erstes, eigenes Fantasy-Buchprojekt mit dem Titel *„Terquasol - Die Legende der sechs Lebensblumen"*.

Schon von klein auf fasziniert Kießling die fantastischen Welten, die der reinen Fantasie entspringen und doch ein Funken des bereits Bekannten enthalten.

Sie wohnt in Neustadt am Rübenberge, in der Nähe von Hannover.